人民共和國文化與文學叢書

十 一 編

李 怡 主編

第 2 冊

當代歌詩批評（上）

陸 正 蘭 著

花木蘭文化事業有限公司

國家圖書館出版品預行編目資料

當代歌詩批評（上）／陸正蘭 著 -- 初版 -- 新北市：花木蘭
文化事業有限公司，2023〔民112〕
目 4+164 面；19×26 公分
（人民共和國文化與文學叢書 十一編：第 2 冊）
ISBN 978-626-344-369-3（精裝）
1.CST：中國詩 2.CST：詩歌 3.CST：詩評
820.8   112010203

特邀編委（以姓氏筆畫為序）：

吳義勤 孟繁華 張 檸
張志忠 張清華 陳思和
陳曉明 程光煒 劉福春
（臺灣）宋如珊
（日本）岩佐昌暲
（新西蘭）王一燕
（澳大利亞）鄭 怡

人民共和國文化與文學叢書
十一編 第 二 冊   ISBN：978-626-344-369-3

當代歌詩批評（上）

作　　者 陸正蘭
主　　編 李 怡
企　　劃 四川大學中國詩歌研究院
總 編 輯 杜潔祥
副總編輯 楊嘉樂
編輯主任 許郁翎
編　　輯 張雅淋、潘玟靜 美術編輯 陳逸婷
出　　版 花木蘭文化事業有限公司
發 行 人 高小娟
聯絡地址 235 新北市中和區中安街七二號十一三樓
　　　　 電話：02-2923-1455／傳真：02-2923-1452
網　　址 http://www.huamulan.tw 信箱 service@huamulans.com
印　　刷 普羅文化出版廣告事業
初　　版 2023 年 9 月
定　　價 十一編 12 冊（精裝）台幣 30,000 元

當代歌詩批評(上)

陸正蘭 著

作者簡介

陸正蘭，1967 年出生，江蘇揚州人。文學博士。四川大學文學與新聞學院教授。藝術學與傳播學博士生導師。英國劍橋大學音樂系訪問學者。主要從事詩詞與藝術學理論教學與研究。著作有《歌詞學》《世界好聲音：英語歌曲 24 名家》《歌曲與性別：中國當代流行音樂研究》《歌詞藝術十二講》《中國音樂文化百年史》；翻譯著作有《音樂—媒介—符號》《音樂符號》《流行音樂與文化關鍵詞》《論無意味》等。

提　　要

歌詩，即入樂的詩詞，是文學的一種特殊體裁。中國古代詩歌史，一直是徒詩與歌詩交替互融，作為文學的主導體裁。現代詩與歌詩嚴重分途，純詩越來越變成小眾體裁，作詞則成為一種職業，而在當代，歌詩在近年迅猛發展，此格局正發生改變。本書梳理歌詩的傳統淵源以及發展歷史；討論其興盛之原因與意義；探討它作為特殊文學體裁的特點與文化語境之間的互動關係，包括它的社會功能，空間使用，媒介效果，以及它的獨特的性別表意以及情感敘述等。

當代歷史與「文學性」——《人民共和國文化與文學叢書・十一編》引言

李　怡

　　2023 新年伊始，近年來活躍於批評界的《當代文壇》雜誌推出專欄，再度提出「文學性」的問題。《為何要重提「文學性研究」》一文中這樣開宗明義：「為什麼要重提『文學性研究』？這看起來像是一個假命題。什麼是文學性研究？世界上有一種純粹的、有明確界限的、專門意義上的、排他性的文學性研究麼？顯然沒有，如果有的話，至多也就是『文學研究的文學性』這樣一個問題；還有，如果換一個角度看，或許文學性研究又是一直存在的——假如它不是被理解得那麼絕對的話。從來沒有消失過，又何談『重提』？」〔註1〕這裡的表述小心而謹慎，尚沒有高調亮出新的理論宣言，就首先重述了二十年前那場「文學性」討論的許多重要議題：究竟有沒有純粹的文學性？舊話重提理由何在？能不能真正解決一些棘手的問題？這種小心翼翼的立論似乎在提醒我們，那場出現很早、持續時間不短的討論其實餘波未平，其中涉及的一系列關鍵性的命題——如文學性的含義、文學與非文學的邊界、突破文學性研究的學術價值等等都對學界有過重大的衝擊，並且至今依然具有廣泛的影響，因此新的討論就得小心謹慎、周密穩妥。在我看來，今天的文學性討論，的確應該也有可能接受多年來相關探索的實際成果，將各種方向的思考納入我們的最新建構，進一步深化我們對於文學與文學性的理解，特別是要揭示它們在中國現代文化語境中的歷史真相。

〔註1〕張清華：《為何要重提「文學性研究」》，《當代文壇》2023 年第 1 期。

一

中國當代文學批評界提出討論「文學性」的問題已經是二十年前的事情了。引發那一次討論的余虹和陶東風的論文最早都出現在 2002 年。余虹的《文學終結與文學性蔓延》刊登在《文藝研究》2002 年第 6 期（次年再有《白色的文學與文學性》刊發於《中外文化與文論》第 10 輯），陶東風的《日常生活的審美化與文化研究的興起——兼論文藝學的學科反思》出現在《浙江社會科學》2002 年第 1 期（數年後的 2006 年再有《文學的祛魅》刊登在《文藝爭鳴》2006 年第 1 期）。余虹提出，後現代的轉折從根本上改變了「文學」的狀況，它將狹義的「文學」——作為一種藝術門類和文化類別的語言現象推及邊緣，同時卻又將廣義的「文學性」置於中心，傳統屬於「文學」的修辭和想像方式開始全面滲透在了社會生活與文化行為之中，形成了獨特的悖反現象：文學的終結與文學性的蔓延。陶東風以「我們在新世紀所見證的文學景觀」為依據，揭示了「在嚴肅文學、精英文學、純文學衰落、邊緣化的同時，『文學性』在瘋狂擴散」〔註2〕，並以此論及了「日常生活的審美化與文化研究的興起」，將這一歷史性的變化視作當代文藝學最重要的「學科反思」。這樣的判斷引起了中國學界的爭論，質疑之聲不斷。有人認為在後現代時代，「文學性」不是擴展而是消散了，或者說在這個時代，語言文學的獨特意義恰恰是疏淡了，輕言「文學性終結或者擴散」的人，其實缺乏對「文學性」的明確界定〔註3〕。當然，也有學者對語言文字的審美的「文學」和日益擴張的「文學性」作出區分，重新定義「文學」性與文學「性」，從而為「後現代時代」的多元研究打開空間。〔註4〕

從歷史語境看，中國學者在新世紀初年的這場討論源自 1990 年代市場經濟全面推進以後當代中國文學日益邊緣化、同時所謂的「圖像時代」降臨的客觀事實。當然，就如同當代中國文藝思想的總體發展一樣，所有這些中國內部的「思潮」、「論爭」也與西方文藝思想的運動有著密切的聯動關係。嚴格說來，中國關於「文學性」的論爭發生在新世紀之初，但對「文學性」問題的重視和強調還有過一次，那就是新時期文學蓬勃生長的年代。這內涵有別的兩次思潮都可以辨認出來自西方思想的啟發和推動。

〔註2〕陶東風：《文學的祛魅》，《文藝爭鳴》2006 年第 1 期。
〔註3〕參見王岳川：《「文學性」消解的後現代症候》（《浙江學刊》2004 年第 3 期）、吳子林：《對於「文學性擴張」的質疑》（《文藝爭鳴》2005 年第 3 期）等。
〔註4〕劉淮南：《「文學」性≠文學「性」》，《文藝理論研究》2006 年第 2 期。

事實上，西方文藝思想界的「文學性」議題也先後出現過兩次。

第一次是在 20 世紀初期到中葉，先後有 1915～1930 年間俄國形式主義的興起，他們反對實證主義與社會批評，主張將文學研究與社會思想其他領域的研究區分開來，突出文學的獨立自主性和自身規律；形成於 1920～1950 年間的英美新批評，他們劃分了「文學的內部研究」和「文學的外部研究」，把文學研究的真正對象確定為文學的內部研究；1960 年代形成於法國的結構主義，包括施特勞斯的文學人類學與神話模式研究、羅蘭・巴特的結構主義批評理論以及熱奈特和格雷馬斯的結構主義敘事學理論，他們都迷信一種獨立自足的語言結構，滿懷著對潛藏於語言、文本中的深層結構的信賴。這三種思潮雖然各有側重，但都傾向於將文學的本質認定為一種獨特的語言現象和符號系統。儘管這種對語言結構的偏執的探尋並不一定切合中國當代文學發展的歷史訴求，但是他們對「文學自足」的強調卻在很大程度上鼓勵了 1980 年代新時期文學擺脫政治干擾，謀求獨立發展的要求，所以 1980 年代中國文學的「自主」之路和中國文學研究的「純文學」理想都不難發現這三大思潮的身影，雖然我們對其充滿了誤讀和偏見。

第二次就是 20 世紀中後期，隨著解構主義的出現，西方思想界開始質疑和挑戰傳統思想中關於中心、本質的基本思維，雅克・德里達的理論就是致力於對整體結構的打破。同時，後現代社會中大量的「泛文學」現象的湧現也挑戰了傳統對「文學性」的迷戀。美國後現代理論家大衛・辛普森認為文學已經泛化於多個社會領域，實現了廣泛的「文學的統治」，另一位解構主義者卡勒也發現文學性在非文學中的普遍存在，以致「文學可能失去了其作為特殊研究對象的中心性，但文學模式已經獲得勝利」﹝註5﹞。這就是「文學性終結或者擴散」之說的明確來源。與 1980 年代的太多的誤讀不同，這一回中國社會的市場經濟的發展似乎帶來了中西文學命運的驚人的相似，於是辛普森和卡勒的這一見解引起了國內學術界的濃厚興趣。先有余虹等人的譯介，再有眾多學人的跟進立論，一時間，終結和擴散的問題便躍居文藝學界的中心，成為新世紀初年中國文藝理論領域最大的焦點。

當然，我們也看到，在當年的討論中，文藝理論界的學者和從事當代文學批評的學者都有參與——當代中國知識領域的生成發展在 1980 年代以後讓這

﹝註5﹞〔美〕喬納森・卡勒：《理論的文學性成分》，余虹等主編《問題》第 1 輯，第 128 頁，中央編譯出版社 2003 年。

兩個領域的學者有了較多的知識分享，因而在涉及當代文學現象方面常常可以看到他們攜手前行的步伐——不過，因為關注焦點的差異，我們也發現，他們各自的側重和態度也並不相同。從事文藝理論研究的學人主要致力於方法論的檢討與更新，焦點是「文學」、「文學性」的基本觀念及其歷史過程；而從事當代文學批評的學人則最終將問題拉回到了對當前文學發展的評估之中：究竟我們應不應該繼續堅持對「文學性」的要求？或者說建立在「文學性」理想之上的當代文學批評還是不是有益的，也是有效的？這裡不乏來自當代文學批評界的憂慮之聲：

> 關於「文學性」之爭，實際反映了一個敏感而重大的問題：在政治與市場的雙重壓迫之下，還需不需要堅持文學創作的文學性？真正的文學性體現在哪裏？人類生活中既然有情感活動，有幻想，有堪稱越軌的心理衝動，那麼文學還要不要想像力？它應該只是「日常生活」原封不動的照搬嗎？除此之外是否還應該有生活的奧義、情感的傾訴、美感而神秘的藝術結構和展現的形式？〔註6〕

> 讀圖時代的到來，讓一些人開始討論「文學的終結」。百年中國文學還是很年輕的，但它怎麼就老了，到了終結的時候？當影視及新媒體出現，和傳統文學連在一起的時候，網絡文學又宣布「傳統文學的死亡」。但是新世紀的文學確實是多元格局，不只是 70 後、80 後，更年輕的更多五花八門的東西出現了……「新世紀文學」確實有著多樣的內容。我關注的依然是傳統文學、經典文學的脈絡，當然它不可能終結。〔註7〕

二

從新世紀之初以降，關於當代中國文學研究中的「文學性」理想問題，其實一直都在延續，不過，越往後走，人們面對的就不僅僅是大衛·辛普森和卡勒的原初結論了，而是文化研究、歷史研究之於文學審美研究的巨大衝擊。從思想脈絡來說，文化研究、歷史研究本來與文學研究有著明顯的差異，前者屬於社會科學，而後者屬於廣義的藝術，前者更依據於科學的理性，而後者更依

〔註6〕程光煒：《拒斥文學性的年代》，《山花》2001 年第 4 期。
〔註7〕陳曉明、李強：《「無法終結的」當代文學——陳曉明先生訪談錄》，《新文學評論》2018 年第 4 期。

賴藝術的感性。但是，就是在「文學性擴散」之後，科學的研究之中也滲透了文學的感性，反過來，則是文化研究、歷史研究的方法開始向文學滲透。兩者的學術界限變得模糊不清了。

對於「文化問題」的關注始於 1980 年代，但那個時候提出「文化」還是為了沖淡社會政治批評的一家獨大，「第一，不能將『政治學』庸俗化，變成庸俗社會學；第二，不能侷限於政治學的角度。一個作品的思想內容，不僅指它的政治傾向性，還有哲學的、倫理學的、心理學⋯⋯的多種內涵，因此，在理論上用『文化』這個概念來概括，路子就會寬得多。」〔註8〕所以，文學審美依然是新時期文學研究的中心。「文化研究」源於英國學者雷蒙‧威廉姆斯（Raymond Williams）、霍加特（Richard Hoggart），它在 1990 年代以後進入中國，逐漸增強了自己的影響。這便開始了將文學研究拉出「文學文本」的強有力的進程。「當代文化研究討論的問題涉及的是整個的當代生活方式及其各種因素間的關係，遠遠超出了文本的範圍。」〔註9〕文化研究首先也是在文藝理論界得到了充分重視，甚至被當作審視文藝學自身問題的借鏡：「客觀地說，因意識到文藝學的自身缺陷而走向文化研究，或因文化研究而進一步看清了文藝學自身的缺陷，其思路具有很大程度的合理性。」〔註10〕緊接著，在 1990 年代中後期，文化研究的思路也為中國現當代文學研究所借鑒，形成了兩個重要的方向：對文學背後的社會歷史的闡發成為一時的潮流，「文學周邊」的問題引來了更多的關注，壓縮了文學文本的闡釋；對歷史文獻空前重視，史料的搜集、發掘和整理成為「顯學」，文學研究的主體常常就是文獻史料的辨析和考訂。

在這個過程之中，文化研究、歷史研究的理性和嚴整似乎剛好彌補了文學感性的飄忽不定，帶來了學術研究的獨特的魅力，在為社會生活的不確定性普遍擔憂的時候，這樣的彌補慢慢建立起了某種學術的「效力」，展示了特殊的「可信度」。當然，問題也來了：這個時候，除了不斷借用歷史學的文獻，不斷引入社會學的方法，我們的文學批評家還有沒有自己獨特的學術素質呢？顯然，這是一種新的學術危機，而危機則來自於文學研究基本自信和價值獨立

〔註 8〕陳平原語，見陳平原、錢理群、黃子平：《文化角度》，《讀書》1986 年第 1 期。

〔註 9〕汪暉：《九十年代中國大陸的文化研究與文化批評》，《電影藝術》1995 年第 1期。

〔註 10〕趙勇：《關於文化研究的歷史考察及其反思》，《中國社會科學》2005 年第 2期。

性的動搖。

現在，我們又一次提出了「文學性」的問題。與新世紀之初的那場討論大為不同的是，我們的討論已經不再是西方思潮輸入之後的興奮，不是對一種外來思想的擁抱和接納，而是基於我們自身學術現狀的反思和提問。簡單地說，我們必須回應來自文化研究和歷史研究的「覆蓋式」衝擊，必須在其他有價值的學術道路上尋找自我，為我們作為研究者的不可替代性「正名」。這就是當代文學學者張清華所承受的壓力：「問題是有前提的，相對的，歷史的。讓我們來說說看，問題緣於何處。從最現實的角度看，我以為是緣於這些年文學的社會學研究、文化研究、歷史研究的『熱』。這種熱度，已使得人們很少願意將文學文本當作文學看待，久而久之變得有些不習慣了，人們不再願意將文學當作文學，而是當作了『文化文本』，當作了『社會學現象』，當作了『歷史材料』，以此來維持文學研究的高水準的、高產量的局面，以至於很少有人從文學的諸要素去思考問題了。」「人們在談論文學或者文本的時候，要麼已經不顧及所談論文本的文學品質的低下，只要符合文化研究的需要，便可以拿來『再經典化』，眼下這樣的研究可謂比比皆是；要麼就是根本不願意討論其文學品質，將文化與歷史的考量，變成了文學研究的至高訴求，這也是我們如今所經常面對的一種情形。」〔註11〕

其實，對文化研究、歷史研究在中國現當代文學研究中的暢通無阻，學界早已經開始了質疑，我們也可以據此認為，「文學性」問題的再次提上議程並非始於 2023 年，它是中國現當代文學始終不斷追問不斷反思的重要結果。2004 年，還在上一次由文藝理論界開啟的「文學性終結與擴散」討論進行得如火如荼之際，就有現代文學學者提出了質疑：「到處只見某種讖緯式的政治暗示與政治想像的話語大流行，文學研究重新成為翻烙餅式的一個階段對另一個階段的簡單否定，其自身的根基與連續性蕩然無存。」〔註12〕這裡提出的「自身的根基」問題極為重要。

對於跨出文學文本剖析進入歷史、文化與思想領域的趨勢，也有學者一針見血地指出：「人家原來幹本行的可能並不認同外來的闖入者，在他們專業訓練標尺的檢驗下，文學出身的思想史寫作總是難於得到行家的喝彩。這已經是

〔註11〕張清華：《為何要重提「文學性研究」》，《當代文壇》2023 年第 1 期。
〔註12〕郜元寶：《「價值」的大小與「白心」的有無——也談現代文學研究新空間的開創》，《中國現代文學研究叢刊》2004 年第 1 期。

近年來學界的一種景觀。」〔註13〕在這裡,學者陳曉明的介入和反省特別值得我們注意。他原本是文藝理論專業出身,很早就廣泛閱讀了西方後現代論著,又是新世紀之初「文學性終結」討論的重要參與者。有意思的在於,他的學術領域卻在後來轉入了中國當代文學,從西方文藝理論的引進到中國文學現象的進入,會如何塑形我們自己的文學思想呢?我注意到,越到後來,對文學現象本身的看重越是成為了他的選擇:「文學史敘事,根本方法還是回到對文學作品文本的解釋,『歷史化』還是要還原到文學文本可理解的具體的美學層面。終歸我們要回到文本。」〔註14〕

在以上的案例中,我們似乎可以梳理出中國當代學術的一種可能:當我們的目光回到文學的現象本身,他者的理論流行不再是左右我們判斷的標尺,那麼「文學性」的問題就首先還是一個現象學的問題,是現當代中國文學發生發展的歷史現象要求我們提出匹配性的解釋和說明,而不是移用其他的理論範式當作我們思想操練的工具。

三

現象學的考察,就是通過「直接的認識」描述現象的研究方法,即通過回到原始的意識現象,描述和分析觀念(包括本質的觀念、範疇)的形成過程,獲得研究對象的實在性的明證,它反對的就是從現象之外的抽象的觀念出發來判定現象。中國文學的「文學性」有無、界限、範圍不能根據西方文學理論的觀念加以認定,它應該由中國文學發展的歷史現象來自我呈現。在回顧、總結「文學性」的討論之時,已經有文藝理論的學者提出了這樣的猜想:「可以肯定,解構主義所揭示的文學向非文學擴張的趨勢,並非文學恒常的、惟一的、不變的價值取向,毋寧說這只是一種權宜之計,而不是長久之計。這一取向的形成固然取決於文學自身性質的常數,同時也取決於文學外部意向的變數。解構主義提出的『文學性』問題乃是一個後現代神話,與特定的時代、環境、習俗和風尚對於文學的需要、看法和評價相連,這與另一種『文學性』在當年俄國形式主義手中的情況並無二致。因此解構主義所倡導的文學擴張並非普遍的常規、永恆的公理,指不定哪天外部對文學的需要、看法和評價變了,文學與非文學的關係又會呈現出另一種格局、另一種景象。」〔註15〕這種開放的文學

〔註13〕溫儒敏:《談談困擾現代文學研究的幾個問題》,《文學評論》2007年第2期。
〔註14〕陳曉明:《中國當代文學主潮》,第22頁,北京大學出版社2009年。
〔註15〕姚文放:《「文學性」問題與文學本質再認識——以兩種「文學性」為例》,《中

性認知其實就是對文學現象的一種尊重，它提醒我們有必要將結論預留給歷史發展的無限的可能，文學性定義的可能性將以文學歷史的豐富現象為基礎。

沿著這樣的現象學考察方式，我認為「文學性」的問題起碼可以有這樣幾個破解之道。

其一，文學寫作者的情志和趣味始終流動不居，他們與讀者的互動持續不斷，因此事實上就一定會有各種各樣的「文學」誕生。我這裡並不是指文學在風格上的多姿多彩，這樣的現象當然無需贅述，我說的就是完全可能存在一種針鋒相對的「文學性」──在某些時代完全不能接受的形態也可能在另外的時代堂皇登上文學的殿堂。例如我們又俗又白的初期白話新詩在國學大師黃侃教授眼中不過就是「驢鳴狗吠」，豈能載入史冊，然而歷史的事實卻最後顛覆了黃侃教授的文學觀，淺白的新詩開闢了一個全新的時代，被以後一百年的中國讀者奉為經典。那麼，中國新詩是不是從此步上了一條淺白之路呢？也並非如此，胡適等人的嘗試很快就遭到象徵派詩人的痛斥，新一代的詩人決心視胡適為「中國新詩最大的罪人」，另走他途，完成中國新詩的藝術化建構，從新月派、象徵派到現代派，中西詩歌合璧，新詩的審美改弦更張，一直到二十世紀末，這條看似理所當然的藝術構建之路又一次遭遇挑戰，新的俗與白捲土重來，口語詩已經成為時代不可抗拒的存在，公然與高雅深邃的知識分子寫作分庭抗禮，其詩歌美學與藝術標準也日益成熟，在很大範圍內傳播、壯大、衝擊著我們業已習慣的文學定理。這就是文學的流動性。其實，所謂的「文學性」本身就一直在流動之中，等待我們──作者與讀者不斷賦予它嶄新的內容。

其二，既然歷史上「文學」現象層出不窮，千變萬化，作為文學的研究者，我們已經不可能再將「文學」限定於某一規範形態的樣板了。正如古代中國長期秉持「雜文學」的觀念，而與近代西方的「純文學」觀念判然有別，近代中國引入西方的「純文學」理想，實現了文學理念的自我更新，然而，歷史發展的需要卻又讓超出「純粹」的文學持續生長，例如魯迅雜文。晚清民初的魯迅，曾經是純文學理想積極的倡導者，力陳「由純文學上言之，則以一切美術之本質，皆在使觀聽之人，為之興感怡悅。文章為美術之一，質當亦然，與個人暨邦國之存，無所繫屬，實利離盡，究理弗存。」〔註16〕然而，人生體驗與現實

國社會科學》2006 年第 5 期。

〔註16〕魯迅：《墳·摩羅詩力說》，《魯迅全集》第 1 卷，第 71 頁，人民文學出版社 1981 年。

思想的發展卻讓魯迅越來越走到了「純文學」之外，在雜言雜感的形式中自由表達，道出的是自我否定的選擇：「我以為如果藝術之宮裏有這麼麻煩的禁令，倒不如不進去；還是站在沙漠上，看看飛沙走石，樂則大笑，悲則大叫，憤則大罵，即使被沙礫打得遍身粗糙，頭破血流，而時時撫摩自己的凝血，覺得若有花紋，也未必不及跟著中國的文士們去陪莎士比亞吃黃油麵包之有趣。」〔註17〕他越來越強調自己的雜文和那些所謂「藝術」、「文藝」、「文學」、「創作」等等毫不相干。面對這樣變化多端的文學現象，任何執於一端的文學定義都是狹隘無比的，我們只能如1918年的文學史家謝无量一樣，順勢而為，及時調整自己的「文學」概念，在「大文學」的視野上保持理論的容量。

其三，我們對「文學性」變量的如此強調並不是一種巧滑的託辭，而是可以具體定性和描述的存在。對於中國新文學而言，百年前的「新青年」羅家倫所作的界定依然具有寬泛的有效性。在他看來，文學就是「人生的表現和批評，從最好的思想裏寫下來的，有想像，有感情，有體裁，有合於藝術的組織」〔註18〕。這樣一種寬泛的描述其實就包含了一種開放的、流動的文學屬性，晚清魯迅理想中的純文學──「摩羅詩」具有文學性，民國魯迅固執己見的雜文學也具有文學性，因為它們都是「人生的表現和批評」；同樣，無論是典雅的知識分子寫作還是粗獷的民間口語寫作，都可以假借想像、情感和體裁建構「藝術的組織」。

其四，既然「文學性」可以在歷史的流動中賦予具體的內容和形式，那麼有力量的文學研究也就完全有信心取法別的學科，包括文化研究與歷史研究。何以能夠做到取法他者而又不被他人吞沒呢？我想，這裡的關鍵就在於我們不是因為取法文化研究而讓文學成了文化現象的注腳，也不是因為借鑒歷史研究而讓文學淪為了歷史運動的材料，我們必須借助豐富的文化考察接通文學精神再塑形的內涵，就是說在文學研究的方向上，社會文化的內涵並不是現實問題的說明而是文學精神的一種組成方式，不同的社會文化內涵其實形成了文學精神的深刻差異，挖掘這樣的精神才能真正抵達文學的深處，正如不能洞察佛家文化之於魯迅的存在就無從體味他蘊藏在尖刻銳利之中的悲天憫人，不能剖析現代金融文化之於茅盾的存在也無從感受他潛伏於心的對於現

〔註17〕魯迅：《華蓋集‧題記》，《魯迅全集》第3卷，第4頁，人民文學出版社1981年。

〔註18〕羅家倫：《什麼是文學──文學的界說》，1919年2月《新潮》第1卷第2號。

代都市文明的由衷的激情。在另外一方面，所謂的「文學性」也的確不僅僅是詞語自身的組合與運動，甚至也不純然是個人話語方式的權力顯現，它也是綜合性的社會文化的結果，對於現代中國文學而言，尤其包括了國家—民族力量全面的作用。在這個意義上，也是在文化研究和歷史文獻的輔助下，我們才可以更加準確地把握和認定種種國家—民族之於文學話語的塑造功能，例如爭取國家獨立、民族解放的自由話語，受制於威權統治的話語定型和個人表達的騰挪、閃避、隱晦修辭等等，總之，文化研究與歷史研究可望繼續為文學語言的定性提供思路和啟示，在這裡，至關緊要的不是文學研究與文化研究、歷史研究爭奪空間，而是它們的聯手與結合，當然，這是在努力辨析文學的藝術個性方向上的對話與合作，最終抵達的是藝術表達的深度。

目

次

導論　歌詩的當代興起

　　歌詩，即入樂的詩詞。但對音樂已近失落的古代歌詩，很多人又以徒詩（不入樂的詩）視之，常謂「歌詩」。本書所論及的歌詩，指所有現代已入樂以及意圖演唱的詩詞。「歌詠所興，宜自生民始。」〔註1〕人類一誕生，歌聲隨之而來。各民族大部分歷代的詩，最早都是以歌的形式出現的，唱詞便是本書討論的「歌詩」。

　　中國古代詩歌史，一直是詩與歌互融，一起作為文學的主導體裁。先秦的周詩、楚辭、漢代的樂府、魏晉南北朝的樂府民歌以及唐宋詞、元散曲中的大多數作品都是入樂的歌詩，不入樂的「徒詩」到漢末才出現。唐末五代，合樂的「詞」作為一種新體裁從民間興起，並在宋代成為詩的主導樣式，元明清三代，戲曲興起，歌唱再次興盛。甚至五四新詩發生時，歌詩也同時產生，早期部分新詩人如劉半農、田漢等人留意歌詩，只是未有意識將兩者合流。此後中國新詩漸漸書面化、精細化，意象複雜化，不再追求音樂性的節奏、韻律，而歌詩，語詞趨向平淺上口，意義則求簡單明瞭。歌與詩兩者分途漸遠，詩人與詞作家成為兩種職業。

　　現代詩與歌詩嚴重分家，對詩與歌詩均不利：純詩越來越變成小眾體裁，到今日唯寫詩者才讀詩；而作詞成為一種職業，其創作變成純粹配樂的輔助工作。由此，中國幾千年的「詩教」失落，這是中國文化的重大損失。

　　然而，歌、詩分途的格局在當代正發生重大改變。「歌詩」，這種入樂的詩，作為一種文化體裁正在當代中國復興，它追求一種「入樂為歌，出樂為詩」跨

───────────────

〔註1〕沈約《宋書‧謝靈運傳》。

—1—

文類特點。這表現在三個方面：一、一部分歌詩在藝術品格上，在思想主題的複雜程度上，已經不遜於成熟的新詩。而且，作詞人對這種合流已經相當自覺。比如著名詞人張黎介紹自己創作歷程的著作《歌詩之路》，方文山的歌詩集《關於方文山的素顏韻腳詩》都認為自己寫的歌詩是詩。二、很多詩人轉向，成為以「歌詩」創作為主的一種新型的「歌詩人」。例如詩人張海寧的歌詩集《愛情鳥》、白麟的《眼裏的海》等；三、歌曲界對歌詩的要求也發生了變化，許多原先不入樂的詩也都被紛紛譜曲傳唱，比如現代詩人胡適、劉半農、劉大白、徐志摩、戴望舒等早期詩人作品，當代詩人舒婷、翟永明、三毛、餘光中、鄭愁予、洛夫、瘂弦、三毛、席慕蓉、瓊瑤、白萩、羅門、楊牧、周夢蝶的作品等。這三股潮流匯合，使「歌詩」作為一種特殊且重要的文學體裁出現：它是入樂的詩，是詩性的歌詩。

當代歌曲的繁榮是歌詩興起的重要推動力量。歌曲不僅是當代文化一個極端重要的組成部分，而且也是文化產業的重要分支。尤其近 20 年來，隨著電子新傳媒的發展，在文化產業化進程中，歌曲的影響力超過了以往任何年代。對於大多數中國公民來說，他們接觸的書面化的純詩遠遠少於能唱的歌詩，不是歌詩取代了中國新詩的地位，而是書面詩越來越自我邊緣化，歌曲的巨大影響力，承傳並發揚著中國「詩教」、「樂教」傳統。考慮到歌詩對港臺海外散住全球的華人凝聚力，考慮到歌詩在影視、旅遊、廣告、品牌等各種文化產業領域中的推助力，考慮到歌詩強大的話語傳播能力與意義效果，歌詩研究已成為當今文化研究無法忽視的重要課題，對歌詩的評介和批評，也對當代文化批評界提出重大挑戰。

學界一向重視中國古代歌詩的研究，重要的學術著作已有多種，學術文章有數百篇，主要集中在以下幾個方面：一為古代歌詩的內涵與外延研究；二為各歷史時期歌詩的生產、消費和表演研究；三為歌詩的社會文化研究；四為歌詩對古代其他文體的影響研究，其中對歌詩的生產、消費和表演研究篇幅最多。研究學者中以趙敏俐的《漢代樂府制度與歌詩研究》、劉懷榮《魏晉南北朝制度與歌詩研究》、左漢林《唐代樂府制度與格式制度》、錢志熙的《漢魏樂府藝術研究》、吳相洲的《唐代歌詩與詩歌》等最為系統。古代歌詩研究的繁榮，反襯出當代歌詩研究的匱乏及其研究的重要意義。

「歌詩」作為新體裁的興起，很類似於唐末局面。詩界與文學界目前對此新體裁相當猶豫，原因有二：一是學科百年歷史的慣習，大部分詩歌研究者缺

少音樂方面的訓練，對歌詩這種體裁及其創作規律很不熟悉，不知如何面對這種相當不同的詩體及其影響力，其二是職業習見，認為歌詩是「次等的詩」，「平庸的詩」，從而不屑一顧，這個評價可能曾經是對的，但已經不適合當代歌詩的發展。

應當說，中國的創作界與研究界，已經開始重視歌詩：歌詩作品不僅進入寫作課程訓練，進入高考試卷，而且已經進入大學重要的教科書，例如謝冕選編的《中國百年文學經典》、陳洪編寫「十五」國家級規劃教材《大學語文》、李怡主編的《中國現代詩歌欣賞》、呂進編寫的《新中國 50 年詩選》都已入選各種歌詩作品。關於歌詩的討論也開始進入學者視野，例如，陳思和的《中國當代文學史教程》、苗菁的《現代歌詞文體論》、翁穎萍的《非自足性語言研究——以現代歌詞為例》、許自強《歌詞創作美學》、晨楓的《中國當代歌詞史》，魏德泮的《歌詞美學》、陳清僑《情感的實踐——香港流行歌詩研究》，王麗慧《從唐宋詞到當代流行歌曲》，宋秋敏《「流行歌曲」視角下的唐宋詞》毛翰《歌詞創作學》等。還出現了不少學術論文，例如童龍超的《歌詩在詩歌與歌詞之間》，楊雄《唱詩論——關於今形式、傳播的思考》，趙東玉《當代流行音樂中的尋根主題》等。這些研究從不同的角度，都提出了「歌詩」存在與發展的重大意義。

儘管如此，學界目前依然面臨困境：一、對這新體裁命名不一；二、對其評價方式沿用書面詩的理論；三，對其地位認識不一，大多數只是在研究時涉及歌詩，聊備一格。對歌詩作為一種文學體裁的發展前景和重大影響力的學理研究，在國內基本上還沒有充分展開。

歐美國家對歌詩的研究，雖說艱難，但起步早於中國，不少歌詩人的研究已經進入主流學界和大學文學藝術教學體系，一些最有影響力的「歌詩人」，例如列儂、迪倫、科恩、麥克林已經被學界認為是對當代文學作出重大貢獻的人，他們的一些作品已進入經典作品殿堂。2016 年，美國創作型歌手鮑勃·迪倫以其「在偉大的美國歌謠傳統中，創造了嶄新的詩意表達」獲得了諾貝爾文學獎。這一世界最高文學獎項，實際是對迪倫歌詩文學意義的高度認可。西方學界歌詩研究方面的成果與經驗，值得本書借鑒。

歌詩在近年迅猛發展，並成為中國文學的一種特殊體裁，本書討論其興盛之原因與意義；討論歌詩的傳統淵源，討論它的發展史，討論它作為特殊文學文化體裁的特點；討論歌詩與新的文化語境之間的互動關係；並參照中國古代

歌詩發展的歷史，借鑒西方歌詩研究發展的路徑，探討中國當代歌詩的發展趨
勢。為完成其任務，本書分上中下三篇來討論：歌詩發展史略，歌詩文體批評
以及歌詩文化批評。

上篇　歌詩發展史略

第一章　古代歌詩傳統淵源

第一節　先秦時代的詩、歌、舞三位一體

　　歌唱是否產生於言語之前？亦或是言語先出，歌只是對語言自然抑揚變化的模仿和誇張？至今人類學未能有一致的意見。關於歌曲的起源，中外學者歷來有很多理論說法〔註1〕，其中勞動節奏說，似乎更接近歌曲的產生。

　　魯迅對文學起源於歌，這樣論述道，「人類在未有文字之前，就有了歌曲，可惜沒有人記下，也沒有法子記下。我們的祖先原始人，原是連話也不會說的，為了共同勞作，必需發表意見，才漸漸地練出複雜的聲音來，假如那是大家抬木頭，都覺得吃力了，卻想不到發表，其中有一個叫道『杭育杭育』，那麼，這就是創作；大家也要佩服，應用的，這就等於出版；倘若用什麼極好留存下來，這就是文學；他方然就是作家，也是文學家，是『杭育杭育』派。」〔註2〕楊蔭瀏從音樂起源得出同樣結論：「勞動的進行、語言的產生、人腦的發達，為音樂藝術的產生準備了條件。其次，勞動也創造了音樂藝術。勞動實踐本身，

〔註1〕在 J·孔斯的《民族音樂學》中，總結了幾種關於音樂的起源的論述，其中有從動物求偶本能得出的「性慾說」；對自然界聲音的「模仿說」；出自情感激動發出的「感情說」；兒童時期口齒不清的「遊戲說」；宗來源於教巫術儀式的「宗教巫術說」；人們因為縮短空間距離的需要而發出的「呼喊說」，以及後來對對語言語調的「語言旋律說」等等。這些種種理論假設，雖然很有意義，但由於沒有史實的考證而無法得出結論。此文載於《民族音樂學論文集》，袁靜芳、俞人豪譯，北京：中國文聯出版公司1985年，第158～160頁。

〔註2〕魯迅《門外文集》，《魯迅全集》（第六卷），北京：人民文學出版社，1981年，第93～94頁。

給予音樂以內容。勞動的動作和呼聲，給予音樂舞蹈以節奏和音調。」〔註3〕

他們都認為音樂起源與勞動的合作。很早的《淮南子・道應訓》篇中也這樣記載，「今夫舉大木者，前呼『邪許』，後亦應之，此舉重勸力之歌也。」由此看出，歌在勞動中產生，在歌中已經有了勞動所派生的歌的節奏、聲調、韻律，形成了歌詩的最初形式。

詩歌與音樂，一直是共生的。詩歌以語言展開，善於抒情，更長於敘事；音樂以旋律展開，善於敘事，更長於抒情。各個民族的文學史，都從「歌詩」開始：兩者相輔相成，互不可分。

詩歌與音樂向現代發展過程中，兩者有分有合，時分時合。但是在歌曲中，兩者始終不能分開。古代常常一曲多詞（填詞，戲曲），偶而也可以一詞多曲，現當代歌曲，卻是比較嚴格的一詞一曲：提到某首歌的標題，既指詞又指曲。

在魏晉之前，幾乎所有的詩歌都是為了唱的，至少是按唱的模式創作的，大量歷史文獻證明這一點。

先秦藉典中最早關於歌曲的記載，只剩下一些歌詩，但是量很大，證明當時歌詠活動之普遍。現在此類歌詩，大多已經判定為漢代依據口傳的歌記下的，也就是說先有歌詩之唱，再有歌詩之書面記錄。從其中先民歌詩活靈活現的質樸風格，反過來可以證明此類「重寫典籍」相當接近原作。

《呂氏春秋・季夏紀・音初篇》所記「南音」《候人歌》，歌詩只有四字：「候人兮倚」。聞一多考證後認為，此歌實為二字歌，後二字只是摹音，是因感情激蕩而發出的聲音，他強調說，這種聲音「便是音樂的萌芽，也是孕而未化的語言。聲音可以拉得很長，在聲調上也有相當的變化，所以是音樂的萌芽。那不是一個詞句，甚至不是一個字，然而代表一種頗複雜的涵義，所以是孕而未化的語言。」〔註4〕這就如同現代歌曲中的反覆詠歎「我在等待你」或「等著我吧」這一永恆主題。如果說前二字是一種敘事，算是最簡單的詩歌原型，後二字就是歌詩的原型，虛實相生，創造和出詩歌與音樂的和諧意境，一唱三歎，吟哦長歌。

《吳越春秋》記載的先民「彈歌」，其歌詩也簡單之極：」斷竹，續竹，飛土逐肉」。同樣《呂氏春秋・仲夏紀・古樂篇》記載的歌，也都體現了先民

〔註3〕楊蔭瀏《中國古代音樂史稿》上冊，北京：人民音樂出版社，1981年，第2頁。
〔註4〕聞一多《神話與詩》，《聞一多全集》，武漢：湖北人民出版社，2004年，第197頁。

古樸的原始生活。「昔葛天氏之樂，三人操牛尾，投足以歌《八闋》：一曰《載民》，二曰《玄鳥》，三曰《隧草木》，四曰《奮五穀》，五曰《達帝功》，七曰《依地德》，八曰《總禽獸之極》」，先民原始歌舞一體「投足以歌」，從八首標題上來看，都是先民們的原始生活和情感的反映。

歌詩音樂舞蹈合起來組成禮儀，是中國古文明的重要組成部分。這部分被禮儀化的歌曲，統稱為《韶樂》。

《韶樂》據說來自舜時，大致為農耕業開始階段。歌詩中對黃河的依賴感很明顯。《山海經·大荒西經》記載，「開（夏后啟）上三嬪於天，得《九辨》（「辨」即「變」）《九歌》以下，……開焉（於是）得始歌《九招》。」《尚書·堯典》載：「帝曰：……詩言志，歌永言，律和聲。八音克諧，無相奪倫。神人以和。」歌詩的意圖是實現人神和合的願望。而《周禮·春官·大司樂》中的「《九德》之歌，《九磬》之舞，於宗廟之中奏之。若樂九變，則鬼神可得而禮矣。」歌曲目的明顯，是為了與神溝通。《韶樂》基本樂式為套曲，每一部分有九首，「九」似為吉祥數。實際上不一定九首，楚辭十一首《九歌》為祭鬼神曲，有的明顯是地方神，例如楚辭中的《湘君》、《湘夫人》、《河伯》等，各地方演出會有很多變化。規模宏大，其中有舞蹈表演，是大型歌舞套曲。

孔子聞《韶樂》已是公元前 517 年左右，《韶樂》經過近千年發展，已趨成熟完美。「孔在齊聞《韶》，三月不知肉味，曰『不圖為樂之至於斯也！』」。〔註5〕後來又不斷提到「《韶》，盡美矣，又盡善也。」〔註6〕

大部分《韶樂》不見傳，但據說屈原作《楚辭》中的《九歌》，自稱：「啟《九辨》與《九歌》兮，夏康樂以自娛」（《離騷》），意思是他寫的《九歌》之詞，是《韶樂》中一部分曲式的變體，《九辨》之「辨」即古辭「變」。可見《韶樂》只是類式有定規，由不同地方的人，自行配不同的詞，或許音樂也有所變化，以應本地禮儀之需。

《韶樂》樂不見傳，《詩經》中的頌雅可能大多為《韶樂》，難以懸猜詩與曲的關係。但必無疑問的是：《詩三百》全部入樂，實際上「詩」這個詞本身，古義就是歌詩。《詩經》這本詩集，西方人一直譯為 Book of Songs，可謂考據周密的結果。古人和今人的論述也足以明證。「詩三百篇未乂不入樂者」，〔註7〕

〔註5〕《論語·述而》。
〔註6〕《論語·八佾》。
〔註7〕馬瑞辰《毛詩傳箋通釋·詩入樂》。

「誦『詩三百』弦『詩三百』歌『詩三百』」〔註8〕，更是把詩曲表演三者關係
點得一清二楚。經過五四以來顧頡剛、陸侃如等二十多位專家的反覆推研，可
以說已是不爭之論，至今已無人懷疑。

　　「舞必合歌，歌必有辭」。〔註9〕詩、歌、舞三為一體，郭紹虞的這個結論
是中國詩歌及音樂形態的最好描述。

第二節　樂府詩

　　樂府是個音樂機構指稱，也是詩之一體。任半塘說：「我國古詩歌凡聯繫
聲樂者，除《詩經》、《楚辭》外，因文人好古博雅，遂借用『樂府』一名，為
其通稱。」〔註10〕漢武帝於公元前112年建立中國最有名的音樂機構「樂府」，
主管者「協都尉」李延年是音樂家。但「多舉司馬相如等數十人，造為詩賦，
略論律呂，以合八音之調，作《十九章》之歌」〔註11〕。看來樂府的工作程序
是讓音樂家與文學家合作，但創作的步驟看起來是從「詩賦」歌詩開始。

　　古詩可能一曲多詞。「孟春之月，群居者將散。行人振木鐸詢於路，以采
詩。獻之太師，比其音律，以聞於天子。」〔註12〕可見民間歌曲產生後（看來
是孟春前「群居」過節娛樂的產物，搖著木鈴的文化人，可能只採詞（不配樂
的民謠），亦或連歌帶詞一道「採」，但是經過宮廷樂師改制，也可能為了套用
現成曲調，而改動文詞。從《漢書》中有關《安世房中歌十七章》、《郊祀歌十
九章》來看，楊蔭瀏認為是「根據民間曲調，曲文學家配上歌辭，音樂家配上
樂器而成」〔註13〕。楊蔭瀏是音樂家，他可能對採曲感興趣。而機構樂府，可
能對歌詩更感興趣。

　　錢志熙的研究也很有啟發，他將漢魏樂府詩放在當時的社會文化背景和
樂府藝術的整體中去考察，打破將樂府詩作為一種純粹的詩藝、一種單獨的詩
體，或是一種可以藉以考察漢魏社會的史料等研究上的侷限。他認為，「漢魏
樂府詩是有多種藝術樣式組成的，其中詩和音樂是兩個最重要的構成部分。他
們之間不是簡單的相加，而是血肉包容的，有些因素甚至是共同的。甚至可以

〔註 8〕《墨子‧公孟》。
〔註 9〕轉引自朱自清《中國歌謠》，上海：復旦大學出版社，2004年，第14頁。
〔註 10〕任半塘《唐聲詩‧弁言》，上海：上海古籍出版社，1982年，第1頁。
〔註 11〕《漢書‧卷九三，李延年列傳》。
〔註 12〕《漢書‧食貨志》。
〔註 13〕楊蔭瀏《中國古代音樂史稿》（上冊），北京：人民音樂出版社，第108頁。

這樣說，樂府整體上就是一種完整的、有機的『樂』，樂器演奏構成『器樂』，詩與曲調構成『歌樂』、有時還加上舞蹈動作形成『舞樂』，戲劇性的表演而形成了『戲樂』。所以其中的詩，並非獨立產生，而是在此藝術整體中產生。」〔註14〕他對樂府詩與音樂、樂府詩的產生與新聲的關係的考察中得出，作為歌詩的考察標準，不應該完全歸類於一般詩歌的詩藝考查。因為樂府詩「無論從作者和適當時的欣賞者（聽眾、觀眾），都沒有將語言藝術作為單獨的部分提取出來欣賞。它完全不同於文人所創作的案頭斟酌、玩味的詩歌。所謂的字法、句法、章構、詞藻。乃至於風格、韻味，在原始樂府詩的作者和欣賞者那裡，只是一片混沌，沒有一樣留住過他們的心眼。」〔註15〕

　　趙敏俐肯定這一說法，也指出「漢代歌詩從本質上看是詩樂合一的用於演唱的藝術作品。」〔註16〕比如《古詩十九首・西北有高樓》，《箜篌引》等，他認為是單人的獨彈獨唱，漢樂府相和歌多為一人主唱，其他人伴唱伴奏。《郊祀歌》多為歌舞伴唱〔註17〕。並進一步指出歌詩是服務於表演的，「這也使漢代歌詩的語言形態與文人案頭作品有了巨大的不同，體現出很強的程式化特點，有著獨特的章曲結構，並且仍然在很大程度上保留這口頭傳唱藝術的傳統，運用來了各種套語套式。」〔註18〕

　　以樂府為代表的歌詩走的並非先秦的雅樂傳統，卻以新樂特徵與文體優勢代表了漢以後中國歌詩發展的新方向〔註19〕。正如蕭滌非所云：「世多謂樂府為詩之一體，實則一切詩體皆有樂府生也。」〔註20〕後世的漢代文人五言詩和魏晉的歌詩發展，很多風格始於樂府。

　　中國文華雖然很早就有發達的文字記載——傳抄傳統，有效可用的穩定記譜法卻始終付諸闕如。漢代後期，印刷術出現於中國，中國書面文化發展迅速。詩與曲就開始脫離，唐孔穎達《毛詩正義》中說，「時本樂章，禮樂既備，

〔註14〕錢志熙《漢魏樂府的音樂與詩》，鄭州：大象出版社，2000年，第7頁。
〔註15〕錢志熙《漢魏樂府的音樂與詩》，鄭州：大象出版社，2000年，第3頁。
〔註16〕趙敏俐《漢代樂府制度與歌詩研究》，北京：商務出版社，2009年，第357頁。
〔註17〕趙敏俐《漢代樂府制度與歌詩研究》，北京：商務出版社，2009年，第358～362頁。
〔註18〕趙敏俐《漢代樂府制度與歌詩研究》，北京：商務出版社，2009年，第357頁。
〔註19〕趙敏俐提出，以樂府為主的兩漢歌詩創作，一開始就是從戰國的鄭聲新樂中發展而來。它突出的娛樂色彩，從本質上就是和儒家詩教、詩騷傳統相對立相衝突的。參見趙敏俐《漢代樂府制度與歌詩研究》，北京：商務出版社，2009年，第398頁。
〔註20〕蕭滌非《漢魏六朝樂府文學史》，北京：人民文學出版社，1984年，第126頁。

後有作者，無緣增入」。音樂已與詞緊密配合，一詞一曲，無法再填詞。可見，曲已開始流失：不失於戰火，卻失於「文化」變遷。

所以，中國詩詞與曲脫分離的重要原因，是中國文化的嚴重書面化。德里達說西方文化有強烈的「口語中心主義」，口述表達因其直接性，不容歧義，導致邏各斯中心主義。他認為中國文明的音字脫離書寫中心方式，擺脫此患，與西方文化恰成對比，堪為西方楷模。其實德里達誤讀加誤解，書面中心造成的是另一種形態的話語霸權方式，中國特有的邏各斯中心（文以載道）完全可以以書面中心主義方式擴展到整個中國文化的縱深。書面文本在時間與空間傳遞過程中，不容變異，比口述文本剛性得多。後果之一就是中國詩與音樂時合時分。音樂因為必須依靠口傳，幾乎喪失哪怕能從考據或考古中發現的古譜，恢復曲調，也不再是大眾傳唱的依託。因此，不管原來是否是「歌詩」體裁，現在均成「徒詩」。

脫曲之詞，便是所謂的「徒詩」或「徒詞」。《四庫全書》集部詞曲類詞話屬《碧雞漫志》云：「蓋《三百篇》之餘音，至漢而變為樂府，至唐而變為歌詩；及其中葉，詞亦萌芽，至宋而歌詩漸衰，詞乃大盛。……迨金元院本既出，並歌詩之法亦亡。文士所作，僅能按舊曲平仄，循聲填字。自明以來，遂變為文章之事，非復律呂之事。」〔註21〕皮錫瑞《經學通論·論詩無不樂》中描述，「唐人重詩，伶人所歌皆當時絕句，宋人重詞，伶人所歌皆當時之詞，元人重曲，伶人所歌皆當時之詞……誦歌詩不歌曲，於是元之詩為『徒詩』；元歌曲不歌詩，於是元之詞為『徒詞』……後人擬樂府，則名焉而已」〔註22〕。皮錫瑞此言指出了中國歷史上詩與音樂脫離的一條常見的演變途徑，即曲因時風變遷而失傳不再演唱，於是仿此體寫的詩，如填某個詞牌，只是託其曲名而寫的「徒詞」。

造成「歌詩」而不能代代流傳的原因，和中國較為落後的書面記譜法有關。比如，從現今所存有的年代最早的雅樂歌曲（詩經樂譜）《風雅十二譜》來看，已是宋代趙彥肅所為。宋代姜夔的《白石道人歌曲》中的自度曲七首，被譽為「是現存的我國古代最可靠、最珍貴的宋代詞體歌曲的代表」〔註23〕。此外，《九宮大成南北詞宮譜》和《歲金詞譜》，都是清人追述記載的詞譜了。可見，曲譜的出現遠遠落後於歌本身。

〔註21〕永瑢等《四庫全書總目》卷199《集部·詞曲類二》，北京：中華書局，1987年，第1826頁。
〔註22〕皮錫瑞《經學通論》，北京：中華書局，1954年，第54～56頁。
〔註23〕管謹義《中國古代歌曲概論》，天津：百花文藝出版社，1998年，第12頁。

記譜雖只是工具，從大歷史角度看，工具不順手的後果嚴重：音樂傳授困難，曲譜不再抄印，詞存而曲不存。所以，古人說歌曲，各有千秋，都只有詞句印象，無譜時代留下的歌，只有歌詩。

第三節　「徒詩」的出現

從世界文化史來看，任何一個藝術門類發展到成熟階段，必然「內轉」，與其他藝術門類，尤其是原先結合的很緊的類式拉開距離。比如電影，最早用來記錄戲劇，基本上與戲劇同一模式。電影一旦發展，就內轉，調動自身的藝術特點，如果依然象戲，反而成為一部電影的缺點了；攝影最早追逐繪畫效果，後來就努力擺脫「畫面感」。

上文中說，詩（徒詩），是從歌詩發展出來的，因此詩逐漸「自轉」，找到自己獨特的、非歌詩性的藝術形式。最早脫離歌詩的是源自楚辭的賦，賦趨向散文，距離拉得較遠。《離騷》、《涉江》諸篇歸於屈原名下的作品，並不宜入歌。宋玉的《高唐賦》、《登徒子好色賦》，就明顯是散文，不能唱。司馬相如等人的賦就是純散文。漢詩興盛的卻全是樂府詩，即歌詩，而且都是民間歌詩，整個漢代幾乎無「詩人」。

漢代末期，文人已經覺得詩應當獨立。劉勰的《文心雕龍》作為中國歷史上最大規模的文學論文，明顯重文學輕音樂：其樂府第七十一章說：「詩為樂心，聲為樂體。樂體在聲，聲師務調其器；樂心在詩，君子務正其文」。但這只是說在歌曲中，詞比樂重要，是君子關心的事，而樂是「聲師」處理的部分。

漢代的確有文人詩，它們創作的依然是能夠合樂的樂府詩。《古詩十九首》以及《文選》《玉臺新詠》等文集中收羅的部分漢代文人詩，無論是傳統的四言，還是漢代開始興盛的五言詩，乃至新出的七言詩，例如，張衡《四愁詩》（我之思兮在泰山），都是樂府詩。甚至曹操，他的全部詩篇，依然是依樂府舊歌而作[註24]。漢文人詩以五言為主，以班固《詠史》為至今尚存最早，以後有張衡《同聲歌》、秦嘉《贈婦詩》、蔡邕《翠鳥》、酈炎《見志詩》、孔融《臨終詩》等，但所有這些，都是樂府歌詩。可見「文人詩」在漢代依然多為歌詩。

到了魏晉南北朝時期，朝廷禮樂的需求更推動了歌詩的繁榮，宮廷往事與貴族世家的歌詩消費促進了歌詩的發展，比如，梁武帝親自制作禮樂，以及當

〔註24〕章培恒，駱玉明《中國文學史》（上卷），上海：復旦大學出版社，1996年，第312頁。

時的西邸交遊，齊梁士風以及盛行於魏晉南北朝的葬禮儀式中的顯示登記身份的輓歌創作等。與此同時，文人也是歌詩創作的主體。

最早真正寫徒詩的，應當是建安詩人，尤其是曹植。曹植的詩，一半是古樂府，一半是不再配樂的文人詩〔註25〕。《文心雕龍》中稱曹植詩為「無召伶人，事謝管絃」，的確說中要害。曹植的《送應氏》、《贈白馬王彪》等個人作品，看來是最早的徒詩。這也印證了沈德潛德的說法，曹操的詩猶是「漢聲」，而子建的詩純屬「魏響」。以曹植為代表的魏晉詩人開始把詩作為語言藝術，而不是作為詩樂複合藝術來創作，這也應合曹丕《典論·論文》的「詩欲附麗」說。不同於詩樂一體中的「詩」，它更注重詩的內容表達，注重詩的歌唱，情志發於心，並不太留意詩歌語言的精緻和華麗。

一直到魏晉嵇康，阮藉，左思等人，五言詩才作為中國第一個「徒詩」體裁站住腳。「徒詩」不久就開始「內轉」，出現一大堆嚴格的音律講究，兩千年來被遵循下來，人們似乎忘記了這寫音律並不是歌詩的要求，而是詩脫離歌詩猜弄出來的「內轉」。

第四節　「詞」與「曲」

魏晉南北朝之後，中國詩與歌曲又幾度分合，新出的歌詩體裁是唐末五代開始的詞，以及金元代出現的曲。這兩種歌詩遭遇情況也很不同，前者是詩界主流一度又與歌詩複合，而後者源自於中國式的歌劇，它始終沒有成為詩界主流形式。

唐詩可歌，入樂演唱依然是唐詩流傳的重要途徑之一。吳相洲在《唐代歌詩與詩歌》一書中開宗明義：「唐詩有一個重要的特點，那就是身兼詩、詞二任。有的樂於像詞一樣可以歌舞；有的不入樂，只供人們誦讀。這種入樂入舞的詩，我們稱之為『歌詩』」。〔註26〕《樂府詩集》就收錄了大量的唐人樂府詩。太常寺是唐代重要的樂府機構〔註27〕，協律郎是太常寺中的重要樂官。像李賀

〔註25〕章培恒，駱玉明《中國文學史》（上卷），上海：復旦大學出版社，1996年，第318頁。

〔註26〕吳相洲《唐代的歌詩與詩歌》，北京：北京大學出版社，2000年，第1頁。

〔註27〕太常寺很早就存在，只是歷代名稱各異，其歷代沿革情況參見《大唐六典》，（唐）李隆基撰，李林浦注。西安：三秦出版社，1991年，第279頁。以及《通典》，（唐）杜佑撰，中華書局，1988年，第691頁。

這樣懂音樂的詩歌才子，會擔任協律郎，繼而創作歌詩。《舊唐書》卷一百三十七《李賀傳》記載：「李賀，字長吉……尤長於歌篇……其樂府詞數十篇，至於雲韶樂工，無不諷誦。補太常寺協律郎。」

　　雖然唐代大部分詩人並非作為歌而作詩，卻詩經常被歌妓採用，五七言絕句形式本來就容易配上各種曲調，但是，唐代開拓西域，燕樂傳入，崔合欽《教坊記》載教坊曲三百二十四種，大多流行於開元、天寶年間，其歌詩即詞的雛形。與樂府詩之五言詩不同的是，此種歌詩要求「依樂章結構分篇，依曲拍為句，依樂聲高下用字。其為之形成一種句子長短不齊而有定格的形式。」〔註28〕這就是詞的開始。

　　在現存史料種看，最早詞文本是敦煌曲子詞。陸侃如、馮沅君的《中國詩史》認為，詞的出現起源與外族音樂與本土音樂二者的相互作用，「外在的音樂輸入多在北朝，而律詩的演成則在南朝。就性質上說，外族音樂的聲音多繁變，而律絕的字句極整齊。這兩種來源和性質都不同的東西，驟然配合在一處，自然要發生齟齬。」〔註29〕為此樂工們用「散聲」使詩句變成參差的新歌辭，在這方面，民間的《曲子詞》體現得更為大膽、明顯，結果正如此書中所說，「富於保守性的文人們卻依賴它們做開路先鋒。」〔註30〕

　　晚唐代確實有不少詩人開始創作「詞」，劉禹錫《憶江南》題下注明「依《憶江南》曲拍為句」。韋莊詩風已經與詞相當接近，《古離別》似乎像絕句詩，明顯用作歌詩，曉暢而感傷。但陸、馮兩位先生卻認為，「由詩人兼差，此時的詞，無論在意境上抑在辭句上，都很像詩。」〔註31〕可見，儘管都能唱，但詩和詞兩個概念當時含義差異很大。

　　溫庭筠是第一個認真寫詞的文人，五代《花間集》承其餘緒。南唐李煜的詞是曇花一現的個人成就，似乎是南唐宮廷雅好音樂形成的特例，民間流行還要等一段時間。宋慶曆之後，出現了一個相對繁榮穩定的社會，詞突然開成奇葩。宋詞基本上是歌詩本色，吟風弄月，男女戀情，表現日常生活情感，適宜歌詠。很多寫別的文體的嚴肅文人，詞卻寫男女之情，或輕佻熱烈，或細膩入

〔註28〕章培恒，駱玉明《中國文學史》（中卷），上海：復旦大學出版社，1996年，第268頁。

〔註29〕陸侃如馮沅君《中國詩史》，天津：百花文藝出版社，2000年，第440～441頁。

〔註30〕陸侃如馮沅君《中國詩史》，天津：百花文藝出版社，2000年，第441頁。

〔註31〕陸侃如馮沅君《中國詩史》，天津：百花文藝出版社，2000年，第449頁。

微。歐陽修就是一個例子，范仲淹的詞也與其詩風大不相同，可見詞要入歌，這點意圖相當牢固。柳永開始發展「長調」「慢詞」，看來這不再是民歌，而是專供職業歌女演唱，所以曲式複雜得多。

蘇軾開始的豪邁派，依然是在寫歌詩，只是境界過於開闊，歌榭舞臺上唱起來酬賓不太合宜而已，到辛棄疾「以文為詞」更不適合歌。但是金代《西廂記諸宮調》裏依然用了大量宋詞片斷，可見大部分宋詞一直是作為歌詩創作的。

金元時期大量異族歌曲湧入北方，元雜劇這種歌曲的突然興起，把中國歌曲帶入全新境界。據王國維對元代周德清《中原音韻》所舉雜劇 335 歌曲牌的名稱進行的研究，他指出一半以上曲調來自唐宋歌舞大麴音樂、詞音樂及諸宮調曲調等，其他一般是元代新傳入之曲。而幾乎同時在南方發展起來的南戲音樂來源廣泛，據王國維《宋元戲曲考》統計，其曲調來源於唐宋體歌曲有 190 首，占總數 543 首的三分之一。元曲與雜劇經常同用一些歌曲套曲。套曲用同宮調的幾首歌相聯，而且密密用韻，甚至一路到底不轉韻，「曲」看來是更加與歌密切相連的一種歌詩。

第五節　歌的衰落與戲劇興起

到清代，「歌唱」似乎已經只限於戲曲。號稱「文備眾體」的《紅樓夢》，詩到處可見，有上千首之多，但能唱的極為少數。《紅樓夢》這部「中國文化的百科全書」的大量歌詩，到十七世紀，已成為充滿了歷史的碎片，這部小說中許多據說的歌詩，其實都是古代一度入樂的歌詩門類，說是「唱」出來，只是習慣性寫法而已。中國歷史似乎一再返回「有詞無曲」，而無曲的歌詩，實際上只是對歌詩的遙遠記憶。

到中國傳統社會末期，歌曲已經衰退，但人民依然要唱歌，但歌曲只是底層的一些民間俗歌俚曲了。清代民間俗歌較為繁榮，其流傳的規模數量較明代多。部分原因可能與城市規模的擴大、娛樂性消費的增長有關。劉復、李家瑞所編《中國俗曲總目稿》中，收各地「俗曲」單刊小冊六千餘種（包括地方小戲之類），鄭振鐸也曾「搜集各地單刊歌曲近一萬二千餘種」，而這還「僅僅只是一斑」〔註32〕。較早收集清代俗曲的歌集為《霓裳續譜》，由顏自德選輯、

〔註32〕鄭振鐸《中國俗文學史》，北京：中國文聯出版社，2009 年。

王廷紹編訂，收曲詞六百餘首，刊刻於乾隆六十年（1795）；另一本為《白雪遺音》，華廣生輯，收曲詞七百餘首，刊刻於道光八年（1828）。

清代俗曲的內容相當廣泛，既有據戲曲劇本改定，也有寫民間風俗，風格也多樣，有詼諧嘲戲，也有文字遊戲，但最有文學價值的還是情歌一類。正如王廷紹在《霓裳續譜序》中說：「或撰自名公巨卿，逮諸騷客，下至衢巷之語，市井之謠。」這些民間俗曲，不一定都來源於社會下層，也有文人騷客的低情調之作。因為和明代的情況一樣，清代民歌俗曲主要流傳於酒樓妓院，所以不免情調不高。但總的來說，清代民歌所起的作用不及明代民歌那麼重要。清代文學偏於雅化，文人雖偶寫小曲，但只是遊戲之筆，並不認真。直到清末的黃遵憲，才有些真正重視，但這已是後來的事了。黃遵憲的「我手寫我口」，倒是將大量的口頭化民歌入詩，因為「歌詩訴諸演唱，要求更接近口語，因此也更易擺脫舊詩格律的束縛。舊詩體式的突破也首先從這裡打開缺口」。〔註33〕這不能不算黃遵憲作為詩界革命先行者的一大眼力。

「崑曲」，是明代戲曲聲腔眾成最高，影響最廣的南曲聲腔。元末南戲流傳崑山地區，與當地語言及音樂相結合，經崑山音樂家顧堅改進而成了崑山腔，至明嘉靖年間，魏良輔在其基礎上，集思廣益，前後歷經十年，總結出一套唱曲理論，建立了委婉細膩、號稱「水磨調」的崑腔體系。

乾隆年間，中國民間戲劇，及所謂的「花部」，突然興盛，這是對明代以來過於精雕細刻「雅部」（崑曲）一統天下的自然反抗。

《綴白裘》這樣大型歌劇集的出現，標明中國歌曲終於依託歌劇成為全民藝術活動，這與 18 世紀發生在歐洲的歌劇勃興幾乎同時。兩邊都各自貯備好條件，等待現代歌曲的發生。

在西方，歌劇彌撒曲、合唱集、清唱集等曲式被宗教題材崇高化，寫作方式細密而理性，曲式複雜，教會的歌詠變成的高雅音樂。古典音樂或經典音樂，在西方是一個詞（classical）。在西方，「群眾性」現代歌曲的發展對抗這種「傳統」，但這個傳統相對傳承比較平順，而在中國，雅俗對抗一直是歌曲發展的主線，中國歌曲與傳統之間的斷裂，卻是由於現代漢語產生的語言節奏重大變化，以及西方音樂方式的輸入，無法與中國古典傳統順利接合，直到後來詞曲家們的不懈努力，才找到兩者接軌的方式。

〔註33〕馮光廉主編《中國近百年文學體式流變史》（上），北京：人民文學出版社，1999 年，第 353 頁。

第六節　一點規律：不可放棄的詩歌入樂傳統

整整一部中國詩歌史，就是詩在歌詩與徒詩之間搖擺的歷史。歌詩總是採取新的形式冒出來，而「徒詩」也在不斷收到音樂的誘惑。朱自清說這是一部詩的歌謠化歷史：「通文墨的人將原詩改協民間曲調，然後藉了曲調的力量流行起來。」〔註34〕他的這個說法很有意思。不是新的詩歌形式不斷冒出來，而是詩歌不斷地回到歌詩去接受新的生命力。

徒詩與歌詩不斷地轉換位置：每當舊的樣式充分發展，「內轉」到無可再轉，需要新的形式來復活自身時，詩就回過頭來找歌曲，把歌的音樂性轉移到詩歌語言內部的音樂性來。例如詞，從唐到宋，有二百年之久一直是歌詩。北宋歌曲如此發達，然而，一旦充分發展，李清照就提出「詞別一家」。

我們不禁要問：為什麼詩這體裁一發展，就不能入歌？詩歌書面化造成自立面擴大，意境越來越個人化。例如，李清照詞的私密個人性話語，無法毫無顧忌地唱出來。事實上，屬於集體經驗的內容，一旦表現過於複雜，也會造成歌詠困難。大部分《念奴嬌》詞當時廣為傳唱曲，但是蘇軾的《念奴嬌・赤壁懷古》也不例外，也被配曲，但其詞大氣磅礴，境界開闊，歷史內涵，超出勾欄歌詩的需要，因此被諷刺為「關西大漢，銅琵琶，鐵綽板，唱『大江東去』」。〔註35〕當時沒有這樣的歌式酬客，此種評語是諷刺蘇軾。幾乎所有的豪放派詞，均難以入樂。原因不是不協音律，而是內容不宜。

朱自清在《中國歌謠》一書中也提到，「印刷術發明以後，口傳的力量小得多；歌唱的人也漸漸比從前少。從前的詩人，必須能歌；現在的詩人，大抵都不會歌了。這樣，歌謠的需要與製造，便減少了。」〔註36〕技術因素影響人們的生活方式和接受方式，同時印刷術即書面文字的產生，在促進文人誕生的同時，又創造了新的受眾，他們從兩方面分流了歌詩的發展。

所以，詩脫離音樂，不是因為形式，而是因為內容。「內轉」後的詩宜於閱讀，不宜於配歌，此為書面化。但是這種書面化不是壞事，設想如果宋詞只剩下宜唱的婉約派，這將是一個很大的遺憾。

入樂歌唱的詩，一直是中國古代詩歌的傳統，詩與音樂的分離，在新詩出現不久後逐漸分離，正如呂進所說：「離開詩，音樂似乎發展的更好；離開音

〔註34〕朱自清《中國歌謠》，上海：復旦大學出版社，2004年，第38頁。
〔註35〕俞文豹《吹劍錄》，轉引自《歷代詩餘》卷115。
〔註36〕朱自清《中國歌謠》，上海：復旦大學出版社，2004年，第37頁。

樂，詩在迷惑中走向探尋、開發與音樂相似的自身媒介的音樂性，而音樂性是詩的首要媒介特徵。」〔註37〕在現代漢語詩中，歌詩與詩幾乎從來沒有合流過，或嚴格地說，最早期的新詩，與新歌詩很難區分，不少著名的新詩人寫歌詩，有的新詩作品直接用作歌詩，但真正匯合併沒有出現過。相反，我們看到的是，分途越來越遠。隨著新詩的發展，入歌的可能性似乎越來越小。

我們不僅要問，到底是現代歌詩不能入樂，還是新詩觀念的自囚？當代詞作家喬羽先生在他的詩詞論文集中，說得很誠懇：

> 我以為中國的新詩一直沿著兩種軌道在發展。一種是與音樂相結合的，這便是歌詩。一種是所謂自由體詩，它不受音樂的制約，只尋求語言自身的規律，因此形式是多種多樣的。歌詩由於插上了音樂的翅膀，易於傳播，也易於使群眾接受。自由詩則因現代語言的不易提煉，一時難於找到自己的穩定形式，限制了它在群眾中的普及……許多年來，歌詩一直支持了新詩，使新詩不停留在字面上，而是活在人們的社會生活中。這是中國新文學史上的一個很重要的現象。〔註38〕

在喬羽先生的論述中，歌詩作為「口頭的詩」和新詩作為「文字的詩」應該相互影響，並肩發展。只注重於「讀的詩」，而忽略「唱的詩」，這是不是新詩文體可能的一個遺漏，一種偏頗？當代文學史家陳思和從 20 世紀中國文學出發，說到，「如果真正以人民大眾喜聞樂見的標準來衡量，戲劇文學與後來者電影文學，甚至流行歌曲的歌詩創作一起承擔了最大觀眾量的文學藝術審美的傳播與娛樂功能。它們理所當然當成為當代文學史的一個重要的組成部分。如果依照這樣的思路來理解 20 世紀文學史，那麼原來的以小說詩歌散文話劇為四大板塊的新文學思路應該引起反省，我們將探索的是如何成就一步極為豐富繁榮的多種藝術組成的新的 20 世紀中國文學史。」〔註39〕

從歌詩的發展看過來，詩歌再度入樂並不是完全不可能。現代詩歌史上，很多詩人的書面詩歌，也是流傳很廣的歌詩，可以列舉很多：胡適、劉半農、郭沫若、劉大白、徐志摩、戴望舒、陳夢家、賀敬之、何其芳等等。雖然他們

〔註37〕呂進《三大重建：新詩，二次革命與再次復興》，《中外詩歌研究》，2004 年第3 期。

〔註38〕喬羽《喬羽文集·文章卷》，北京：新華出版社，2004 年，第 5 頁。

〔註39〕陳思和《當代戲曲的文學史意義·序》，謝柏梁《中國當代戲曲文學史》（第二版）北京：高等教育出版社，2006 年。

最初的創作並沒有作歌詩傳播意圖，但卻從另一角度證明，詩歌入樂的可能性。這種「入樂為詞，出樂為詩」的雙重品格的歌詩，在詩歌和歌詩中都佔有很大的分量，隨著歌詩審美性的提升，這類作品將越來越多。

歌詩是否可以再次成為一種可唱的新詩，或者新詩能否藉重音樂傳唱？除了歌詩自身的文體要求外，更多需要重建一種詩歌觀念，它關聯到詩體重建和詩歌傳播方式〔註40〕的探索。今天我們仍可以分享幾千年前孔子收集採編的《詩經》，成為它的受眾，很大程度上歸功於古民們最原始的口頭傳唱，取決於歌詩。這種最樸素的傳媒方式，卻帶來了詩歌後來的繁榮與發展。

在當代詩歌邊緣化的語境中，充分現代傳媒技術發展，讓一部分詩歌作為歌詩傳唱，不失為一種可能：促進詩歌文化資源共享，創造更多的詩歌文化受眾，為詩歌爭取外部生存空間。

〔註40〕參見呂進《三大重建：新詩，二次革命與再次復興》，《中外詩歌研究》，2004年第3期。

第二章　近代歌詩的興起

第一節　新音樂與學堂樂歌

晚清民初，中國人似乎已經不再唱歌，唱歌的都是田間農夫農婦，江峽縴夫，草原牧民。城市裏也有唱曲的，大部分依託戲曲，唱的是京劇、崑劇或地方戲的選曲。而這些都不是適合新的文化時代的新歌〔註1〕。

真正的新歌已經蘊量在中國歌詩的草率初創期的先驅人物中。這些我們可以在一些晚清小說中感受到它的端倪。晚清小說運動的開山之作，是梁啟超的《新中國未來記》，其中有類似這樣的描寫，人物投宿客棧，聽到隔壁有人引吭高歌一曲，歎為壯士，於是相識……

這恐怕全是小說陳套，如《紅樓夢》的大量無歌之曲一樣，不是現實描寫。同樣，陳天華的《獅子吼》描寫了一個烏托邦島嶼（顯然是未來的中國）的歷史，其中有許多歌，當然，小說中只記述歌詩。此書中還有一些奇特的段落：

> 文明種……又做了一首愛國歌，每日使學生同聲唱和。歌云：
>
> （歌文原稿已遺，故中缺）」〔註2〕

〔註1〕梁啟超在 1905 年《新民叢報》第五期，發文《中國詩樂之變遷與戲劇發展之關係》，其中寫道，「本朝則自雍正七年改教坊之名，除樂戶之籍，無復所謂宮妓。而私家自蓄樂戶，且為令甲所禁。士夫之文采風流者，僅能為」目的詩」，至若」耳的詩「，雖欲從事，其道末由。而音一科，遂全委諸俗伶之手，是此學所以衰落之原因四也。綜此諸原因，故其退化之程度，每下愈況。然樂也者，人情所不能免，人道所不能廢也。士夫不支持焉，遂為市井無賴所握。故今社會改良者，則雅樂、俗劇兩方面，其不可偏廢也。」

〔註2〕阿英《晚清文學叢鈔·小說卷》，1960 年，第 597 頁。

另一處更奇怪：

> 忽然來了一個樵夫……口裏唱歌而來（歌詩原略）」〔註3〕

現行版本中的括弧顯然是現代編者阿英所加，但不管有無括弧，這兩個「聲明」依然很難解釋。作者不想寫，無時間無耐心寫的，敘述文本本來大可以不寫。陳天華在此書裏寫了不少歌詩，為什麼這一兩首明顯沒有來得及寫出歌詩，要說「遺」或「略」？他的意思為這個烏托邦是充滿歌聲的，而且歌應當是這個未來中國的重要歷史文件。如果遺失，應當鄭重聲明。

晚清小說中有大量這樣故意或無意的「歌」與「詩」描寫，「歌」，「歌聲」彷彿成了這個時代小說中不可忽略的書寫，難道中國又到了一個歌曲時代？歌大量出現於未來的新中國，這或許不是梁啟超、陳天華等志士的有意設計。但無心之中，他們預言了歌曲中國的到來。就這點而言，我們不得不佩服他們的先見之明。

梁啟超指出中國一直有韻文入樂傳統，對此傳統的中斷深為痛惜，「本朝以來，則音律治學，士大夫無復過問，而先王樂教，乃全委諸教坊優伎之手矣……若中國之詞章家，則於國民豈有絲毫之影響耶？推原其故，不得不謂詩與樂分之所致也。」〔註4〕他借鄭樵的「詩為聲也，不為文也」，進一步強調「歌詩」不同於詩，尤其獨特的重要性。

而真正將詩當歌寫和用的是黃遵憲。黃遵憲的《軍歌二十四章》，應當是中國現代歌詩的發軔，他移詩入歌，本身就是詩這文類更新的標誌。他的詩歌作品，已經向革新方向前進了一大步，雖然變革來得太快太急，沒有朝著他的路子發展，他也未能擺脫五七言束縛，但他的貢獻是中國詩歌史不能遺忘的，其中包括開拓性貢獻之一，他是二十世紀中國第一個歌詩作家。儘管梁啟超在他的詩話中，「惜公度亦不解音律，與余同病也。」但對他以詩為歌，以及歌中的精神，卻倍加讚賞。在《飲冰室詩話》中，不惜用巨大的篇幅，轉載黃遵憲的《軍歌二十四章》，以及《小學校學生相和歌十九章》，並稱之為「亦一代妙文也。」

中國「新歌」實際上是從新的一代讀書人開始的，作為「新政」一個重要部分。新式學堂學生之學歌是「新式教育」有意安排的一部分，不是學生天然而生唱歌之需要。如同新詩、新小說、話劇等一樣，都不是中國文化的土地上

〔註3〕阿英《晚清文學叢鈔·小說卷》，1960年，第612頁。
〔註4〕梁啟超《飲冰室詩話》，北京：人民音樂出版社，1982年，第58～59頁。

自然生長出來的花朵，而是外來的種子。然而這種外來的種子，如此迅速長成大樹，證明這土地商已經有養分在等待。同時，學堂歌真正被接受，不是靠傳教士的輸入，而是中國的有識之士為改造中國，變法自強而進行主動選擇的結果。在當時，無論是洋務派或是維新派人士，都認為建立新式學堂和開設音樂課的主要目的，是為了喚起民眾（主要指青少年學生、也包括新軍士兵）的愛國熱情，以達到『富國強民』的目的，這種文化意圖非常明確。

　　最早提出音樂教育的是康有為，1898 年，他在《請開學校摺》上書中介紹德國學制，建議以德國為楷模，仿傚日本制立學制，小學設「歌樂」。〔註5〕曾志忞譯出鈴木米太郎的《音樂理論》，梁啟超為之作序，他在其《飲冰室詩話》中表現出對中國在日學生學音樂極為興奮。1902 年，清朝學部大臣張之洞在《重定學堂章程》中把音樂列為示範學堂學生的必修課，其他學堂選修。辛亥革命之後，音樂成了所有中小學的必修課程。在這前後，音樂的思想啟蒙教育作用，在日本和國內發行的《新民叢報》、《浙江潮》、《江蘇》等刊物上大力宣揚。

　　　　遠自歐美，近自日本，凡言教育者，莫不重視音樂。而其於小
　　　　學校唱歌一科，更與華語並重。蓋其間經教育家、理論家。研究殆
　　　　百餘年，而有今日之大光明也。吾國音樂發達之早，甲於地球，且
　　　　盛於三代，為六藝之一，自古言教育者無不重之。漢以來，雅樂淪
　　　　亡，俗樂淫陋、降至近世，幾以音樂為非學者所當聞問。嗚呼！樂
　　　　之為物，可興感，可怡悅，學校中不可少之科目也。〔註6〕

　　　　今日不從事教育則已，苟從事教育，則唱歌一科，實為學校中
　　　　萬不可缺少者。〔註7〕

　　　　遠征之古，樂歌之重既如此，近征之東西各國，樂歌之重由如
　　　　此。凡所謂愛過心、愛群心、尚武精神，無不以樂歌陶冶之。則欲
　　　　改良今日中國之人心風俗，捨樂歌末由。學校為風俗人心起原之地，
　　　　則改良之著手，捨學堂速設唱歌科末由。〔註8〕

〔註5〕康有為《請開學校摺》，1898 年，轉引自《中國近代教育文選》，人民教育出
　　　版社 1983 年版，陳學恂＋旬編。
〔註6〕曾志閔《樂理大意》序，《江蘇》1903 年第六期。
〔註7〕梁啟超《飲冰室詩話》九十七。
〔註8〕竹莊《論音樂之關係》，《女子世界》1904 年第 8 期。

而後，這種思想幾乎在所有的學堂音樂教科書的序言及其他論文中被強調。

1904 年曾志忞發表長文《音樂教育論》，分別刊登在《新民叢報》1904 年第 14 號、第 20 號上。全文分五章，緒言、音樂之定義、音樂之功用、音樂之實踐以及音樂之於詩歌，較為全面地介紹了音樂的教育意圖。「新音樂」、「二十世紀之新中國歌」，這種字眼最早出現在 1904 年曾志忞為《樂典教科書》作的自序中。

> 知音樂之為物，乃可言改革音樂，為中國造一新音樂。然則音樂有利於國也何如？曰：音樂之於學校改良兒童性質尚小，音樂之於社會改良一般人民性更大……下等社會最優於感動音樂，被人之好唱戲，南人之好唱小調皆是也。社會腐敗以音樂感動之，當今當務也。然當絕從前哀豔淫蕩之音調。

> 今日之所謂改良歌曲，非用《十送郎》、《五更調》等改投換面，即用樂府曲牌名，摹仿填徹。作者於此或別有存意，然泥古、自恃恐不能免，況更因陋就簡乎。欲改良中國社會者，特造一種二十世紀之新中國歌。

以上這些先行者們不僅從理論上思想上呼籲新歌的教育，而且很多有識之士直接參與寫歌。比如秋瑾，她曾寫過很多詩文，以及彈詞《精衛石》，宣傳婦女解放，男女平等，後來她還利用學堂樂歌宣傳革命。在她主編的《中國女報》第二期（1907 年 2 月）上，用簡譜刊印了一首《勉女權歌》。這首歌號召婦女勇敢地擺脫封建壓迫，投身到社會革命中去，為「恢復江山」而盡責，此歌在當時起到了很好的鼓動作用。

學堂樂歌的誕生不僅是中國新式教育的一部分，還是晚晴改革之士重塑中國國民人格的重要努力。「蓋欲改造國民之品質，則詩歌音樂為精神教育之一條件。音樂與國民之性質有直接關係。近代學堂樂歌的蓬勃發展正是在這種文化氛圍中孕育出現的，而其對現代國民人格的塑造，更是有一條從『身體』到『知識』再到『德性』的線索。」〔註9〕

兩千多年前，孔子曰：「不學詩，無以言。」詩教傳統從蒙學開始，而在 20 世紀的開端，這種傳統似乎在讓位給音樂與歌聲。學堂音樂也正是中國新的「歌教」傳統的開始。

〔註 9〕李靜《學堂樂歌中的「現代國民」》，《讀書》，2014 年第 5 期。

第二節　「選曲填詞」與「洋為中用」

　　所謂學堂樂歌，是指中國清末民初新學堂唱歌課中教唱的歌曲。民國元年（1912 年）教育部公布新學制（史稱「壬子學制」），已將「學堂」改稱「學校」；到了民國十一年（1922 年），教育部公布「壬戌學制」，又將「樂歌」改為「音樂」。

　　對學堂樂歌的考源工作做得最全面的，應該算是錢仁康先生了。錢先生從 1981 年開始研究學堂樂歌，歷經 18 年，到 1999 年寫出《樂歌考源》100 篇。又在 2001 年，87 歲高齡時結集出版《學堂樂歌考源》一書，收錄學堂樂歌 392 首。

　　其中用十章的篇幅從歌調上對學堂樂歌進行了考證。這些歌曲分別採用的了中國歌調、日本歌調、德國歌調、法國歌調、英國歌調、美國歌調、意大利和西班牙歌調、東歐和北歐歌調、以及讚美詩填詞歌曲。可以看出，其中採用中國歌調的只有 14 首，其餘的都是採用外國歌調，而在這時期，中國音樂家自己作曲的更是微乎其微。

　　這些填詞的學堂樂歌，起初借用日本曲調，繼而用歐美曲調填詞，後來開始用中國民歌，甚至有人用崑劇曲調填上新詞，最後出現少量的創作。

　　「選曲填詞」成了學當樂歌時期的主要創作手法，而「洋為中用」成為學堂樂歌時期的主導理念。

　　學堂樂歌最早的專業詞作者是沈心工（1870～1947），他因為留學日本，對日本的學堂歌曲的印象極深。他在日本留學期間就組織留學生「音樂講習會」，並請鈴木米次郎〔註10〕教「唱歌」的創作方法。在 1904～1907 年期間，他就編寫了《學校唱歌集》三集，這是我國最早出版的學堂歌集之一，其中所收入的大多是用日本歌調的填詞歌曲。

> 　　男兒第一志氣高，年紀不妨小。
> 　　哥哥弟弟手相招，來做兵隊操。
> 　　兵官拿著指揮刀，小兵放槍炮。

〔註10〕鈴木米次郎，日本音樂教育家。1888 年，畢業於東京音樂學校，曾任東京高等師範學校的副教授，他致力於音樂教育事業，編寫了很多唱歌集和音樂教科書，並向人們介紹夕陽音樂樂譜的新的教授法，1907 年他創辦了東洋音樂學校（現為東京音樂學校），親自授課，培養了不少樂人。1906 年，他曾為學堂樂歌的早期音樂家辛漢的《唱歌教科書》作序。稱讚其新歌「感情之教育，此編當無遜色也。」

龍旗一面飄飄，銅鼓咚咚咚咚敲。

一操再操日日操，操到身體好。

將來打仗立功勞，男兒志氣高。

據錢仁康考證，這首《體操》《辛亥革命後改名為《男兒第一志氣高》），是最早的一首學堂樂歌。1902 年，沈心工在日本留學時創作，是這位「學堂樂歌之父」的處女作。1904 年，此歌出版後，不脛而走，家喻戶曉。1906 年，李叔同在《昨非小錄》譯文中描摹了《男兒第一志氣高》的流行盛況：「學唱歌者音階半通，即高唱《男兒第一志氣高》之歌；學風琴者手法未暗，即手揮『5566553』。」

沈心工是學堂樂歌的教育實踐家，實際上，他創作的歌得以流行的並不多。相對於來說，《男兒第一志氣高》的歌詩通俗親切，便於親切，便於理解，易於流傳。採用風琴伴奏，簡譜認曲，是日本留學生帶回來的格局，用日本歌調，填上的詞卻充滿愛國之心，是最初學堂歌曲的範式。

《何日醒》是一首早期的愛國學堂歌曲，原載於沈心工編寫的《學校唱歌初集》，歌詩作者夏頌萊曾是 1903 年沈心工「樂歌講習會」的學員。歌詩有八段，第一段如下：

一朝病國人都病，妖煙鴉片進，

嗚呼吾族盡，四萬萬人厄運臨。

飲吾鳩毒迫以兵，還將賠款爭，

寧波上海敏粵廈門，通商五口成。

香港特相贈，獅旗獵獵控南溟，

誰為戎首，誰始要盟，吾黨何日醒。

《何日醒》是日本歌曲《櫻花訣別》〔註11〕的填詞歌曲，歌詩也表達了與

〔註11〕這首《櫻花訣別》，據錢仁康考證，原曲由日本人落合直文（1861～19030 作詞，奧山朝恭（1858～1943）作曲。明治十二年（1899）6 月神戶出版商熊谷久榮堂出版實力歌曲《湊川》的單行版，內容包括《櫻井訣別》、《敵軍襲來》、》湊川奮戰》三部分，共 15 章，其中《櫻井訣別》6 章，最為流唱，一直到第二此世界大戰結束前。歌中的主人公楠木正成（1294～1336）是日本南北朝（1336～1392）初期南朝大將。1336 年室町幕府第一代將軍足利尊氏九州舉兵，在京都另立光明天皇，稱北朝。楠木正成豐南朝天皇之命，出兵討伐，在湊川（今神戶市內）戰敗自殺，後被宣揚為武士精神的代表人物，他與其長子正行，以及其他三位將領，在日本歷史上並稱為「南朝五忠臣」。這首《櫻花訣別》抒寫了主人公奉命出征是，在大阪府東北部的櫻花驛和長子訣別的情

原歌詩一樣深切的悲哀。但這種悲哀不是個人的，而是整個國家的，它的填詞的宗旨是激發人們的愛國之情。為了更簡潔明快，易於上口，在曲調上，也作了修改，將2/4拍子改成了4/4拍子，所有的附點節奏也改為了平均節奏。

另一首早期學堂樂歌《歷史》也是根據《何日醒》的曲調填詞的，後來我國早期的軍歌《行軍歌》、《斥候歌》、《射擊軍紀歌》、《傳令歌》、《布哨歌》都採用了《何日醒》的曲調〔註12〕。

另一首日本學校歌曲《學生宿舍的舊吊桶》（小池友七作詞，小山作之助作曲），也是被填詞傳唱較廣的一首〔註13〕。這首歌最初被石更填詞為《中國男兒》，最早收集在辛漢所編的《唱歌教科書》（1906）和《中學唱歌集》（1910），此歌一出，不脛而走，成為十分流傳的愛國歌曲，後來辛亥革命前後出版的學堂歌集紛紛轉載此歌。

> 中國男兒，中國男兒，要將隻手撐起天空。
>
> 長江大河，亞洲之東，峨峨崑崙，翼翼長城，天府之國，取多用宏。
>
> 睡獅千年，睡獅千年，一夫振臂萬夫雄。
>
> 長江大河，亞洲之東，峨峨崑崙，翼翼長城，天府之國，取多用宏。

1913年，馮梁所編《軍國民教育唱歌集》，不僅轉載此歌，還刊登了用另外幾首同曲填詞的歌曲。其中有《大哉軍人》、《醒獅》、《進行》等，沈心工也用此調填詞創作了《旅行歌》，後被其收入1939年的《心工唱歌集》，另一首填詞歌曲《運動會》〔註14〕則由周玲蓀所作。

最熟悉甚至流傳至今的要數這首《工農兵聯合起來》了。現在人們很難將

景，整個歌曲充滿了哀傷的情緒。原歌詩如下：「夕陽西下，暮色蒼茫，行徑櫻井驛，但見驛內樹木青青，枝葉正繁茂。胯下坐騎，隨手把它繫在綠樹下，深深感到人生道路已經到盡頭，長子正行一同出征，現在訣別，淚濕鎧甲，好像泉水一樣發滾滾流。」

〔註12〕石磊《中國近代軍歌初探》，北京：解放軍文藝出版社，1986年。

〔註13〕原歌詩如下：「舊吊桶的提繩已磨光，桶身斑斑多破損。舊吊桶的提繩已磨光，桶身斑斑多破損。溫習功課，迎接考試，莘莘學子，讀書勤勉。提起吊桶，吊水上井，時把涼水沖腦門；悶熱頓消，頭腦清醒，好比冰袋敷在身。舊吊桶是好幫手，舊吊桶是好伴侶。一年四季，寒暑無間，飽經風霜，蒼老如許，勤勤勉勉，不辭辛勞，風裏過來雨裏去，屋上明月可以證明，此話果然不是虛。」

〔註14〕此歌載於他所編的《中等學校唱歌合編》第1冊，1933年5月由上海商務印書館出版。

其和最初的日本學校歌曲《學校宿舍的舊桶》聯繫起來。難怪，在談及工作的艱辛，錢仁康先生發出感歎，「最難的就是找出曲譜的出處。學堂樂歌的曲譜來源於歐美各國歌曲和器樂曲，然而當初並沒有註明。追溯學堂樂歌的來源，簡直就像大海撈針一樣。」〔註15〕

第二次國內革命戰爭時期，在已被傳唱的《中國男兒》基礎上，這個曲調再度使用。被中國工農紅軍填上新詞，成了《工農並聯合起來》歌，在軍內外廣泛傳唱，成為家喻戶曉的革命歌曲。不難看到，此歌在流傳中不斷被修改，旋律也刪繁就簡，在節奏上趨於氣勢雄壯的進行曲風格。

除了創作國外歌曲外，還有很多學堂歌曲，用民間曲調填詞，在傳唱時，有不斷被修改歌詩，尤其是在革命戰爭年代。比如，《蘇武牧羊》，內容歌頌韓中郎將蘇武出使匈奴19年，歷盡艱辛和屈辱，始終堅貞不屈的崇高氣節。這首歌曾在20、30年代被填上不同內容的詞，成為反帝愛國歌曲、兒童歌舞曲目、紅軍歌曲和各種民間小調〔註16〕。在第二次國內革命戰爭時期，這首《蘇武牧羊》，曾被填上新詞，作為《紅軍紀律歌》被傳唱。

1931年九一八事變後，東北抗日聯軍成立，所唱的抗日革命歌曲中，也流傳著《蘇武牧羊》的歌調，只是，它們已經是《勸親日士兵反正歌》，花兒《抽丁歌》了。而在蘇南地區，此曲後來又成了一首新民歌。

> 想起萬惡舊社會，
>
> 三座大山壓得窮人頭難抬。
>
> 生活無保障，一日無三餐。
>
> 一家老少七個人，全靠一隻討飯籃。
>
> 自從來了共產黨，
>
> 勞動人民把身翻，
>
> 生活一年好一年，有了大改革。

除了日本歌曲和中國的民間曲調外，其他國家的歌調也逐步被填詞。1912年10月，沈心工《重編學校唱歌集》六集由上海文明書局出版，其中收歌90

〔註15〕錢仁康《學堂樂歌考源》，上海：上海音樂出版社，2001年，第8頁。

〔註16〕1928年2月，黎錦輝的兒童歌舞劇《麻雀與小孩》，（上海中華書局出版），其中第五場描述小孩捉了小麻雀後的懊悔之情：「這事做錯了，越想越不應當，可憐那麻雀哭哭啼啼的夠多麼悲傷！將心來比心，大家都一樣。假如我不見了，我的母親怎麼樣？一定要發狂，整天啼哭不能起床。再想我自己，關在一間屋子裏，到了那時，也是哭哭啼啼的不由你不著急。」

首，除了他自己的歌外，有西洋歌曲和中國其他作曲家的歌〔註17〕，選用了不少德、法、英、美的民歌和學校歌曲的曲調，豐富了學堂樂歌的音樂語言。

選曲填詞是一種方法，從歌詩上體現了學堂音樂洋為中用的文化意圖，在音樂風格上，中國的音樂家也表現出自己的自覺選擇。1912 年，沈心工在他《重編學校唱歌集》的《編輯大意》中說到，「余初學作歌時都選日本曲，近年則厭之而多選西洋曲；以日本曲之音節一推一板，雖然動聽，終不擺小家氣派，若西洋曲之音節，則渾融瀏亮者多，甚或挺堅硬轉，別有一種高尚之風度也。」〔註18〕

可以看到對音樂風格的選擇和接受，既是早期音樂教育家的自覺的對藝術的自覺的嘗試，也與時代的要求不無關係。沈心工對此充分自覺，他說：

> 不少人，認為中國傳統音樂都是萎靡不振的舊樂，缺乏振奮人心的力量。也難怪，中國戲曲或器樂取得曲調雖然具有曲緩悠長的線性之美，但他們那像「橡皮筋」一般的彈性音高鶴節奏明確不大適於步調一致的集體歌唱，因此，那些節奏明確。結構工整，尤其像雄壯有力的進行曲調題材那樣的外國曲調普遍收到中小學生和廣大市民的喜愛，並不奇怪，說到底是這樣的音樂適應了中國近代變革時期人民的精神狀態。〔註19〕

日本歌曲曲調柔美最終被西方「挺接硬轉」「高尚之風度」所代替，更多的是時代的一種選擇在選擇，前者是一種更偏重美學教育，後者更偏重於音樂功能教育，它符合傳統的音樂社會教育功能，高昂的音樂美學風格的接受與後來的抗戰歌曲的主導美學追求一致，可以發現之間的關聯。

對與歌詩相協調的音樂風格的選擇被後來很多學者注意到：

> 近代音樂史上西方音樂的傳入，是文化主動選擇的結果。從歷史背景上看，西方音樂的傳入，同世紀初的志士仁人為圖強而學習西方文化的大背景分不開……在行為上和思想上引入、接受西樂，是一種主動選擇，而在聽覺習慣、審美心理上接受、消化西樂，也是一種主動選擇。〔註20〕

〔註17〕孫蕤《中國創作簡史 1917～1970》，北京：中國文聯出版公司，2004 年，第 22 頁。
〔註18〕沈心工《重編學校唱歌集》。
〔註19〕靳學東《中國音樂導覽》，北京：人民音樂出版社，2001 年，第 143 頁。
〔註20〕修海林《選擇中的反思》，《音樂研究》1993 年第 1 期。

而從另一個角度接受效果上，填詞選曲者的意圖也很明確：

> 學堂樂歌的興起雖然受到晚清政府教育體制變革和派遣留學生
> 政策的推動，但從緣起上看，是當時維新派影響下帶又自發性質的
> 活動……從社會反響上看，學堂樂歌被迅速而普遍地接受，更深刻
> 地表現出它是中國人民主動選擇的結果……一個在危難中的民族，
> 首先要求生存，因此在音樂上也常常要求能夠表達他們這種呼聲的
> 品種。〔註21〕

歌曲的興起離不開時代的要求，即便是本來作為新式教育的學堂樂歌，它的教育對象是學生兒童，而意圖指歸卻是學校之外更大的社會範圍。正如竹莊在《論音樂之關係》一文指出的：「凡所謂愛國心、愛群心、尚武之精神，無不以樂歌陶冶之。」〔註22〕這一點上，在為數不多的創作歌曲中，尤為明顯，除了音樂旋律較為簡單外，歌詩並不是專門為兒童所作，比如這首被譽為沈心工學堂樂歌代表作的《黃河》，由他自己作曲，楊度（楊晳之）作詞，1905年始廣泛流傳：

> 黃河黃河，出自崑崙山，
> 遠從蒙古地，流入長城關。
> 古來聖賢，生此河干。
> 獨立堤上，心思曠然。
> 長城外，河套邊，黃沙白草無人煙。
> 思得十萬兵，長驅西北邊，
> 飲酒烏梁梅，策馬烏拉山，
> 誓不戰勝終不還！
> 君作饒吹，觀我凱旋。

這首歌壯麗清新，詩意快然。曲調古樸無華，在一字一音和同音反覆中，異峰突起，將歌詩內涵的氣勢和力量充分挖掘出來。此歌一傳出，就一直受到很高的讚賞。歌詩曾被梁啟超錄入他的《飲冰室詩話》卷二（1910）。歌詩作者楊度也曾流學日本，後來投身政治，也並沒有繼續歌詩專業。黃自也在收錄這首歌的《心工唱歌集》序中贊言：「我最愛《黃河》一首，這個調子非常的

〔註21〕 馮文慈《近代中外音樂交流中的「全盤西化」問題——對於批評「歐洲音樂中心論」、高養「文化價值相對論「的認識》，《中國音樂學》1997年第2期。

〔註22〕 俞玉滋、張援編《中國近現代學校音樂教育文選：1840～1949》，上海：上海教育出版社，2000年，第25頁。

雄沉慷慨，恰切歌詩的精神。國人自制學校唱歌有此氣魄，實不多見。」中國現代作家茅盾在《我的學生時代》中也曾談到：「對於音樂，我是喜歡的，音樂用的是沈心工編的課本，其中有一首《黃河》……我很喜歡。」〔註23〕

　　1992 年 11 月 16 日，學堂歌曲《黃河》被評選為「20 世紀華人音樂經典」的第一首歌，並給予很高的評價：「今天的人們唱起他它，一定會從『雄沉慷慨』的氣勢中，體味出本世紀初國人的凝重的呼吸。」〔註24〕

　　而李叔同的早期的愛國歌曲更是如此。1902 年留學日本時寫的《祖國歌》〔註25〕一首：

　　　　上下數千年，一脈承，文明莫與肩，縱橫數萬里，膏腴地，獨
　　享天然利。

　　　　國是世界最古國，民是亞洲大國民。鳴呼大國民！鳴呼，唯我
　　大國民！

　　　　幸生珍世界，琳琅十倍增聲價。我將騎獅越崑崙，駕鶴飛渡大
　　平洋，

　　　　誰與我仗劍揮刀？鳴呼大國民，誰與我鼓吹慶升平？

　　歌詩寫得氣勢軒昂，遠遠超過了兒童接受範圍，1996 年 12 月文聯六代會閉幕，江澤民與歌唱家們合唱重新填詞的《祖國頌》。〔註26〕

　　學堂樂歌的廣泛傳唱改變了傳統的音樂審美聽覺趣尚、習慣，新的音樂節奏、旋律、和聲和配器對歌詩語言的改造，分解，重組帶來的奇特的變化，帶來了新的音樂感受，產生了新的音樂活動方式和文化心理。

　　因為新式教育的興起，學堂樂歌作為教育最重要的部分，它的影響是巨大的。在學校，甚至學校之外，學堂樂歌實際上成為有識志士的主流歌曲。所以當「一九一九年以後，樂歌（指學堂樂歌）匯入了『五四運動』的洪流，不再

〔註23〕孫中田、查國華《茅盾研究資料》（上），北京：中國社會科學出版社，1983 年，第 149 頁。

〔註24〕《音樂週報》1993 年 6 月 11 日第二版面。

〔註25〕關於這首歌的名稱，至今還有爭議，黃炎培在他的《我也來談談李淑同先生》一文（此文刊登在 1957 年 3 月 7 日《文匯報》上），說李淑同可能「把《國民歌》的歌詩配上了《老八版》的曲調，改名為《祖國歌》的」，而錢仁康認為「歌題有誤，應為《放學歌》，而非《祖國歌》。」於林青《中國優秀歌曲百首賞析》，北京人民音樂出版社，2000 年，第 10 頁），但本文認為，從歌詩內容上來說，此歌確為一首「祖國歌」。

〔註26〕孫慤《中國創作簡史 1917～1970》，北京：中國文聯出版公司，2004 年，第 23 頁。

圍於小學生的課堂，而開始成為學潮、工潮、商潮、農潮和軍隊中整個覺醒一代宣傳民主革命思想和鼓舞革命士氣的武器。」〔註27〕就是個名正言順的事情了。

第三節　學堂樂歌的另一種風格

除了以雄壯氣勢為主的愛國歌曲外，李淑同開闢了另一種風歌的學堂歌曲。從專心於創作角度來說，李叔同（又名弘一法師），應該算是中國第一位真正的歌詩作家。它作的歌起先也是學堂歌，後來在社會上廣泛留傳，越出了學堂範圍。1918 年，李叔同出家為僧。截止到出家那年，李叔同共作學堂樂歌五十餘首。他留學日本，很欣賞日本明知時代的學校歌曲的創作方式，首先填上日本詞，又稍改曲而填新詞。1912 年李叔同在浙江兩級師範任教音樂美術，1913～1916 作歌多首。

李叔同最有名的歌詩是《送別》，這是最廣為流傳的一首。歌曲源出於美國流行作曲家約翰 . 奧維德的《夢見家和母親》。此歌是一首「藝人歌曲」，這種歌曲 19 世紀後期盛行於美國，由塗黑了臉扮演黑人的白人演員領唱，音樂也仿照黑人歌曲的格調創作而成，奧德威是一個藝人團的領導人，曾寫過不少藝人歌曲。下面為錢仁康譯詞：

> 夢中的家最溫馨，回想起童年和母親；
>
> 每當我夜裏一覺醒，總是夢見了家和母親。
>
> 最可喜童年遊樂地，我和姐妹兄弟同嬉戲；
>
> 最快樂的時刻增能比，翻山越谷和媽在一起？
>
> 夢中的家最溫馨，回想起童年和母親。
>
> 每當我夜裏一覺醒，總是夢見了家和母親。

日本歌詩作家犬童球溪用這首旋律填寫了另一首名為《旅愁》（錢仁康譯詞）：

> 西風起，秋漸深，秋容動客心。
>
> 獨自惆悵歎飄零，寒光照孤影。
>
> 憶故土，思故人，高堂念雙親。

〔註27〕吳贛伯《中國大陸的音樂家》，見劉靖之編《中國新音樂史論集 1946～1976》，香港大學亞洲研究中心，1990 年，第 233 頁。

鄉路迢迢何處尋？覺來歸夢新。

西風起，秋漸深，秋容動客心。

獨自惆悵歎飄零，寒光照孤影。

而李叔同作於 1914 年的《送別》，則轉而取調於犬童球溪的《旅愁》。如今《旅愁》在日本傳唱不衰，而《送別》在中國則已成為「酈歌」中的不二經典。

長亭外，古道邊，芳草碧連天。

晚風拂柳笛聲殘，夕陽山外山。

天之涯，地之角，知交半零落。

一壺濁酒盡餘歡，今宵別夢寒。

長亭外，古道邊，芳草碧連天。

晚風拂柳笛聲殘，夕陽山外山。

這首歌第一段歌詩是李淑同的原作，第二段歌詩由陳哲甫在原有的基礎上加上新詞：

長亭外，古道邊，芳草碧連天。

孤雲一片雁聲酸，日暮塞煙寒。

伯勞東，飛燕西，與君長別離！

把決牽衣淚如雨，此情誰與語！

長亭外，古道邊，芳草碧連天。

晚風拂柳笛聲殘，夕陽山外山。

後來李叔同的學生豐子愷續寫歌詩，最後又有高偉作《送別》四部混聲合唱，再度配上新詞。這也是典型的中國人「填詞」作風，一曲多詞。就其文體來說，此歌樸素優雅，與唐人長短句類近，但密密加韻，則類似元散曲風格，此歌不涉宣教，意蘊悠長，音樂與文學的結合堪陳完美。

沈心工也曾根據《夢見家和母親》寫過一首《昨夜夢》，在旋律中保留了原曲的切分音，不太符合中國人的歌唱習慣，而歌詩隨內容更接近原英文歌，但因過於寫實，而缺乏意境，加上歌詩寫得半文半白，最終沒有抵得過李叔同《送別》的光芒。

李叔同借曲填詞的《送別》，後來用作電影《早春二月》插曲，80 年代《城南舊事》又以此作主題歌，算是那個時代江浙一帶城市生活的標記。這也是「老歌」借著新的傳播載體經久流傳的另一個原因。

　　李叔同既有詩才，又有樂才，除創作了自己的「選曲填詞」作品外（李叔同的填詞歌曲散見於當時各種音樂教材和歌曲集，以及他 1936 年出版的《清涼歌集》），還翻譯了許多外國歌曲，其中包括日本的學校歌曲、意大利作曲家貝利尼和德國作曲家韋伯的歌劇選曲、美國作曲家福斯特、奧德威、海斯等人的通俗歌曲，還有美、英、德、法等國的兒歌、民歌和聖詠等。李叔同甚至反過來，用舊詞填他的新曲，宋人（葉清臣）的詞譜上了他創作的曲《留別》〔註28〕這種試驗，20 世紀二三十年代，以黃自、青主所創作的藝術歌曲中，這種舊詞譜曲占很大成分。

　　真正代表李淑同學堂樂歌風格的作品，是由他自己作詞和作曲的三部合唱歌曲《春遊》。

　　　　春風吹面薄於紗，春人妝束淡於畫。
　　　　遊春人在畫中行，萬花飛舞春人下。
　　　　梨花淡白菜花黃，柳花委地芥花香。
　　　　鶯啼陌上人歸去，花外疏鐘送夕陽。

　　這首歌最初發表在 1913 年 5 月浙江一師校友會出版的《白陽》誕生號上。這是中國作曲家創作的第一首合唱歌曲。歌詩淳樸自然，意境清麗優雅，而旋律、和聲以及文體都十分工整，長期以來一直作為學校合唱歌曲的典範。

　　李淑同的這類創作歌曲，從歌詩到整個曲調，更多的注重藝術之美，和楊度作詞、沈心工作曲，注重氣勢和愛國之情的《黃河》比較，它打開了另一種向度的歌曲美學之維。這種傑出的歌詩藝術在 20 年代新詩歌曲能比者不多，不過一換了白話歌詩代替了這種文白兼用的歌詩，這類抒情歌詩在中國很長一段時間內並沒有成為主流。

第四節　學校的歌詩傳統

　　學堂樂歌的傳統，在二十世紀中國一直延續。「20 世紀 30 年代由安娥作詞，任光譜曲的《落葉》《小鳥思親》也是學堂樂歌風格的歌曲。」〔註29〕後來陶行知為學生寫的歌，例如《鋤頭舞歌》：

　　　　手把著鋤頭鋤呀野草呀，鋤去野草好長苗呀！
　　　　咦呀嗨，呀呼嗨！鋤去野草好長苗呀！

〔註28〕見豐子愷 1927 年的《中文名歌五十曲》和 1957 年的《李淑同歌曲集》。
〔註29〕孫蕤《中國創作史 1917～1970》，北京：中國文聯出版社，2004 年，第 23 頁。

> 五千年古國要出頭呀，鋤頭底下有自由呀。
>
> 咦呀嗨，呀呼嗨！鋤頭底下有自由呀。
>
> 革命的成功考鋤頭呀，鋤頭鋤頭要奮鬥呀！
>
> 咦呀嗨，呀呼嗨！鋤頭鋤頭要奮鬥呀！
>
> 光棍的鋤頭不中用呀，聯合機器來革命呀！
>
> 咦呀嗨，呀呼嗨！聯合機器來革命呀！

此歌無論從情趣，歌詩風格，還是從作曲目的而言，都是學堂樂歌的餘緒，到五十年代初，依然為學生合唱的曲目。三十年代最流行的救亡歌《畢業歌》，也是學堂樂歌風格的繼續。音樂教育對中國現代文化推動之功可謂巨大。

然而，學堂樂歌留下的傳統卻不完全是正面的。正如上文所分析，富國強民、洋為中用，強烈的文化意圖，集中體現在選取填詞這個行動上，而指歸又是在歌詩內容的灌輸和教育下，培養新一代國民，歌詩的詩性並不強。所以學堂樂歌在新式教育的宗旨下，並不注重唱歌課音樂美感的培養，而更多的是一種「道德思想教育」。學堂歌曲往往語言古雅，過多過早地讓兒童接受了成人心理和成人世界。

對於早期學堂樂歌這種成人語言和非歌詩思維，曾志忞較早地提出了批評：「今吾國之所謂學校唱歌，其文之高深，十倍於讀本；甚至有一字一句。即用數十行講義，而幼稚仍不知者。以是教幼稚，其何能達到唱歌之目的？」於是他強調：「質直如話而神味雋永」「以最淺之文字存以深意、發為文章。與其文也寧俗，與其曲也寧直，與其填砌也寧自然，與其高古也寧流利」以達「辭欲嚴而義欲正，氣欲旺而神欲流，話欲短而心欲長，品欲高而行欲潔。」〔註30〕

雖然他批評的意圖是為了達到「唱歌之目的」，但指出的卻是問題的實質。這一點，王國維的對學堂樂歌發出的聲音微弱卻尖銳。他在《論小學校唱歌之教材》中指出「提倡音樂、研究音樂之大半，於此科之價值，實尚未盡曉也。」音樂除了「形而上學的意義」以外，還有三大作用：一為「調和其感情」，二為「陶冶其意志」，三為「練習聰明官及發生器」，其中第一與第三條是「唱歌科自己之事業」，而第二條則是「修身課的事業」。作為唱歌科「不必用修身科之材料為唱歌科之教材」，「故選擇歌詩之標準」寧本於「藝術」，也不本於「修身」。「若徒於乾燥拙劣之辭，述道德上之教訓，恐第二目的未達，而已失其第

〔註30〕見曾志忞編印《教育唱歌集》的卷首序 1904 年《告詩人》。此文被梁啟超收入他地《飲冰室詩話》。

一目的矣。」王國維的最後結論為，唱歌科「不致為修身科之奴隸。」〔註31〕實為強調唱歌的目的不應該只是傳播思想。

豐子愷在《藝術趣味》中回憶，「我們學唱歌，正在清朝末年，四方多難、人心動亂的時候，先生費了半個小時來和我們講解歌詩的意義，慷慨激昂地說，中國政治何等腐敗，人民何等愚弱，你們倘不再努力用功，不久一定要同黑奴紅種一樣。先生講時聲色俱厲，眼睛裏幾乎掉下淚來。我們唱到『東亞大陸將沉沒』一句，驚心跳膽，覺得腳底下這塊土地果真要沉下去了似的。」這可能是豐子愷真正感受的唱歌科之教育，不是藝術美學上，而是思想情感上的一科，不是來自於歌本身，而是教師深刻的「誘導和啟發」。學堂歌曲的愛國主義教育意圖，一旦曉暢易懂，應當無須講解。

中國之有「美育「一詞，始於 1912 年，係由蔡元培由德文譯出。他極為重視美育，認為「美育者，與智育相輔而行，以圖德育之完成者」，故自任教育總長至北大校長。他的美育思想很有影響。強調思想和道德教育，成了學堂樂歌留下的一個深刻傳統，它一直貫串到現在。

20 年代，黎錦輝曾經創作了 24 首兒童歌表演和 12 部兒童歌舞劇，其中有很多的輕盈活潑的兒童歌曲，像寫於 1921 年《可憐的秋香》等深受喜愛。而合成他的代表作兒童歌舞劇《小小畫家》，是 7 首小歌曲，《貴姓大名》、《教子歌》、《打盹曲》、《斯文曲》、《背書歌》、《我要睡覺》和《趕快睡》，兒童情趣盎然，語言和情感都合乎兒童心理，也有寓教於樂，但卻不是空洞的而枯燥的歌詩語言。黎錦輝「也是迄今為止惟一的中國兒童歌舞劇作家」。遺憾的是，隨著他同時也是中國最早的娛樂歌詩人的遭遇，地位被史家貶低，他的兒童歌曲也相對被冷落了，而他始創的兒童歌舞劇這種形式，在我國卻一直沒有發揚光大。

聶耳、安娥雖然創作了兒童非常喜歡的《賣報歌》，但這類好歌數量太少了。而這首《賣報歌》一直流傳到今天，正是它充滿了童趣和童心，作為左翼音樂家，他們並沒有完全擺脫思想意圖，但在歌曲中，卻避開了正面說教。用形象化的語言和思維，寫出的孩子的歌。

中國歌曲史上，還有不少為兒童歌曲作出貢獻的音樂家，像我國第一個女作曲家和女合唱指揮家周淑安，她在 30 年代出版《兒童歌集》（1～4），共 58 首。像《雨》這樣別致的兒童歌曲，在當時非常特別。

〔註31〕王國維《論小學校唱歌之材料》，載《教育世界》1907 年 10 月第 148 號。

雨呀！你到底是什麼東西？

我是雨，就是水。

化作雲氣輕輕飛，

一朝遇著冷風吹。

　　這類可能是最早在兒歌中傳播科學知識的，歌詩的內容滿足孩子探討世界的好奇心。另外的她帶有閩風的《安眠曲》〔註32〕，只有兩句歌詩「呵呵，呵呵惜，一暝大一尺」更表現了慈愛之情。但就整個少兒歌曲來說，內容相對單一而貧乏，以致於到了當代，在流行歌曲極度風靡的年代，少兒歌曲都存在危機。

〔註32〕這首歌在演唱時加花，後來成為「我國第一首帶花腔的歌曲」。參見周暢《中國現當代音樂家與作品》，北京：人民音樂出版社，2003年，第28頁。

第三章 現代歌詩發展

第一節 「新歌詩」與新體歌詩

「新歌詩」與「新詩」幾乎寫手誕生，這是中國現代文學藝術的宏麗開場。其成就，卻深深影響了中國一世紀之久。最早的歌詩作者，也就是最早的那批新詩人，最早的新詩作品經常被配上曲，變成歌詩。

早期新詩詩人的作品，簡單、平直，似乎都能唱。如胡適《嘗試集》中的一些篇章《微雲》〔註1〕：

> 也是微雲，
>
> 也是微雲過後月光明，
>
> 只不見去年的遊伴，
>
> 只沒有當日的心情。
>
> 不願勾起相思，
>
> 不願看月，
>
> 偏偏月進窗來，
>
> 害我相思一夜。

此詩語言淺白，情感直接，也易於歌唱，而他的另一首《蘭花草》也被譜成曲，更是琅琅上口，活潑而有情趣。直到現在，依然是一首較為流傳的校園歌曲。郭沫若的《湘累》、《牧羊哀歌》後來成為歌曲，劉大白的《賣布謠》，

〔註1〕見曉光主編《中外歌詩佳作300首》，北京：《詞刊》增刊，中國音樂家協會雜誌社，2000年。

無論從詩歌的語言還是內容，都充滿了「歌謠」的風韻。應當說，它們寫出來時並沒有當做歌詩，這些都是無心栽柳柳成蔭。

真正作為歌詩來寫的，是劉半農作於 1926 的《叫我如何不想她》。這是一首情歌，由趙元任譜曲之後，風靡全國。作為歌詩，這首是傑作：語言簡明清晰，形象生動用於自然流暢。AABB 式密韻，在當時不惜犧牲韻腳而求語言流暢，如第二段末句作為迴旋一詠三歎。頗有詩經中鄭風情歌的韻致，卻又是標準的現代漢語，唱起來聽得懂。不像胡適的「解放式」的新詩。這樣的歌詩，看似容易實際難寫，劉半農為整個中國現代歌詩史做了一個絕妙的開場。

> 天上飄著些微雲，地上吹著些微風。
>
> 啊！微風吹動了我頭髮，教我如何不想她？
>
> 月光戀愛著海洋，海洋戀愛著月光。
>
> 啊！這般蜜也似的銀夜，教我如何不想她？
>
> 水面落花慢慢流。水底魚兒慢慢游。
>
> 啊！燕子你說些什麼話？教我如何不想她？
>
> 枯樹在冷風裏搖，野火在暮色中燒。
>
> 啊！西天還有些兒殘霞，教我如何不想她？

很多人認為劉半農的作品逃不脫一個「淺」字，魯迅悼念劉半農時，為之辯解，說劉「淺如清溪」，看來他是懂劉半農的。劉半農，原先是民初上海灘文人中的佼佼者，有個尋芳公子式的筆名伴儂，他是中國第一個翻譯福爾摩斯探案的人，參加劇團還又編又演，被蔡元培邀到北大附中教書後，就成了新文學的健將，倡用「她」倡用新式標點，倡儀收集民歌。而且給上海的一批老朋友文人起了個「鴛鴦蝴蝶」這個永垂青史之名。最後留學英法，成為中國實驗語音學這門學科的創始人。劉半農作什麼像什麼，又學有專攻，專心致志，拿得起放得開，確實難得。1934 年劉半農去塞北綏遠作語音調查，不幸染回歸熱亡故，四十四歲英年早逝，極為可惜。劉半農的胞弟劉天華是北大音樂傳習所最早的學員，後為著名的二胡作曲家。或許對音樂的愛好，他們兄弟之間有所影響。

詩人而兼歌詩人的，還有徐志摩。徐的詩作，押韻一向稠密，音律講究，開「現代格律詩」先河。不同於聞一多的過於智性化的現代格律詩，徐志摩的詩歌除了極富音樂性外，還有很重的情歌色彩，像兩段體的《偶然》，原來就

是徐志摩和陸小曼合寫的劇本《卞昆岡》第五幕裏老瞎子的唱詞。1926 年 5 月創作，初載同年 5 月 27 日《晨報副刊‧詩鐫》第 9 期，署名志摩。

> 我是天空裏的一片雲，
>
> 偶而投影在你的波心──
>
> 你不必訝異，更無須歡喜──
>
> 在轉瞬間消滅了蹤影。
>
> 你我相逢在黑夜的海上，
>
> 你有你的，我有我的，方向；
>
> 你記得也好，最好你忘掉，
>
> 在這交會時互放的光亮！

徐志摩的長詩《海韻》〔註2〕（女郎，單身的女郎），的確情理綿永，情深意長，似乎在敘述一個少女殉情的故事。但每段問答安排極為整齊，堪稱情歌範例，也有人認為是青年追求理想和真理的象徵。1927 年《海韻》被趙元任譜曲，作為大型多聲部合唱曲，用獨唱與合唱對照，合唱沉重，獨唱明快輕鬆，整個構局有似舒珀特譜曲的《魔王》，1930 年「上海雅歌社」，由意大利人梅百（Maric Paci 1878～1946）指揮、演出此歌。從曲式上來說，《海韻》是趙元任唯一的一首大型合唱曲，趙元任以浪漫主義手法為徐志摩的詩歌譜寫了戲劇化的曲調。這首詩因為趙元任的譜曲而廣為流傳〔註3〕。

徐志摩的另一首詩《我不知道風是在哪一個方向吹》，似乎是專作為歌詩寫的，其首句即標題，在六小段中重複六次，不能不說是有點勉強，但輾轉反覆，餘音嬝嬝，就結構和韻味來說，是一首好歌詩。

> 我不知道風
>
> 是在哪一個方向吹──
>
> 我是在夢中，
>
> 在夢的輕波裏依洄。
>
> 我不知道風
>
> 是在哪一個方向吹──

〔註2〕後來有一首《海韻》古月曲莊奴詞，非徐志摩詩，但用詞已經與徐志摩相同之處，此歌鄧麗君而廣為流傳，成為歌曲由雅化俗的範例。

〔註3〕孫玉石主編《中國現代詩導讀（1917～1938），北京：北京大學出版社，1989年，第45頁。

我是在夢中，

她的溫存，我的迷醉。

著名詩人兼歌詩人的還有戴望舒，他的名詩《雨巷》，後來被譜成曲，原詩音調情景優美，自然會引起歌曲界興趣，而戴望舒的《煩憂》、《初戀》，作為詩，與其籍以聞名的詩風不類。《初戀》也是 1937 年藝華影片《初戀》插曲，歌詩和原詩略有不同，去掉了一些晦澀的視覺語詞，而代替以直白明朗的聽覺語彙。這首歌由陳歌辛譜曲，片中的女主角演員張翠紅演唱。

我走遍慢慢天涯路，我望斷遙遠的雲和樹。

多少的往事堪重數，你呀，你在何處？

我難忘你哀怨的眼睛，我知道你沉默的情意。

你牽到我到一個夢中，我卻在別一個夢中忘記你。

啊，我的夢和遙遠的人，啊，受我最初祝福的人。

終日我灌溉著薔薇，卻讓幽蘭枯萎。

這部電影由劉吶鷗編導，歌詩明顯是三角戀，與情節相應。此片當時被評為「軟性電影」，可能與詞不無關係。

胡適、郭沫若、徐志摩、戴望舒、陳夢家等這些都可以說是五四新文化人「玩票」作歌詩的佼佼者，甚至作曲者趙元任也是語言學家玩票譜曲，他為中國早期新詩人譜曲的作品，集中在他的《新詩歌集》（1928）中，成為一批出色的音樂作品。蕭友梅在介紹趙元任的《新詩歌集》一文中，說道：

這十年來出版的音樂作品裏頭，因該以趙元任先生所作的《新詩歌集》為最有價值。趙先生雖然不是向來專門研究音樂的，但是他有音樂的天才，精細的頭腦，微妙的聽覺。他能夠以研究物理學、語言學的餘暇，作出這本舒伯特派的藝術歌曲來，替我國音樂界開出了一個新紀元。〔註4〕

「替音樂界開出了一個新紀元」，這句贊詞並不過分，自 1902 年的學堂樂歌開始，除了李淑同等極少數音樂家自己作的極少數曲外，基本還停留在借曲填詞階段，況且，因為李淑同的作曲也是為了學堂樂歌，旋律並不複雜，歌詩也很古典。真正將歌作為一門音樂藝術作的應該從趙元任開始，他力求「中國

〔註 4〕蕭友梅《介紹趙元任先生的新詩歌集》，《樂藝》第一卷第一號，1930 年 4 月號。後收集在《蕭友梅音樂文集》第 284 頁～285 頁，陳聆群等編，上海音樂出版社，1990 年。

派」的音樂語言探索，從五聲音階的樂調、中華語言的詞曲關係，「中國派」的和聲即中國化的「調性感情」和結構不均方面著手〔註5〕，也難怪以趙元任作品為代表的一類歌曲被稱為「藝術歌曲」，他把新詩入樂變成一門特殊的藝術。

「藝術歌曲」這個名稱來自於歐洲，並非中國本土產品。中國並沒有西方所謂的「經典」傳統。而對中國的「藝術歌曲」來說，趙元任的貢獻還在於將中國的新詩與音樂結合，創造了「新詩」入歌的典範，而在配樂上也達到一個高度，這類「藝術歌曲」繼承和發揚了中國源遠流長的歌詩傳統，尤其在中國新詩發展的早期，它也是對新詩傳播的一種開拓。

真正為歌寫歌詩的，應該是和蕭友梅、黃自等作曲家配合的易韋齋、龍七、韋瀚章，以及被稱為毛毛雨派的黎錦暉，還有三十年代憑藉電影媒介而興起的「左翼歌曲」的作者們。

嚴格說，蕭友梅是個音樂教育家，偶而作詞作曲，不應在我們的討論範圍內，但他是中國第一個的音樂學院──國立音樂院──的領袖人物。而他的整個事業生涯也和中國的音樂教育密不可分〔註6〕，尤其是他提出的「新體歌詩」論，對至今的歌詩創作都有意義。

蕭友梅（1884～）廣東中山縣人，5歲移居澳門。1902年東渡日本，在東京音樂學校學習鋼琴和聲樂，並參加同盟會，1911年任孫中山總統府秘書，1912年自費留學德國，1915年在萊比錫音樂學員獲音樂學博士，回國後在北大開設樂理與和聲。1922年北大附屬音樂傳習所成立以。這是中國第一個正式的音樂研究機構，明顯的以器樂研究為主。1927年設立在上海國立音樂學院，是中國的一所音樂學院，設作曲、鋼琴、小提琴和聲樂四個系。該校培養了冼星海、賀綠汀、丁善德等音樂界的核心人物。

蕭友梅自己的作曲相當西化，1920年他為北洋政府作國歌《卿雲歌》，歌詩來自《尚書》，古色古香，曲調都是西洋式的。蕭友梅的作品集中收集在《今樂初集》（1922），《新歌初集》（1923）。後者收集25首作品，其中獨唱曲13首、合唱曲12首。除了前面幾曲外，其他都配有鋼琴年伴奏、每首歌曲前都標明「易韋齋作歌、蕭友梅作曲」。值得注意的是他們用了「作歌」而不是作

〔註5〕余甲方《中國近代音樂史》，上海：上海人民出版社，2006年，第263頁。
〔註6〕1927年11月27日，國立音樂院在上海法租界陶爾斐斯路（現在的南昌路）
　　　成立，在蔡元培任院長，蕭友梅擔任教務主任。在音樂院成立不久，因蔡元培
　　　公務繁忙，蕭友梅出任代理院長。

詩，表明易韋齋的歌詩並非現成作好的，而是與歌曲同時構思的，「也就是說兩個人的心目中，詞和曲的地位是對等的。」〔註7〕不同於學堂樂歌時代的依曲填詞，也不同於胡適等新詩詩人的倚詞譜曲，從這個意義上來說，易韋齋才是一個專業歌詩作家。

從整個歌集來看，其中歌詩的內容大多是風花雪月，如《燕歌辭》、《野菊》、《南飛之大雁》，而在題材上，也沒有突破傳統詩詞的樊籬。易韋齋的歌詩大部分依舊文言體，較難懂，還使用感歎號和擬聲詞，故意營造一種獨特的氣氛。故意向句末韻腳的整齊靠攏，但一直沒有能擺脫半白文字腔，而蕭友梅的曲卻極盡當時樂曲和合唱能做到的「洋派」之能事。但這兩者的結合，並不太適宜歌曲流行。不過，他們合作的《問》，卻在當時的知識分子中相當流傳，而歌詩卻有新詩的明白流暢，到也符合「號稱白話易韋齋的詞」。

> 你知道你是誰？你知道華年如水？
>
> 你知道秋聲，添得幾分憔悴？
>
> 垂！垂！垂！
>
> 你知道今日的江山，有多少悽惶的淚？
>
> 你想想呵，對、對、對。

蕭友梅喜歡易韋齋的歌詩，是因為他認為打破所有格式的新詩不適合用作於歌詩。易韋齋的歌詩依然注重腳韻，不過這在當時絕非少見。蕭友梅更多的是曲作家，而不是歌詩作家，但他在和易韋齋的合作創作中，卻從一個曲作家的角度，為歌詩創作提出了很有有益的見解。這些至今都還值得歌詩作家值得探索的問題。

1931 年 2 月蕭友梅以探索新的歌詩樣式為目的組織了《歌社》。在《成立宣言》〔註8〕中他說，舊詩格式過於呆板且無節奏變化，用作歌詩的話顯得單調。就內容而言在措辭、情感、思想方面都不與時代合拍。另一方面新詩也有缺陷，其結構上不一致，腳韻和音調也不整齊，又因過度歐化而意義晦澀，且內容膚淺。

為此，蕭友梅提倡創造一種「新體歌詩」。他認為，為創作新歌的詩，要注意一下幾點：

〔註7〕（日）榎木泰子《樂人之都上海》，彭謹譯，上海：上海音樂出版社，2003 年，第 146 頁。

〔註8〕蕭友梅《歌社成立宣言》，《蕭友梅音樂文集》，上海：上海音樂出版社，1990 年，第 318～321 頁。

（1）宜多作愉快活潑沉雄豪壯之歌，以改造國民情調。

（2）歌的形式，最好以《詩經》國風為標準；但句度最宜參差）即長短句），不可一律，亦不宜國長。免致難於歌唱。

（3）各國民歌之形式，如上述兩段式、三段式等，不妨儘量採用。

（4）歌詩以淺顯易懂為主。如萬不獲以，須引用故實時，請於篇末附注說明，以期唱者一望而了然其用意之所在。

（5）歌詩仍應注意韻律，但不必數章悉同一韻，即每章之內，換韻亦不妨，兼可採用四聲通協之法（如「東」、「懂」、「送」之類）。

（6）各種新名詞，均不妨採用。蓋既作新歌，即應為現代人而作，不必專為唱與古人聽也。

不拘泥於歌詩句子的長短，但要求押韻。可以說是對五四新詩解放，全盤放棄格律的一種保留，最重要的是，它保留了作為聽覺詩歌的一種審美傳統。與閱讀的詩歌不同，歌詩全憑耳朵聽，蕭友梅特別注重語言的音調之美，只有語言具有一定的音調，樂曲才會高低抑揚，這是他在實踐的基礎上得出的結論。這些提法依然值得今日的歌詩作家思索。

由蕭友梅招收的年青教員中──從美國回來的黃自（1904～1938），是中國音樂界的英才。他 1929 年畢業於美國耶魯大學音樂系，以交響曲《懷舊》獲得學士學位，是我國留學生中以作曲專業獲得國外學位的第一人。黃自熱衷於歌曲創作，28 歲時與歌詩人龍七合作，於 1932 年作《玫瑰三願》，婉轉複疊，情趣浪漫。

> 玫瑰花玫瑰花　爛開在碧欄杆下
>
> 玫瑰花玫瑰花
>
> 爛開在碧欄杆下
>
> 我願那　妒我的無情風雨莫吹打
>
> 我願那　愛我的多情遊客莫攀摘
>
> 我願那　紅顏常好不凋謝好教我留芳華

龍七（1902～1966），原名龍榆生〔註9〕，1928 年，應邀至上海音樂專科

〔註 9〕龍榆生的主要詞學著作有《論詞譜》（1936 年）、《論平仄四聲》（1936 年）、《令詞之聲韻組織》（1937 年）、《填詞與選調》（1937 年）、《詞學十講》、《詞曲概論》等。

學校任教，經常與蕭友梅、李惟寧、黃自等著名音樂家一起探討詞與音樂結合的問題，並嘗試把傳統的詩詞規律用於現代的歌詩創作，後在上海暨南大學中文系任教，一直從事詞學教學研究，並有詞作作品，他的詞學成就與夏承燾、唐圭璋並稱，是 20 世紀最負盛名的詞學大師之一，也與夏承燾、唐圭璋、詹安泰並稱民國四大詞人。除了《玫瑰三願》外，他的《秋之禮讚》、《逍遙遊》等，由黃自、李惟寧譜曲，廣為流傳。這是他作於 1932 的《紅葉》，由錢仁康譜曲。

> 聽！一陣兒蕭蕭，看！一陣兒飄飄：才離樹杪，乍入雲霄；
> 醉醺雙臉狂年少，萬里乘風意氣豪，亂點征袍。
>
> 聽！一陣兒蕭蕭，看！一陣兒飄飄：如人告老，似燕歸巢；
> 當春料得歸來早，換取新容上舊梢，別樣風標。
>
> 聽！一陣兒蕭蕭，看！一陣兒飄飄：霜凋腐草，雪養新苗；
> 明年定比今年好，壓力加強志愈高，莫怨漂搖！

兩人合作的作品還有這首《春思曲》，意境稠密，加上十六分音符的和分解和絃織體，把「瀟瀟夜雨」與愁情滿懷表現的絲絲相融。

> 瀟瀟夜雨滴階前，寒衾孤枕未成眠。
>
> 今朝攬鏡，應是梨渦淺。
>
> 綠雲慵掠，懶貼花鈿。
>
> 小樓獨倚，怕睹陌頭楊柳，
>
> 分色上簾邊，更妒煞無知雙燕，吱吱語過畫欄前。
>
> 憶個郎遠別已經年，
>
> 恨只恨，不化成杜宇，喚他快整歸鞭。

韋瀚章和黃自合作的作品沒有如後來的大眾歌曲那麼普及，重要原因之一在於調性關係過於複雜。黃自一直致力於「建立民族化的新音樂」〔註10〕，深刻影響了他的學生賀綠汀。但此歌的旋律從五聲音階不斷向大小調七聲音階及半音階擴展，不易歌唱，卻成為音樂學院的聲樂專業訓練的作品。但他們合作的《思鄉》，是個例外，一直流傳至今，詞曲通俗卻不失雅致。

> 柳絲繫綠　清明才過了
> 獨自個憑欄無語

〔註10〕王大燕《藝術歌曲概論》，上海：上海音樂出版社，2009 年，第 221 頁。

更那些牆外鵑啼　一聲聲道　不如歸去

惹起了萬種閒情　滿杯別緒

問落花　隨渺渺微微波

是否向南流　我願與他同去

1931 年「九一八」之後，第一首抗戰歌《抗敵歌》的作曲者是黃自，作詞者是韋瀚章（1906～1993）。

中華錦繡江山誰是主人翁？

我們四萬萬同胞，強虜入寇逞兇暴，

快一致永久抵抗將仇報。

家可破，國須保，身可殺，志不撓。

一心一力團結牢，努力殺敵誓不饒！

韋瀚章曾與黃自等人一起合編《復興初中音樂教科書》，作品多與黃自合作，1932 年 8・13 事變之後，兩人配合又作《旗正飄飄》：

旗正飄飄，馬正蕭蕭，槍在肩刀在腰，熱血熱血似狂潮，

旗正飄飄，馬正蕭蕭，好男兒好男兒好男兒報國在今朝。

國亡家破禍在眉梢，挽沉淪全仗吾同胞，天仇怎不報，不殺敵

人恨不消，

快團結，快團結，快團結，快團結，團結團結，奮起團結，奮

起團結。

這首《旗正飄飄》影響很大，1933 年 3 月上海音專師生演唱了這兩首明快的進行曲風格的合唱歌曲，聽眾愛國之心大受鼓舞。當時參加演唱的聲樂系的學生喻宜萱回憶道：「鏗鏘、豪邁的音調，高亢、激昂的旋律，鮮明、強烈的愛國煮喻思想內容，激所我們素有演唱者與聽眾的極大民族義憤和愛國熱情。」〔註11〕上海的《中華日報》用這樣的字句報導「悲愴激昂，聞者奮起。鼓舞敵愾，可謂名副其實矣。」〔註12〕

這兩首歌作為最早的救亡革命歌曲，意義還在於，它們是中國音樂家自創作品。以往在工人、農民運動中，也有過大量的革命歌曲，但通常是填詞或由蘇聯引進。比如，五四運動後湧起的工農革命歌曲。1921 年北京長辛店「五一」勞動節慶祝大會上唱出了《五一紀念歌》、《北方吹來誓約的風》等歌，1922

〔註11〕喻宜萱《我和我的音樂》，香港：香港雅興出版社，1986 年，第 12 頁。

〔註12〕轉引自錢仁康《黃自的音樂創作》，載《音樂研究》，1988 年第 6 期。

年安源工人運動中產生《安源路礦工人俱樂部部歌》、《工農聯盟歌》，在「五卅運動」中傳唱有《工人歌》、《最後勝利定是我們的》，在省港大罷工中產生的有《工農兵的勝利歌》，廣東海陸豐地區農民運動中的《五一勞動節》、《田仔罵田公》、《農會歌》、《工農聽說起》等歌曲。廣西東蘭農民運動中產生的有《為人民服務》、《哥哥婦女都改裝》，湖南農民運動中產生有《窮人翻身打陽傘》、《十恨心》，湖北農民運動中出現《土劣逃難》、《困龍也有上天機》，隨著北伐軍的勝利挺進，《國民革命歌》、《工農兵聯合起來》等這些填詞歌曲響遍大江南北。

1927 年後，革命根據地產生的許多紅軍歌曲和創作的民歌，《當兵就要當紅軍》、《上前線去》、《保衛根據地戰鬥曲》（江西），紅軍長征途中地《吃牛肉歌》、《戰鬥鼓動歌》、《會師歌》和《送郎當紅軍》、《炮火聲來戰號聲》（江西），《韭菜開花》、《正月革命》（福建）、《我隨紅軍鬧革命》、《盼紅軍》（四川），《橫山裏下來些游擊隊》（陝北）、《劉志丹》《天順心》（陝北）。這些歌曲同樣大多都採取民間曲調，填入新詞，極少是創作歌曲，瞿秋白 1923 年創作的《赤潮曲》，賀綠汀 1927 年創作的《暴動歌》是例外。

後來韋瀚章作詞的歌，比如《白雲故鄉》也是一首救亡歌曲，風格婉約悲愴。似乎是寫海濱之景，最後卻激揚向上。

> 海風翻起白浪，浪花濺濕衣裳，
>
> 寂寞的沙灘，只有我在凝望。
>
> 群山浮在海上，白雲躲在山旁，
>
> 層雲的後面，便是我的故鄉。
>
> 海水茫茫，山色蒼蒼，我卻望不見故鄉。
>
> 血沸胸腔，仇恨難忘，把堅決的信念築成壁壘，
>
> 莫讓人侵佔故鄉，莫讓人侵佔故鄉。

「新體歌詩」是中國新一代音樂人曾經努力的方向，但這一力圖承傳中國的歌詩傳統方向，大多隨後都慢慢匯入了救亡運動歌的洪流。歌詩中的詩性減弱，相反，歌詩的政治功能增強。

第二節　黎錦輝與「毛毛雨」派

「毛毛雨」派是中國第一個「娛樂歌曲」流派，是黎錦輝一手創辦的。自梁錦輝開其風氣後，這個流派從沒有真正中斷。娛樂歌在中國 20 世紀歌詩史

上影響很大，卻也是最坎坷的。

黎錦輝是著名的湖南湘潭黎氏文化人家族中最出色的藝術家。1922 年黎錦輝在上海專修學校附屬小學設立了「音樂部」，開始組織「明月音樂會」、「明月歌舞劇社」等民間歌舞歌曲團體。以此為基礎進行了中國最早的歌舞劇實驗、兒童劇實驗。

「明月」的各種音樂活動從 1922 年開始，一直持續到 1937 年，長達 15 年的歷史。今天看來，有幾個突出的貢獻，一是它誕生了中國現代第一首娛樂歌曲，對推動中國娛樂歌曲的發展功不可沒。二是它培養輸送了中國最早的一批電影影星，「是培養影星的搖籃。」〔註 13〕三是開創了中國最早的兒童歌舞實踐。

關於「明月」的命名，有不少說法，其中一種說法認為，這和黎錦輝辦團宗旨有關，「我們高舉平民音樂的旗幟，猶如皓月當空，千里共嬋娟，人人能欣賞。」〔註 14〕「平民音樂」的口號也許空了一些，但在一個不重情歌，甚至情詩的特別年代，唱出人人心中的情愛，絕非毫無意義。

1931 年明月舞社簽約了大中華唱片公司。黎錦輝先後寫出了《毛毛雨》、《妹妹我愛你》、《桃花江》、《特別快車》、《舞伴之歌》等流行曲，演出了《野玫瑰》、《桃花太子》《花生米》等歌舞劇。明月歌舞團後來隸屬蓮花影片公司，造就了依託電影發展的第一批歌舞藝術家。明月歌舞團解散後，黎錦輝轉向爵士樂，並且與中國民間音樂，戲曲音樂結合，成為舞廳歌曲的先行者。

黎錦輝於抗戰前夕後離開明月，其弟黎錦光在上海繼續歌舞事業，用黎錦輝的舊筆名「全玉谷」寫了《拷紅》（電影《西廂記》插曲），《夜來香》、《五月的風》等歌曲。

《明月之夜》是歌舞劇《明月之夜》主題歌，音樂不錯，歌詩差了一些。可見歌曲的「全武行」，詞曲演一手包辦，往往是一些藝術家自以為是的通病，的確有不少這樣的通才，但也有不少露出弱處者。

明月的小型歌舞，以《桃花江》最為著名。這首歌是黎錦輝作詞作曲。據說是寫歌還歌舞團的錢。後來成為明月邊舞邊唱典型的保留劇目。

（男）我聽得人家說

〔註 13〕孫蕤《中國創作簡史 1917～1970》，北京：中國文聯出版社，2004 年，第 316 頁。
〔註 14〕轉引自《中國創作簡史 1917～1970》，孫蕤著，北京：中國文聯出版社，2004 年，第 315 頁。

（女）說什麼？

（男）桃花江是美人窩。桃花千萬朵，比不上美人多

（女）不錯！

（男）果然不錯！

　　　我每天踱到那桃花林裏坐，

　　　來來往往得我都看過。

（女）全都好看嗎？

（男）好！那身材瘦一點的，偏偏瘦得那麼好。

（女）怎麼好？

（男）全是玲玲俐俐，小小巧巧，婷婷嫋嫋，多媚多嬌！

　　……

　　下略，大致是在「桃花江上美人多，你比旁人美得多」之間打轉。現在看來自然無傷大雅，但在國難之年，這首歌舞被視為「靡靡之音」中最甚者，恐怕歌詩難逃其咎。

　　黎錦輝的歌詩有時候清淡無華，甚至到有點類似兒歌，但在舞臺上卻是香豔美腿，當時歐美風，對中國觀眾是極大的震動。兒歌式的詞可以被曲調和演唱轉化成「吳儂軟語」。

　　儘管早期的娛樂歌曲在歌唱方式和曲式上深受西方現代文化影響，但真正的不少歌詩內容並沒有完全脫離中國傳統文化和中國傳統審美習慣，相反化入了很多的中國傳統文化意象。比如，「鴛鴦」、「比翼鳥」、「春風」、「春花」、「月」、「雲」、「樓臺」、「柳」、「燕子」、「蜜蜂」、「蝴蝶」、「黃鶯」、「秋風」、「梅花」、「桃花」、「杏花」「小河」等，這些中國的傳統文化意象，通過中國古典詩詞、戲曲唱詞、民間小調等娛樂文化活動，早已在民間形成了一種穩定的審美習慣和娛樂文化情趣，而這類都市現代娛樂文化形式將其進一步的延伸。

　　就黎錦輝的歌曲創造歷程來看，吳贛伯的評價師或許更為公正：「他（指黎錦輝）的部分作品被稱為『黃色』或『靡靡之音』，但縱觀其全部創作，可以說都是民間化、鄉土化的作品，同樣是值得我們研究的。」〔註15〕

　　1934 年，上海《大公報》曾舉辦優秀歌星選拔賽，上海的廣播歌星全都

〔註15〕吳贛伯《中國大陸的音樂家》，劉靖之編《中國新音樂史論集 1946～1976》，香港大學亞洲研究中心，1990 年，第 236 頁。

參加了此次比賽，選手們選唱的曲目「95%以上是黎錦暉的作品」〔註16〕。這也足以證明當時的中國流行歌曲創作局面依然是黎錦暉一枝獨秀。同時期進行歌曲創作的歌詩人還有張簧、許如輝，但作品數量遠遠不及黎錦暉。1936年出版的《明月新歌128首》一書中只收錄了張簧的歌詩作品9首。〔註17〕1929年，上海北新書店發行的許如輝歌曲集《閣樓上的小姐》共收入其作品12首；1933年～1935年，許如輝創作的流行歌曲已查到19首，其中有18首由他自己作詞。〔註18〕

在明月歌曲一二八首》的引言中，黎錦暉自己也反駁「動不動斥罵為『靡靡之音』，大爺們！你們有什麼新發明的儀器可以測驗音樂的靡不靡，其實你懂不懂還是問題！」「民國成立已經二十五年了，中國的音樂教育，凡為教育行政所推崇的，對不起，整個兒『奴化』了。」〔註19〕

發這樣的感慨是有緣由的，實際上黎錦暉對中國歌曲的貢獻，還不止於他開創了中國娛樂歌曲的先鋒，還在於他對歌舞劇、兒童歌舞劇的創建和實踐以及中國音樂教育的新思維。20年代，黎錦暉推出他的兒童歌舞劇《麻雀與小孩》、《葡萄仙子》，歌舞表演《可憐的秋香》、《小小畫家》、《三蝴蝶》等，這些都是至今少年兒童不可多得的精神食糧。

黎錦暉在電影突興之前，開創的中國歌舞劇（大部分是短劇）歌曲，這個傳統似乎被電影與抗日救亡高潮切斷了。1932年，給明月歌舞專業致命一擊的，正是他最早扶植的作曲家聶耳。聶耳用「黑天使」、「浣玉」等筆名在報上發表文章，指責黎的「家庭愛情歌劇」都是「香豔肉感，熱情流露」，〔註20〕色情低級冒牌貨，是國難當頭毒害人民的麻醉品。「我們所需要的不是軟豆腐，而是真刀真槍的硬工夫！」〔註21〕

〔註16〕吳劍《何日君再來——流行歌曲滄桑史話》，哈爾濱：北方文藝出版社，2010年，第51頁。

〔註17〕吳劍《何日君再來——流行歌曲滄桑史話》，哈爾濱：北方文藝出版社，2010年，第167頁。

〔註18〕吳劍《何日君再來——流行歌曲滄桑史話》，哈爾濱：北方文藝出版社，2010年，第171頁。

〔註19〕轉引自吳贛伯《中國大陸的音樂家》，劉靖之編《中國新音樂史論集 1946～1976》，香港大學亞洲研究中心，1990年，第236頁。

〔註20〕黑天使（聶耳）《中國歌舞短論》，《電影藝術》，1932年7月22日，第1卷第3期。

〔註21〕黑天使（聶耳）《中國歌舞短論》，《電影藝術》1932年7月22日，第1卷第3期。

這個指責在當時看沒有錯，但是我們會看到小歌舞劇這種靈活的歌曲傳播方式，將在中國藝術史上發揮作用。2005 年，被譽為華人首部歌舞電影片的《如果愛》上演，演員都是用當今最紅的歌星或演員出演，其中音樂、歌曲、舞蹈、戲劇等各種元素融合在一起，不能不算是中國歌舞劇這樣藝術品種的再次實驗。

第三節　電影歌曲的誕生與歌詩

電影歌曲以電影為載體而誕生，而它的意義卻遠遠超出電影之外。陳一萍收集整理的第一本《中國早期電影歌曲精選》中，收有 30、40 年代的電影歌曲共 201 首。這些歌曲几乎成了當時的主要流行歌曲。可見，電影對歌曲的廣泛流傳及推廣作用。

> 當時的流行歌曲中，電影插曲要多餘一般流行歌曲。例如陝西教育出版社出版的由周璇次子周偉主編的《周璇歌曲 100 首》共收入周璇演唱的 105 首歌曲。其中電影插曲 75 首，流行歌曲 29 首，附錄歌曲 1 首，選收了中國電影史和音樂史上有重大爭議的電影插曲《何日君再來》，其中電影插曲和流行歌曲的比例約 3：1。

中國早期的電影是無聲影片，但歌曲已經開始被「加入」片中，通常將歌先灌成類似唱片的盤，由放映師在恰當的時候放出來。早期的這類歌曲大都為愛情歌曲。比如 1927 年明星影片公司的主題為反封建、爭取婚姻的《二八佳人》，兩首插曲《心心相印》、《初戀滋味》，歌詩率真、明朗。20 年代的無聲電影中，黎錦輝等人的作品常被這樣加入影片中。

中國第一首電影歌曲誕生於 1930 年，是聯華影業公司的故事片《野草閒花》中的《尋兄詞》：

> 從軍伍，少小離家鄉，念雙親，重返空淒涼。
> 家成灰，親墓生春草，我的妹，流落他方。
> 風淒涼，雪花又紛飛，夜色冷，寒鴉覓巢回。
> 歌聲聲，我兄能聽否？莽天涯，無家可歸。

此歌詩作者是導演孫瑜本人，由當時最著名的兩位男女影星金焰和阮玲玉演唱，此歌影響並不大，但卻開創了影、歌兩栖明星的先河，也展示了歌星對歌曲的流行推動。

　　中國早期電影，無論對娛樂歌曲，還是對後來的左翼對歌曲的傳播，影響都極為重大。在很多早期電影中，一首或多首抒情哀怨的插曲，加上一首或多首豪邁奮進的主題曲或插曲几乎成了電影歌曲的主要模式。比如明星影片公司拍於 1934 年的《空谷蘭》，此片根據日本小說《野之花》創作。其中兩首插曲《空谷蘭》（王乾白作詞嚴工上作曲）和《抗敵歌》（安娥作詞任光作曲），風格各異，內容大相徑庭，很難想像出自於同一部電影：

> 空谷蘭，淡淡的清香透春寒，
>
> 雲霞為伴，風雨作餐，
>
> 笑百花爭妍，歎人事紛繁，
>
> 孤芳自賞只合在靈山。──《空谷蘭》
>
> 我有敵人凶似狼，強佔我地方。
>
> 搶掠屠殺後，再燒毀我村莊。
>
> 可憐我同胞四千萬命遭殃。
>
> 不打倒野心狼，國家將滅亡。──《抗敵歌》

前者緩慢抒情，後者激越昂揚。顯然看到電影主題的推行意圖。

　　30、40 年代的電影推動了中國歌曲的發展，也推動了一批歌詩人，無論是專業的歌詩人，還是詩人、劇作家、甚至是身兼幾職的業餘歌詩人，他們的影響與電影歌曲密切相關，也無論是左翼電影，還是娛樂電影，甚至是後來淪陷區的古裝戲電影。比如：

田漢：	《畢業歌》	（電影《桃李劫》）
	《義勇軍進行曲》	（電影《風雲兒女》）
	《夜半歌聲》、《黃河之戀》、《熱血》	（電影《夜半歌聲》）
	《四季歌》、《天涯歌女》	（電影《馬路天使》）
	《秋水伊人》	（電影《古塔奇案》）
	《人人都說西湖好》、《憶江南》	（電影《憶江南》）
	《墾春泥》	（電影《勝利進行曲》）
孫師毅：	《新的女性》	（電影《新的女性》）
	《飛花歌》、《牧羊女》	（電影《飛花村》）
	《自由神之歌》	（電影《自由神》）
	《祖國之戀》	（電影《白雲故鄉》）
	《新生命歌》	（電影《壓歲錢》）

蔡楚生：　　《月光光歌》　　　　　　　　　　（電影《迷途的羔羊》）
孫瑜：　　　《尋兄詞》　　　　　　　　　　　（電影《野草閒花》）
　　　　　　《大路歌》　　　　　　　　　　　（電影《大路》）
　　　　　　《春到人間》、《新的中國》　　　　（電影《春到人間》）
關露：　　　《春天裏》　　　　　　　　　　　（電影《十字街頭》）
安娥：　　　《漁光曲》、《漁村之歌》　　　　　（電影《漁光曲》）
　　　　　　《新鳳陽歌》、《燕燕歌》　　　　　（電影《大路》）
　　　　　　《賣報歌》
施誼：　　　《開路先鋒》　　　　　　　　　　（電影《大路》）
唐納：　　　《自衛歌》、《塞外村女》　　　　　（電影《逃亡》）
黎錦輝：　　《春風嬝娜》　　　　　　　　　　（電影《女同學》）
　　　　　　《燕雙飛》、《花弄影》、《蝶戀花》　（電影《芸蘭姑娘》）
陳蝶衣：　　《鳳凰於飛》、《慈母心》、《闔家歡》（電影《鳳凰於飛》）
　　　　　　《香格里拉》　　　　　　　　　　（電影《香格里拉》）
吳村：　　　《秋的懷念》、《寂寞的雲》、　　　（電影《天涯歌女》）
　　　　　　《薔薇處處開》　　　　　　　　　（電影《薔薇處處開》）
范煙橋：　　《春風秋雨》、《夢斷關山》　　　　（電影《李三娘》）
　　　　　　《天長地久》　　　　　　　　　　（電影《解花語》）
　　　　　　《鍾山春》　　　　　　　　　　　（電影《惱人春色》）
　　　　　　《月圓花好》、《拷紅》、《和詩》　　（電影《西廂記》）
　　　　　　《夜上海》、《黃葉舞秋風》　　　　（電影《長相思》）
李青：　　　《漁家女》、《瘋狂世界》　　　　　（電影《漁家女》）
　　　　　　《採蓮曲》、《姑蘇臺》　　　　　　（電影《西施》）
　　　　　　《不變的心》、《真善美》　　　　　（電影《鸞鳳和鳴》）
歐陽予倩：　《月亮在哪裏》、《童歌》、　　　　（電影《木蘭從軍》）
　　　　　　《三人同走一條路》
陽翰笙：　　《牧羊女兒歌》　　　　　　　　　（電影《塞上風雲》）
吳祖光：　　《莫負青春》、《小小洞房》　　　　（電影《莫負青春》）
費穆：　　　《孔聖讚歌》、《征夫操》　　　　　（電影《孔夫子》）
柯靈：　　　《太平春》　　　　　　　　　　　（電影《武則天》）
……

　　甚至趙元任、蕭友梅等老一輩音樂「學院派」也加入到這個潮流中來，戲劇電影《都市風光》，明顯有卓別林之風，由黃自作曲，趙元任作詞的《西洋鏡歌》是一首老人看大世界西洋鏡時發出的幽默呼喊，這是他們接近民間藝術情趣，接近大眾的努力。

　　這段時期的主要歌手、演員，卻大多來自黎錦輝的明月歌舞團班子，如王人美是《漁光曲》、《風雲兒女》主演主唱，黎莉莉是《大路》、《塞上風雲》的主演主唱，周璇是《馬路天使》主演主唱等等。

　　這卻是很有趣的一筆，電影是一個傳播歌曲的重要載體，而歌星本身並不因為他們演唱過「毛毛雨」派歌曲而變質墮落。在左翼電影歌曲中，她們同樣擔當了進步思想的傳播者。

第四節　「大眾歌曲」與「救亡歌曲」

　　在救亡歌曲真正掀起高潮之前，左翼的大眾歌曲的理論和創作實踐已經為其作了很大的鋪墊，並很快融進救亡運動。

　　1930 年 3 月，中國左翼作家聯盟成立。「『左聯』機關刊物之一《大眾文藝》，曾連續發表《革命十年間蘇俄的音樂之發展》、《音樂之唯物史觀的分析》等譯文，以及有關音樂的評論文章，介紹蘇聯革命音樂和馬克思注意的音樂觀。呼籲造就真正能為勞動大眾所接受的大眾化的『新興音樂』觀。」〔註 22〕

　　1930 年 8 月，「左聯」向全國音樂家發出「到工廠、到農村、到戰場上、到被壓迫群眾當中去」的號召。〔註 23〕於是創作和傳播大眾歌曲便成為左翼音樂的宗旨。

　　1934 年春由聶耳、田漢、任光、安娥和呂驥正式成立上海左翼劇聯音樂小組。同年夏，由田漢編劇寫詞、聶耳作曲的《揚子江暴風雨》這部活報劇型小歌劇在上海法租界演出，獲極大成功。

　　左翼音樂工作影響遍及於全國各地，主要依託於左翼劇作家、音樂家創作的進步電影主題歌與插曲。比如《碼頭工人歌》、《大路歌》、《開路先鋒》、《新女性》、《搖船歌》、《車夫曲》、《拉梨歌》、《搬夫歌》、《漁光曲》、《鐵蹄下的歌

〔註 22〕《中國大百科全書音樂舞蹈卷》，「左翼音樂運動」條，中國大百科全書出版社，1989 年，第 925 頁。
〔註 23〕「左聯」執行委員會決議《無產階級文學運動新的形勢及我們的任務》，1930 年 8 月。

女》、《春天裏》等。

左翼歌曲的推廣活動也非常有效。呂驥談到在女工夜校教唱《新女性》（孫師毅詞，聶耳曲）這首歌時的感受：

> 開始向他們講，這首歌曲不但反映了她們受剝削壓迫的生活，
> 而且指出她們奮鬥方向。要求她們齊聲輕讀一遍歌詩的時候，他們
> 歡暢而肅穆的神情，使我看到她們被真理掌握了的時候，她們身上
> 頓時產生了一股強大的精神力量，使她們異口同聲地發出每一個字
> 音具有千鈞的力量。當時，使我覺得完全不是幾十個人的低音輕讀，
> 而是億萬人氣勢磅礴的吶喊，是階級的怒吼。〔註24〕

《新女性》是 1934 年聯華影業公司攝製的影片，由孫師毅編劇，蔡楚生導演。影片取材於當時自殺而死的電影女明星艾霞的身世。通過女主人韋明飽償被丈夫遺棄的痛苦、失業的艱難、承受女兒病危的憂愁，以及北富人闊少的侮辱，最終在抑鬱中憤而自殺身亡的悲慘遭遇，控訴了舊社會的黑暗。影片塑造了另一個先進女工索阿英的形象，從而在對比中否定了韋明的軟弱，指出了婦女解放的正確道路。

> 新的女性，是生產的女性大眾，
> 新的女性，是社會的勞工，
> 新的女性，是建設新社會的前鋒。
> 新的女性要和男子們一同，
> 翻捲起時代的暴風！暴風！
> 我們要將它喚醒民族的迷夢！暴風！
> 我們要將它造成女性的光榮！
> 不做奴隸，天下為公，無分男女，世界大同。
> 新的女性勇敢向前衝！
> 新的女性勇敢向前衝！

主題歌《新的女性》正是對具有先進覺悟的新女性形象的概括和指導，歌曲具有震撼人心的藝術力量。1935 念月 2 日，《新女性》在上海金城大戲院首映。阮玲玉和聯華樂隊在聶耳的指揮下，當場演唱了這首主題歌。具有悲劇意味的是，《新女性》的傳播手阮玲玉也沒能以此拯救自己，最終也被時代吞沒。

左翼歌曲的登場，具有先天的優勢。城市生活造成明顯的貧富差，國破家

〔註24〕 李業道《呂驥評傳》，北京：人民音樂出版社，2001 年，第 22 頁。

亡使全國人民熱血沸騰，這是客觀存在的階級環境與民族心理。加上許多電影
公司拍的電影急於用插曲製造氣氛，而電影這種視聽載體在當時比留聲機更
加普及。

所以當左翼音樂的傑出作曲家聶耳 1935 年在東京青年會的第五次藝術界
的會議上，作題為《最近中國音樂界的總檢討》時，他對其他歌曲的批判以及
對左翼歌曲的肯定和信心就顯得理直氣壯：

> 中國樂壇可以分為三個陣營：一個是代表中國的封建意識的保
> 守的音樂家群，收政府豢養的學院派，如國立音樂院的蕭友梅等便
> 是他們的代表……
>
> 第二便是所謂《毛毛雨》派的黎錦輝等。黎錦輝的作品如《毛
> 毛雨》、《妹妹我愛你》等等風行一時，然而這些所謂「靡靡之音」
> 的歌曲，雖然取得資產階級及小市民層的一時歌頌，但因為封建意
> 識相牴觸而遭政府盡職及為大眾所吐棄，一經新興音樂出現遍失去
> 大眾的同情，一天天走到牛角尖去了。
>
> 第三是《漁光曲》在電影中出現後，中國大眾的音樂傾向便明顯
> 地轉變了。《漁光曲》便適應他們的一部分的願望而熱烈地收到歡迎。
> 《漁光曲》雖然替大眾訴出一部分的苦痛，但它是悲觀的、微弱的。
> 不能給他們以滿足，於是更前進、更有力的歌曲便應大眾的需要而出
> 現，自《碼頭工人歌》、《逃亡歌》、《開路先鋒》等電影歌曲的異軍突
> 起，中國樂壇的新傾向具體地體現了出來。現在，中國新興樂壇是天
> 天在轉變、在躍進，偕著革命的大眾向最新的境域前進。〔註25〕

《漁光曲》（安娥作詞、任光作曲）作為同名電影的主題歌，名聲之大，
使聶耳自己這一派稱為「漁光曲派」，既有控訴，也有激勵。

> 雲兒飄在海空，魚兒藏在水中
> 早晨太陽裏曬魚網，迎面吹過來大海風
> 潮水升，浪花湧，魚船兒飄飄各西東
> 輕撒網，緊拉繩，煙霧裏辛苦等魚蹤
> 魚兒難捕船租重，捕魚人兒世世窮
> 爺爺留下的破魚網，小心再靠它過一冬

後來的《鐵蹄下的歌女》（許幸之作詞，聶耳作曲）在這個風格上除了苦

〔註25〕王懿之《聶耳傳》，上海：上海音樂出版社，1992 年，第 296～297 頁。

難的控訴，還有強烈的愛國的民族情緒：

> 我們到處賣唱，我們到處獻舞，
> 誰不知道國家將亡，為什麼被人當做商女？
> 為了飢寒交迫，我們到處哀歌，
> 嘗盡了人生的滋味，舞女是永遠地漂流。
> 誰甘心做人的奴隸，誰願意讓鄉土淪喪，
> 可憐是鐵蹄下的歌女，被鞭撻得遍體鱗傷。

1934 年電影《桃李劫》的插曲《畢業歌》可以說是左翼歌曲的另一種典型，即進行曲式的鼓動風格。

> 同學們，大家起來！擔負起天下的興亡！
> 聽吧！滿耳史大眾的嗟傷；
> 看吧！一年年國土的淪喪！
> 我們是要選擇戰還是降？
> 我們今天是絃歌一堂，明天是掀起民族自救的巨浪，
> 巨浪，巨浪，不斷地增長！
> 同學們，同學們！快拿除力量，擔負起天下的興亡！

左翼歌曲是中國歌曲第一次成功地深入民間，全國（到了抗戰階段也包括農民）市民和學生個個會唱並且愛唱的。這一點，聶耳說得不錯，先前的學堂歌曲以及中國的新詩歌曲等，基本限於學校，也基本服務於「音樂教育」的目的，影響沒有真正超出學校，而「毛毛雨派」則服務於上海都市生活，輕歌舞劇的欣賞者，載體主要是唱片，連上海有唱片機的也只是中產以上的少數人家，談不上真正普及，而後來以《義勇軍進行曲》代表的左翼歌曲，隨著救亡運動的掀起，第一次將歌聲滲透到民間每個角落。

救亡歌曲真正形成高潮的是在 1935 年北平學生「一二‧九」運動之後，伴隨著全國性抗日救亡歌詠運動的掀起。1935 年，日本帝國主義侵佔華北。中國共產黨中央發表《八一宣言》，號召停止內戰，一致抗日。此時，中國的民族矛盾取代階級矛盾上升為當時中國社會的主要矛盾。同年 12 月，中央在陝北瓦窯堡會議上確立了建立抗日民族統一戰線的戰略決策。在這一形勢下，1936 年春，為響應中國共產黨建立抗日民族統一戰線的主張，「左聯」等各界文化組織相繼解散，同時提出了「國防文學」、「國防戲劇」等口號。同年 4 月，左翼音樂家呂驥、周巍峙等人提出了「國防音樂」的口號。左翼音樂組織解散

後，成立了「歌詩曲作者聯誼會」，爭取了更多愛國音樂家參加其中，音樂界的抗日民族統一戰線逐步形成。

國防音樂的提出，進一步推動了音樂大眾化、民族化的發展。呂驥在《論國防音樂》一文中曾提出，「在爭取民族解放與獨立的危急時刻，音樂也應該成為國防文化戰線的重要組成部分，它不但要負擔起喚醒和推動全國民眾的責任，更應當積極地把民眾調動起來，把他們的抗敵意識轉化為實際的抗戰行動；為此，在現階段必須大力發展抗日救亡歌曲，用這種通俗易懂的音樂形式喚起最廣大的民眾，全力投入抗戰。」〔註26〕呂驥把國防音樂的提出，看作是上世紀 30 年代「中國新音樂運動開始以後的一個轉折點」〔註27〕。抗戰歌曲的普及化，標誌著中國音樂史進入一個「歌的時代」。

此時，大量的歌詠活動湧現，就連與左翼音樂家發生過激烈爭論的學院派音樂家陳洪也曾對歌詠運動有過忠懇的評價：「有許多平時不容易辦到的事情，一到非常時期，倒好像水到渠成似的，馬上便辦到了，目前的『歌運』便是一個好例子。從前有過許多人高喊著『音樂民眾化』，『音樂到民間去』等口號，可是音樂始終和民眾發生不了什麼關係，近來不需要什麼人費一點力，光說上海一處有過六十多個歌詠團，就全國而言，有數十萬在怒吼著『救亡歌曲』。」〔註28〕

這時湧現了大量的救亡歌曲，如《五月的鮮花》、《救國軍歌》、《救亡進行曲》、《中華民族不會亡》、《打回老家去》、《心頭恨》、《上起刺刀來》、《松花江上》、《全國總動員》、《大眾的歌手》等。很多報刊上，均以相當篇幅刊登救亡歌曲，也出版的許多救亡歌集。如《民眾歌集》（劉良模編）、《中國呼聲集》（周巍峙編）、《大眾歌聲》（麥新、孟波編）等，均成為各地救亡歌詠活動中採用的主要歌唱材料。

其中由詩人周鋼鳴作詞孫慎作曲的《救亡進行曲》，寫於 1936 年 1 月「歌曲成立會」之際，後刊登在 1936 年 4 月的《生活知識》的《國防音樂特輯》上，迅速流行，成為抗日救亡運動中具有代表性的歌曲之一。

1936 年，張寒暉在西安創作的《松花江上》也得到了很廣泛地傳唱，從

〔註26〕呂驥《論國防音樂》（1936）《呂驥文選》上集，北京：人民音樂出版社，1988 年，第 5 頁。

〔註27〕呂驥《論國防音樂》（1936）《呂驥文選》上集，北京：人民音樂出版社，1988 年，第 5 頁。

〔註28〕陳洪《隨筆・好景象》，《音樂月刊》1937 年第 1 卷第 1 號，第 3 頁。

「西安事變」前的學生請願活動到 1938 年 7 月 7 日武漢舉行的抗日週年活動，《松花江上》已經成為中國人民表達抗日情緒最為重要的歌曲之一。「西安事變」之前，《松花江上》也對東北軍發揮了卓有成效的統戰工作。這首歌曲「激發了東北軍廣大官兵的愛國熱情和打回老家去的抗日決心，加深了統治階級營壘內部的矛盾與分化，對於西安事變的爆發和實現第二次國共合作產生了積極影響。」〔註 29〕隨著抗日歌詠運動的發展，其歌思想和情緒深深根植於人們的心中，因此《松花江上》這首歌曲几乎成為所有抗日歌詠活動必唱的曲目。之後，江凌、劉雪庵仿照《松花江上》的風格，創作了《流亡》、《戰場》。儘管後來《流亡》、《戰場》也曾被用來傳唱，與《松花江上》並稱為「流亡三部曲」，但無論是在時效性上，還是在藝術水平上都難與《松花江上》相提並論。張寒暉的《松花江上》，歌詩以訴說為主，描寫流亡主題採用的是漸進式的手法。歌詩儘管質樸卻隱含著對家鄉的濃濃深情，情感地表達是漸進式地遞加。痛失家園的情緒是在積攢中實現了最後的爆發。類似的歌曲還有《流亡》、《戰場》，《流亡》借鑒了《松花江上》的藝術表現手法，仍以「流亡「為主題。《戰歌》可以看做是《松花江上》的一個續篇，從流亡走向戰場，呼喚人們參加到抗日的戰鬥。比如《流亡》這一歌在篇首就直接書寫流亡：

> 泣別了白山黑水，走遍了黃河長江。
>
> 流浪、逃亡，逃亡、流浪。
>
> 流浪到哪年？逃亡到何方？
>
> 說什麼你的、我的，分什麼窮的、富的。
>
> 敵人殺來，炮毀槍傷，到頭來都是一樣。

與《松花江上》相比，它顯然有些說教，但更為直接。《戰歌》的創作風格更加傾向於戰鬥性，「走，朋友！我們要為爹娘復仇！走，朋友！我們要為民族戰鬥！」音樂家冼星海所說：「救亡歌曲的效果或許比文字和戲劇更重要也未可知，因為這種歌聲能使我們全部的官能被感動，而且可以強烈地激發每個聽眾最高的情感。」他甚至把救亡歌曲創作看作是「我們民族的唯一精神安慰者，更可以說是我們的國魂。」〔註 30〕

〔註 29〕中國共產黨寧夏回族自治區委員會黨史研究室編《中國共產黨寧夏史》，銀川：寧夏人民出版社，2000 年，第 112 頁。

〔註 30〕冼星海《救亡歌詠在洛陽》，《冼星海全集·第一卷》，廣州：廣東高等教育出版社，1989 年，第 22 頁。

　　1937 年「七七事變」揭開全面抗戰序幕，也把救亡歌詠運動推向高潮。
《大刀進行曲》、《武裝保衛山西》、《保家鄉》、《游擊隊歌》、《軍民合作》、《長城謠》、《打擊漢奸》、《巷戰歌》、《歌八百壯士》、《打回東北去》、《洪波曲》、《丈夫去當兵》、《抗日軍政大學校歌》、《在太行山上》、《到敵人後方去》等又一批抗日救亡歌曲產生，至此了形成中國有史以來空前的群眾性愛國音樂運動，促進了中國歌曲的創作和群眾歌詠活動的發展和普及。正如有學者描述的「抗日戰爭時期，沒有一支抗日的軍隊不唱《大刀進行曲》（麥新詞曲），它本身就是一把砍向敵人的大刀。」〔註31〕

　　　　大刀向鬼子們的頭上砍去！

　　　　全國武裝的弟兄們，

　　　　抗戰的一天來到了，抗戰的一天來到了。

　　　　前面有東北的義勇軍，後面有全國的老百姓，

　　　　咱們中國軍隊勇敢前進，

　　　　看準那敵人，把他消滅！把他消滅！

　　　　（喊）大刀向鬼子們的頭上砍去！（喊）殺！

　　這首歌寫於 1937 年蘆溝橋事變之後，詞曲作者麥新有感於長城腳下的二十九軍大刀隊於敵人的拼殺壯舉而寫，在最初發表時曾題「獻給二十九軍大刀隊」。原歌詩中也有「二十九軍的弟兄們」，後改為「全國武裝的弟兄們」。原曲譜中「大刀向鬼子們的頭上砍去」一句，最初是一拍一音，後在在群眾的傳唱中改為切分節奏。麥新認為「還是群眾唱的對，一開始用切分音符能表達對敵人的無比仇恨。」〔註32〕無論從詞作者有意改詞，還是歌眾無意改譜，這首歌成了大眾救亡真正的流行歌曲。正如陶行知對大眾歌曲的定義：

　　　　大眾的歌曲時大眾的心靈的呼聲。它時用深刻的節奏喊出大眾
　　　　最迫切之內心的要求。……大眾的歌曲時要唱出大眾心中的事，從
　　　　大眾的心裏唱出來在唱進大眾的心裏去。它來，事從大眾的心裏來；
　　　　它去，事到大眾的心裏去。〔註33〕

〔註31〕周暢《中國現當代音樂家與作品》，北京：人民音樂出版社，2003 年，第 64 頁。

〔註32〕轉引自《中國優秀歌曲百首賞析》，於林青著，北京：人民音樂出版社，2000 年，第 39 頁。

〔註33〕陶行知《從大眾歌曲講到民眾歌詠團》，載《生活日報》，1936 年 6 月 28 日星期增刊號第 4 號。

這一段時間，也造就了中國一批最傑出的詞曲作家和他們的代表作品。其中有：

田漢作詞　聶耳作曲	《義勇軍進行曲》（1935）
周鳴鋼作詞　孫慎作曲	《救亡進行曲》（1935）
張寒暉作詞作曲	《松花江上》（1936）
安娥作詞　任光作曲	《打回老家去》（1936）
賀綠汀作詞作曲	《游擊隊之歌》（1937）
麥新作詞作曲	《大刀進行曲》（1937）
潘子農作詞　劉雪庵作曲	《長城長》（1937）
凱豐作詞　呂驥作曲	《抗日軍政大學校歌》（1937）
桂濤聲作詞　冼星海作曲	《在太行山上》（1938）
莫耶作詞　鄭律成作曲	《延安頌》（1938）
老舍作詞　張曙作曲	《丈夫去當兵》（1938）
光為然作詞　冼星海作曲	《黃歌大合唱》（1939）
公木作詞　鄭律成作曲	《八路軍進行曲》（1939）
端木蕻良作詞　賀綠汀作曲	《嘉陵江上》（1939）

……

這些歌曲中，有進行曲風格，雄壯、豪邁、激昂。像上文舉出的《大刀進行曲》，有抒情風格的《松花江上》、《長城長》、《嘉陵江上》等，還有校歌、頌歌、說唱歌曲等，幾乎開創了歌曲的各種類別。

最有氣派也是歌曲之集大成者的《黃河大合唱》，是中國抗日救亡歌曲的最高典範。郭沫若曾在《黃河大合唱》序言中這樣評價：「《黃河大合唱》是抗戰中所產生的最成功的一個新型歌曲。音節的雄壯而多變化，使原由富於情感的詞句，九像風暴中的浪濤一樣，震撼人的心魄。」〔註34〕

《黃河大合唱》雖然採用了西方康塔塔的形式，但內容卻是中國化的，顯示出了中國氣派。整個合唱九個樂章《序曲》（樂隊）、《黃河船夫曲》（合唱）、《黃河頌》（男生獨唱）、《黃河之水天上來》（配樂詩朗誦）、《黃水謠》（女聲合唱）、《河邊對口曲》（對唱、合唱）、《黃河怨》（女生獨唱）、《保衛黃河》（齊唱、輪唱）、《怒吼吧！黃河》（合唱）。全歌各章節交替發展，相互呼應，恢弘

〔註34〕於林青《中國優秀歌曲百首賞析》，北京：人民音樂出版社，2000年，第49～50頁。

磅礴，「被認為是一部反映中華民族解放運動的音樂史詩。」〔註35〕

抗占救亡歌曲的影響巨大，就像豐子愷先生所說：

> 抗戰以來，藝術中最勇猛前進的，要算音樂。文學原也發達，但
> 是沒有聲音，只是靜靜地躺在書鋪裏，待人去訪問。……只有音樂，
> 普遍於全體民眾，像血液周流於全身一樣。我從浙江通過江西、湖南
> 來到漢口，在沿途各地逗留，抗戰歌曲不絕於耳。連荒山中的三家村
> 裏，也有「起來，起來」、「前進，前進」的聲音出自於村夫牧童之口。
> 都會裏自不必說，長沙的湖南婆婆、漢口的湖北車夫，都能唱「中華
> 民族到了危險的時候。……有人煙處，即有抗戰歌曲。〔註36〕

在一切藝術門類中，最能鼓動和推動全民抗日救亡運動的，莫過於歌曲這
種藝術手段了，也正因為這個救亡的需要，造就了中國音樂，尤其是中國現代
歌曲的第一次繁榮輝煌。

第五節　孤島及孤島後歌壇

自 1937 到 1941 年底，太平洋戰事爆發之前，上海租界出現奇特的經濟
繁榮局面。大部分左翼主流文化任撤離內地，抗日宣傳被迫低調。由於上海出
租界的特殊情況，歌曲發展脫離全國主線，娛樂歌曲一枝獨秀。

電臺播音在這段時期成為極其主要的載體，相當重要的原因，是處在二次
大戰多事之秋，居民要及時受聽時勢消息，加卜商業廣告使經營電臺有利可
圖。此外，舞廳和咖啡廳也異常繁榮，需要歌手、甚至「常駐歌星」。圍繞這
些商業性電臺和百代、勝利兩家唱片公司，各種「歌詠社」出現。

而在歌曲的風格上，好萊塢影片在上海大行其道，其歌舞不可避免受到影
響。尤其是 40 年代後，搖擺爵士等多種舞曲風格，開始影響這些娛樂歌曲，
從而大大加強了歌曲的娛樂功能。

這個時期的標記作品是黃嘉謨作詞、劉雪庵譜曲的《何日君再來》，此歌
隨周璿主演的電影《三星伴月》（1938）而風靡：

> 好花不常開，好景不常在。
> 愁堆解笑眉，淚灑相思帶。

〔註35〕《中國大百科全書音樂舞蹈卷》，中國大百科全書出版社，1989 年，第 730 頁。
〔註36〕豐子愷《談抗戰歌曲》，載《戰地》1938 年 5 月第 4 期。

> 今宵離別後，何日君再來？
>
> 喝完了這杯，請進點小菜。
>
> 人生難得幾回醉，不歡更何待？
>
> （白）來來來，喝完這杯再說吧。
>
> 今宵離別後，何日君再來？

這首《何日君再來》在中國現代文化史上非常特殊，被認為是「一個世界之最──對一首電影插曲的爭議竟長達 60 年。」〔註37〕1936 年，還是上海音樂專科學校學生的劉雪庵在一次聯誼會上即興創作了這支探戈曲，1938 年上海藝華影片公司拍攝歌舞片《三星伴月》以此為主題歌，由編劇貝琳（黃嘉謨）填詞，1941 年由重慶、香港兩地合作，在蔡楚生導演的一部宣傳抗日的電影《孤島天堂》中，又以此為插曲，後來 1944 年的「華影」、50、60 年代香港都拍攝過與此同名電影。

此歌後來流傳到日本，在日本也被作為「外國（中國）靡靡之音」而禁唱，直到 70 年代，鄧麗君在日本重錄這首歌，當 70 年代末，她的錄音帶被傳回內地時，「靡靡之音」的爭論再度響起。因這首歌而改變命運的是曲作家劉雪庵，50 年代打成右派，文革再受迫害。

《何日君再來》，本是一首普通的娛樂歌曲，誕生於孤島時期，大為流傳，其實是合乎當時「孤島人」的心境的，但是就因為它的「生不逢時」，它的曲折在所難免，它是中國早期娛樂歌曲的命運寫照。

娛樂歌曲在 40 年代的上海借助電影載體繼續發展，產生了很多至今仍在流傳的歌曲。這一階段有名的歌詩作家有吳村、李雋青、陳枝蓁、范煙橋、陳蝶衣、魯旭、程小青、葉鮲、包乙等。

1941 年，歌唱片導演吳村在上海國泰影片公司編導了我國第一部歌唱片《天涯歌女》，其中有 9 首插曲，大部分由「金嗓子」周璇主演並演唱，其中導演吳村自己作詞，陳歌辛作曲的《玫瑰玫瑰我愛你》，由另一位歌星姚莉演唱，這首有著明快的爵士風格的歌被翻譯成英文，傳遍世界。並成為美國著名歌星 Frank Laine 的成名歌曲：

> 玫瑰，玫瑰最嬌美，玫瑰玫瑰最豔麗，
>
> 長夏開在枝頭上，玫瑰玫瑰我愛你。

〔註37〕孫蕤《中國創作簡史 1917～1970》，北京：中國文聯出版社，2004 年，第 61 頁。

> 玫瑰玫瑰刺而尖，玫瑰玫瑰心兒堅，
>
> 來日風雨來摧毀，毀不了並蒂枝連理。

當時十分流行的歌曲，還有如《薔薇處處開》，它是 1942 年電影《夢中人》插曲，由陳歌辛作詞譜曲：

> 月色那樣模糊，大地籠上夜霧，
>
> 我的夢中的人兒呀，你在何處？
>
> 遠聽海湖起伏，松風正在哀訴，
>
> 我的夢中人兒呀，你在何處？
>
> 沒有薔薇的春天，好像豎琴斷了弦，
>
> 浮在沒有愛的人間，過一日好像一年。
>
> 夜鶯林間痛哭，草上濺著淚珠，
>
> 我的夢中的人兒呀，你在何處？

這首情歌詩密密押韻，情調上並不低俗，應當說是情歌本色作品。音樂則類近探戈，可作舞曲，因此廣為流傳。

1944 年，黎錦輝的胞弟黎錦光受百代唱片公司委託，創作的一首《夜來香》，也是一首流傳很廣的娛樂歌曲。

> 那南風吹來清涼，那夜鶯啼聲悽愴。
>
> 月下的花兒都如夢，只有那夜來香發著芬芳。
>
> 我愛這夜色茫茫，也愛這夜鶯歌唱，
>
> 更愛那花一般得夢，擁抱著夜來香

此歌吸收了中國民歌《賣夜來香》以及古曲《夜來香》的旋律，配上歐美音樂風格，歌詩中明月、晚風、花香、夜鶯，頗有古今、中西交融的詩歌意境。此歌最初擴大了歌星李香蘭的影響，在日本一度流行，70 年代，鄧麗君在日本再次錄製過此歌，80 年代，鄧麗君的歌回到大陸，此歌風靡一時。

《明月千里寄相思》也是一首極為流傳的娛樂歌曲，由金流（原名劉如曾）作詞作曲：

> 夜色茫茫罩四周，天邊新月如溝，
>
> 回憶往事恍如夢，重尋夢境何處求？
>
> 人隔千里路悠悠，未曾遙問心已愁，
>
> 請明月帶問候，思念得人兒淚長流。

此歌 40 年代末由當時上海灘得七大女歌星之一的吳鶯音演唱，50、60 年

代此歌在香港再度流行，經 60 年代席靜婷、70 年代的華怡保、80 年代蔡琴等翻唱，特別是在 1989 年的中央電視臺的春節晚會上，徐小鳳的翻唱，將此歌帶回大陸，再度廣泛流行。雖然歌眾早已忘記了此歌的最早來源，但歌本身的生命力卻經久不衰。

抗戰勝利後三年（1946～1949）上海娛樂歌曲的局面基本依舊，革命勝利的激動或人心惶惶，對歌曲的流行不可避免有所影響。但上海市民階層由中見多識廣處變不驚的心態，娛樂歌繼續以電影和舞廳為載體擴張。《夜上海》成為上海的「市曲」，此歌由范煙橋作詞，黎錦光、陳辛歌作曲：

> 夜上海，夜上海，你是個不夜城
>
> 華燈起，聲樂響，歌舞升平。
>
> 只見她，笑臉迎，誰知她內心苦悶；
>
> 夜生活，都為了衣食住行

《夜上海》原為 1946 年周璇主演的電影《長相思》插曲。它寫一個游擊隊員家人在上海的生活，但歌詩背後的燈紅酒綠，紙醉金迷，無奈中的沉淪年，卻有一種不會誤會的海派情調。1982 年香港長城影業以《夜上海》為名拍周璇的傳記片，又重唱《夜上海》。如此電影內容，如此歌詩，《夜上海》依然算是娛樂歌曲。

很多當代電影或小說，如果要重現舊時的上海生活，這些帶有明顯西方搖擺爵士風格的娛樂歌曲常常成為時代標誌。比如這首《得不到你的愛情》：

> 我得不到你得愛情像黑夜裏沒有光明
>
> 你不給我一顆癡心象黑夜裏頭找不到那蹤影

此歌是抗戰勝利後的娛樂歌曲，然而棉棉在其小說《熊貓》誤引為「上海 30 年代歌曲」，電影《紫蝴蝶》描寫三十年代上海的抗戰活動，也用此曲，均誤，因為搖擺爵士 40 年代才傳入中國。

中國的娛樂歌曲從黎錦輝開始，在孤島時期的上海可謂長足發展，即便在救亡歌曲時代，即便在敵戰區，也沒有真正中斷，正如有學者認為：

> 雖處抗戰期間，不可能大家全唱『大刀向鬼子們的頭上砍去』，特別在日本敵戰區，老百姓若是公開唱《大刀進行曲》，恐怕跪在的頭未被砍掉，我們老百姓的頭卻被鬼子砍掉了。鬥爭要講策略，那種情況下只能是地下活動。另外，人還是需要撫慰心靈的文藝藝術作品。早期的流行歌曲中有不少歌唱親情、友情、愛情、祖國大好

　　河山、魅力風光的作品，人民很容易產生共鳴……流行歌曲就是這
　　些有慰藉心靈作用的文化產品種重要的一種。〔註38〕

　　娛樂歌曲在救亡歌曲時代，猶如孤島一樣，處於邊緣的潛流，在歷史上則處於「無名」狀態，但它終沒有消失，後來在繼續發展，說明了它自身的生命力，以及歌眾的需要。1949 年後，這一派許多人轉到香港，此後在歌曲上港臺合流，繼續發展，直到 80 年代初國門開放後直接影響國內歌壇。由於歌曲已經在大陸的社會生活中佔了一個重要地位，這個衝擊就不僅是歌曲的衝擊，而且是對整個文化體制的衝擊。

〔註38〕孫蕤《中國創作簡史 1917～1970》，北京：中國文聯出版社，2004 年，第 17
　　　　頁。

第四章　當代歌詩的發展

第一節　「十七年」歌詩成就

　　新中國成立後十七年的歌詩，創作的主導思想實際上是延安時期的「文藝為政治服務、文藝為工農兵服務」延續。毛澤東的《在延安文藝座談會上的講話》，作為 1942 年後的敵後抗日根據地、1945 年後解放區以及 1949 年後全國範圍的文藝指導方針，被具體化，被落到實處，可以指出以下幾個要點：

1. 文藝為工農兵服務——目的性
2. 文藝向工農兵普及——風格要求（為老百姓喜聞樂見）
3. 文以從工農兵提高——素材源頭
4. 文藝反映工農兵生活——內容框架

　　這四點言簡意賅，卻是把文藝的各個方面都做了相當明確的規範。一切都圍繞著工農兵群眾，面向群眾。

　　「中國建國後 50 年的音樂歷程，概括一句話，是民歌運動的歷史。」〔註1〕此言極為精當銳利，一針見血。中國歌曲「民間化」的歷史明顯要追到決定方向的 1942 的《講話》。這個方向對歌詩歌曲影響之久長，遠遠超過其他文學藝術門類。

　　1943 年春節，延安率先掀起了群眾性的「秧歌運動」，相繼出現了《兄妹開荒》（安波）、《夫妻識字》燈秧歌劇。在此基礎上，又出現了《周子山》、《血淚仇》等大型秧歌劇。1945 年，新歌劇《白毛女》（賀敬之編劇、馬可、張魯、

〔註 1〕付林《中國創作 20 年》，北京：中國文聯出版公司，2003 年，第 50 頁。

瞿維等作曲）在延安首演。這部新歌劇在整個解放戰爭及建國後，一直深受歡迎，產生了重大影響。《白毛女》成為我國新歌劇發展史上的里程碑。

延安時期「紅區」歌詠活動之盛，在中國歷史上堪為大觀。從音樂隊伍來看，「到了 1949 年，中共在實際工作中培養了超過兩萬青年音樂工作者，兩百餘作曲青年。」〔註2〕這個成績遠遠超出舊式機構之可能，例如國統區在重慶青木關地音樂學院（後來遷往南京），於松林崗地分院遷回上海。1946 年開學時規模空前，教師隊伍集一時之盛，但幾乎創作無成績可言。

在革命根據地，陝北民歌成了第一個被吸收的對象。李有源、公木的《東方紅》是這個階段的標誌性作品。《信天遊》、《三十里鋪》、《當紅軍的哥哥回來了》，還有上面提到的以陝北民歌基礎上的秧歌劇《兄妹開荒》及較大型的歌劇《白毛女》。後來用民歌曲調重新填詞的有《翻身樂》（東北民歌，李之華填詞），尤其是這首以河北民歌為基調的《解放區的天》（劉西林填詞）。

根據地、解放區的歌以民歌為主，而在國統區，左翼歌曲作者繼續三十年代卓有成效的歌曲運動，在群眾性運動歌曲中加入了對未來的憧憬。比如，《團結就是力量》（牧虹詞盧肅曲），《民主建國進行曲》（賀敬之詞煥之曲）由於解放區不斷擴大，國統區的歌詠與解放區合一，這一時期歌曲已經無法區分屬於哪一個地區，為了哪一個特定目的。〔註3〕

這就是為什麼《講話》對歌曲發生的影響幾乎是最直接的、最有力的，它使中國歌曲的發展真正走進了最基層，它把現代歌先前（不只是左翼歌曲）多少已經體現出的一些傾向（例如普及化）總結成綱領，同時強調指出原先藝術家們尚未充分自覺的方向。

新中國建國初期與其他時期不同在於，歌曲流行以機構方式推行。不只是

〔註2〕劉靖之編《中國新音樂史論集 1946～1976》，第 10 頁，香港大學亞洲研究中心，香港大學出版社，1990 年。

〔註3〕這段時間，也有一些抒情歌曲創作，像汪逸秋的《談談江南月》、劉雪庵的《紅豆詞》等在知識分子中流行一時。馬思聰的《控訴》，譚小麟的《別離》、林聲的《滿江紅》也引起了音樂界的重視。以國立音樂學院的「山歌社」為主，曾為一些民歌進行創造性技術加工，出版了《中國民歌選》，一些作品如《康定情歌》（江定仙）、《在那遙遠的地方》（陳田鶴）、《繡荷包》（謝功成）等，也受到好評民並經常為音樂會演出。另外諷刺歌曲，如趙元任的《老天爺》、孫慎的《民主是那樣》、羅忠捆的《山那邊呦好地方》和董源的《別讓它遭災害》在群眾中有較大的影響。表現國統區人民的苦悶、憤怒和對民主、未來的嚮往。費克的說唱敘事歌曲，《茶館小調》對國民黨對外消極抗戰，壓制民主進行了生動的揭露。

音樂家協會，不只是宣傳機構，甚至不只是全部黨領導的全部文化機構，而是全黨全政府。但是它又不違背流行歌曲的基本規律，對歌詩歷史學者來說，似乎是一個最簡單的時期。對歌詩的文化分析來說，這卻是一個最複雜的時期。

這個機構有對歌詠活動的高度重視，並使之成為了一種全民政治操練。顯著的例子就是後來的文化革命時期，歌詠作為整個社會文化運作的一個核心組成部分，決不是「寓教於樂」這樣對歌曲常規要求。而且，民歌以及「中國氣派，中國作風」成了理直氣壯的風格特徵，農村風味成為主調。歐美的影響本來就只是背景，此時更為退後。《黃河大合唱》這樣複雜的源於西方曲式，也在第一、第二個分期中暫時不再重複，歌詠真正成為群眾運動。《黃河大合唱》和《兄妹開荒》的對比，就是頌歌時代與救亡時代的區分，明顯一個以知識分子為對象，一個以工農兵為理由。

這個一切圍繞著工農民（人民）中心的歌詠運動和歌詠機構，以關於領袖、政黨、祖國以及歷次運動的頌歌和鼓動作為主要內容。從意識形態上說，這沒有奇怪的，列寧說：「工人階級不會自發產生馬列主義，馬列主義需要灌輸。」那麼灌輸，而且持久地貫穿著一個意志地灌輸，就來自領袖、政黨、國家以及他們發動的運動。這個意志一方面是適應工農民翻身的需要，一方面是也成了率領工農兵前行的力量。呂驥有一段話恰如其分地說明了這中間的關係：「正是未來成為宣傳品，要為群眾懂得，要使群眾喜歡聽，要獲得文學更大的宣傳效果，才更大地提高了我們的音樂藝術價值，才使得我們地音樂更加生動活潑，更加色彩鮮明了。」〔註4〕

宣傳目的非但沒有使歌曲黯淡，相反，它動員起一個集體的意志力，把歌曲本來的流行意圖發揮到極致。這個綱領應用到其他文學藝術門類，例如詩歌，小說都不可能於歌曲這樣珠聯璧合。因為歌曲地最大成功就是眾口流傳，群眾傳唱。

機構推動流行，群眾自發喜愛流行，二者存在著差異。機構可以推動流行，但純粹的機構推動，不可能使歌曲真正流行。

新中國初期，合唱群眾歌曲比較繁榮，體現出「集體主義精神」。這與1984年之後以獨唱曲為主，強調個人化的演唱有所不同。共和國初年，「新民主主

〔註4〕呂驥《解放區的音樂》，見1945年第一次《文代大會紀念文集》，轉引自《中國近現代音樂史教學資料》文學部分第三冊，第226～251頁，中央音樂學院編。

義」的綱領還在施行，社會主義改造採取「動員」方式，除了胡風事件外，對知識分子和風細雨，青年學生則以進步為尚，歌詠出自內心的，集體性教育與自我教育意願，因此發展出昂揚的作風。比如以下這些歌曲：

王辛作詞作曲	《歌唱祖國》
李群作詞　張文剛作曲	《在祖國和平的土地上》
洛文作詞　莎萊作曲	《歌唱井岡山》
李劫夫作詞作曲	《我們走在大路上》
招司作詞　瞿希賢作曲	《全世界人民心一條》
劉文玉作詞　秦詠誠作曲	《毛主席走遍全國大地》

以愛國歌為主，歌頌領袖的尚不是很多，遠遠不如文革時代。郭沫若的《人民領袖萬萬歲》（賀綠汀曲），可能算是最早的領袖頌歌之一。詩詞本身單純而鮮明，符合歌曲需要。

這個時期的少年兒童歌曲突然增加，而且也是以合唱曲為主。

郭沫若作詞　馬思聰作曲	《中國少年兒童隊隊歌》
沙鷗作詞　張文剛作曲	《我們快樂地歌唱》
袁水拍作詞　瞿希賢作曲	《我們是春天的鮮花》
葉影作詞　陳良作曲	《紅領巾之歌》
金帆作詞　鄭律成作曲	《我們多麼幸福》
喬羽作詞　劉熾作曲	《讓我們蕩起雙槳》

抒情歌曲也貫穿了組織動員主題，例如：

喬羽作詞　劉熾作曲	《我的祖國》
崔永昌作詞　羅忠賢作曲	《桂花開放幸福來》
星火作詞　羅念一作曲	《叫我們怎麼不歌唱》
馬寒冰作詞　李巨川作曲	《我騎著馬兒過草原》

1954 年 3 月，文化部舉辦建國三年「群眾歌曲評獎」，選出 114 首獲獎歌曲，基本包括了這些歌，那時這種機構評比，與民意一致，是真正的流傳歌曲。

這個時期也有比較單純的情歌，只是數量不多，比如如流沙河《八月，夜霧如紗》，宋軍、嘉鵬《我想起了他》。

共和國初年的部隊歌曲都以單純見長，並很適合剛剛加入部隊地農村青年演唱，岳侖作詞作曲地《我是一個兵》以學堂式地五言句（只是語句極為單純），簡樸如學堂歌式地一音一字，成為部隊中最普及的隊列歌曲。部隊一向

有歌曲傳統，在黨的各種歌曲運動機構中，以部隊及其宣傳部分最有效率，部隊戰士本身都是農村青年為主，在集體生活中學歌的熱情也最高。在這個階級鬥爭階段，部隊自始自終扮演了重大的政治角色和宣傳角色。部隊歌當然可以複雜而抒情，《告訴我，來自祖國的風》蔡慶生作詞，晨耕管平作曲，但這首歌後來被遭到批判。

這段時期，正是國民經濟發展最為順利的時候，各個新兵種出現也產生了不同的軍旅歌曲，其中有海軍的《人民海軍向前進》，空軍的《我愛祖國的藍天》以及《海岸炮兵歌》等，也有鼓動生產力發展經濟的歌，例如《我為祖國獻石油》《跨過時間前進》《採伐歌》《青年突擊隊之歌》《我們的意志比鋼還要強》《勘探隊員之歌》等。勞動生產本身是光榮的，光榮就是生產的目的。這個表面尚不太按經濟規律辦事的說法做法，在歌曲中卻可以理直氣壯，因為意志可以是推動歷史的動力。

一旦有了集體足夠的意志，即生產是否就可以無限加速？共和國初年經濟持續而穩定的恢復與發展，最終在 1958 年遇上了大躍進與人民公社。就歌曲而言，大躍進的意志卻是個的動力。

這個問題本身比較複雜，歌詩能不能對它起的經濟作用負責？管木華作詞鄭律成曲的《姑娘你跑向誰家》，描寫黃河水利工地（三門峽）的熱火朝天景象，似乎全民擁護。三門峽水庫由於蘇聯專家的意志做了錯誤設計，後來造成災難性後果，歌有沒有責任？《採伐歌》（劉佩詩詞鄭律成曲）是否要對生態破壞負責？但如果將歌曲作為一個整體考察，也會有時代的侷限性。

雙百方針是 1956 年由毛澤東主席親自提出的，原來的意圖是區分兩種矛盾。用「人民內部矛盾」的大放大字報討論形式，解決知識分子與青年學生中出現的不滿。但事與願違，「大鳴大方」直接引發了 1957 年下半年開始在全國知識界教育界整肅右派的大災難，共有五十萬學生，教授等被打成右派分子，開除出「知識分子隊伍」。劉靖之在其文中列出很長的「音樂家中的右派分子」名單，其中有劉雪庵、江文也、黃源洛、張權、莫桂新、陳辛歌等，但都是作曲家。詞作者因為比較分散乃至今沒有資料〔註5〕。

這個時期十年，除了二年困難時期（1960～1963），政治氣氛稍微鬆弛一些外，其他一直是在不斷地發動運動又草草收場中度過。因此，歌曲成了政治

〔註5〕劉靖之《國共內戰時期和「建國十七年」的新音樂》，《中國新音樂史論集 1946～1976》，香港大學出版社，1990 年，第 76～77 頁。

動員最有必要的工具，只是歌詩的政治功能加強。希楊作詞的《社會主義好》以詞節奏鮮明，曲調簡單易唱而傳誦許多年。1958 年的大躍進，1959 年的反右傾向都是 1957 年反右派的直接後果。從共和國初期以祖國為中心的題材走向更加「革命化」。反右時期，黃源洛成為音樂界眾多右派之首。黃源洛的觀點實際上是認為歌詩的革命內容應當少一些。

大躍進時代出現「全黨辦文藝，全民辦文藝」，在文藝上「放衛星」，生產上「趕英超美」，同時要在精神上文化上創造奇蹟。這就是所謂「新民歌運動」，每個人都成了詩人。

可能是因為時間來不及，幸虧大部分「新民歌」沒有配上曲，否則全國會有幾十億首雷同的歌，而且大半歌詩回到七言句式。《紅旗歌謠》一書，由郭沫若與周揚領銜選編而成，紅旗出版社 1959 年初出版，共收集 300 首。比如廣為流傳的大躍進歌《聽話要聽黨的話》（王森詞，陳錫元曲），《大躍進的歌聲震山河》管平詞，唐珂曲），這些都是用仿民歌的七言四句，由文人而作，卻不是真正的民歌。

在 1960 年到 1963 年短暫調整中，「文藝八條」主張放鬆，開始出現一批優秀抒情歌曲。其中有雷振邦作詞作曲的《花兒為什麼這樣紅》，實電影《冰上上的來客》插曲，有新疆民歌異樣的民族風味。喬羽作詞、張棣昌作曲的《人說山西好風光》《分河水嘩啦啦》都以山西民歌為基調，這兩首都是電影《我們村裏的年輕人》的插曲。

雖然這些歌曲大部分都是在民歌的基礎上加工創作的，其意圖都是來自於民間，再回到民間中去。但也很開遭到嚴格的「規範」。例如胡石京、黃宗江作詞，高如星曲，在蘇北民歌基礎上創作的《九九豔陽天》，以電影《柳堡的故事》為載體，深受歡迎。然而這段抒情歌曲中最優美的調子，後來也沒有逃脫批判。以新疆民歌為基準的呂遠的《克拉瑪依之歌》與《馬兒啊你慢些走》，歌詩強令集體修改〔註6〕。

這段時期的民歌，尤其少數民族民歌，被大量採用，改變歌詩，基本都成了頌歌，最後甚至都變成了領袖頌歌。《馬兒，你慢些走》《草原之夜》《克拉瑪依之歌》《不見英雄花不開》，還有根據運用民族音樂創作的歌曲，比如：

根據撒尼族民歌創作的《遠方的客人請你留下來》
根據布依族山歌創作的《毛主席派來訪問團》

〔註6〕晨楓《中國當代歌詩史》，桂林：灕江出版社，2002 年，第 21 頁。

根據苗族山歌《滬邊合唱毛主席》

根據彝族民歌創作的《阿細跳月》

根據東蒙民族創作的無伴奏合唱《牧歌》

根據藏族民歌創作的二重唱《毛主席派人來》

根據赫哲族民歌創作的合唱《烏蘇里船歌》

可以說，沒有一個少數民族或邊遠地區的曲調沒有被找出來配歌，這是一場新采風運動，而且是一場機構推動的有綱領的運動，其作風是多重的：既讓歌民族有了音樂的代表權，又讓革命性的歌詩有了一個柔美的依託。當然也給全國人民提供了文化生活的多樣性。因為曲調來源有異族情調，原來多半是情歌，因此歌詩的寫作就更加研究，比如獨唱《在北京的金山上》詞歌曲後來經過多次反覆修改，一直到文革中才最後改定。

張永枚 1959 年所作的歌詩《毛主席是咱社里人》，經一個高中學生程楷譜曲，成為人民公社運動的動員歌。

> 麥苗兒青青菜花兒黃，
>
> 毛主席來到了咱們農莊，
>
> 千家萬戶齊歡笑呀，
>
> 好像那春雷響四方。
>
> 鼓足幹勁爭上游哪，
>
> 齊心建設咱新農莊。

創作於 1958 年 8 月的《聽黨要聽黨的話》（王森詞陳錫元曲），1960 年元旦在上海的賽歌會上首都演唱，並獲中國音協的全國演出歌曲創作比賽一等獎。

> 戴花要戴大紅花，
>
> 騎馬要騎千里馬，
>
> 唱歌要唱前進歌，
>
> 聽話要聽黨的話。

1961 年全國業餘歌曲創作比賽評獎結果，紀念聶耳逝世 25 週年，冼星海逝世 15 週年，結束獲獎的作品，一等獎是《蝶戀花・答李淑一》，這或許最早一首成功的毛主席詩詞歌進入比賽最後評選的共 382 首，其中毛澤東詩詞配曲有 54 首，以後更大量的主席詩詞歌，創新了一詞多曲的新創。其他獲獎歌曲也有許多是《歌唱毛澤東》、《毛主席永遠和我們在一起》、《我們在毛主席身

邊歌唱》，其後，毛主席頌歌更是大量產生。1965 年，郁文詞，王雙印曲的《大海航行靠舵手》，成為文革中最常用的動員歌，其七言句式在詞體上走向民歌。

但六十年代出現了歌劇的大高潮，其中歌劇成為「中國歌劇史最高藝術成就」，可能也是至今為止最成功的流行歌劇。歌劇是此階級最出色見成績的題材，以《白毛女》、《洪湖赤衛隊》《江姐》為三個最出色最見成績，其中的歌曲深入社會，深入人心，集體詠唱。作為這時期濃重之筆的歌劇，需要詞作家更加精心的創作，更加一氣貫之的作品，此時我們更有理由稱歌詩為「音樂文學」。寫歌劇《紅雲崖》的梁上泉，寫《江姐》的閻肅，寫《阿依古麗》的海嘯，都是值得歌詩史回顧的重要音樂文學家。其中的經典歌詩一直流傳至今，比如閻肅作詞《紅梅贊》：

> 紅岩上紅梅開　千里冰霜腳下踩
>
> 三九嚴寒何所懼　一片丹心向陽開向陽開
>
> 紅梅花兒開　朵朵放光彩
>
> 昂首怒放花萬朵　香飄雲天外
>
> 喚醒百花齊開放　高歌歡慶新春來　新春來　新春來

大合唱這個歌唱形式在這個時期也非常活躍。由於整個機構的財力和物力都可以投入，這個時期產生一整批大型合唱，和合唱加歌舞。其演出有豪華舞臺布置，演唱聲部繁複，不是當年純樸《黃河大合唱》所能比擬。

1956 年上演郭金帆作詞，瞿希賢作曲的《紅軍根據地大合唱》；陳其通作詞，時樂蒙作曲的《長征大合唱》；光未然作詞，瞿希賢作曲《三門峽大合唱》；王亞凡，沙鷗鍾靈作詞，賀綠汀作曲的《十三陵水庫大合唱》。但是所有這些，卻不能與 1962～1965 年的大合唱高潮比美。

1962 年上海之春音樂會，演出了三部大合唱。朱踐耳為毛主席詩詞配曲的歌組織成《英雄的詩篇》，其史詩氣派遼闊壯美，氣勢磅礴；陳克，梁知同，蘇惠生作詞，司徒漢，辛上德作曲的《安源風暴》，張敦智作詞作曲的《金湖大合唱》，後兩部在氣勢上不能與朱踐耳相比。氣勢更大的作品緊跟而上，1965年八一建軍節，演出了蕭華作詞，晨耕、生茂、唐珂、遇秋作曲的《長征組歌──紅軍不怕遠征難》，這個「組歌」此後多次演出。

1964 年的「音樂舞蹈史詩」《東方紅》則是集合各個時期革命歌曲之優秀篇什，加了若干新的創作。其中最突出的新歌是任紅舉詞，任紅舉作詞，時樂蒙，彥克作曲的《紅軍戰士想念毛澤東》是文革之前領袖頌歌中演出最盛大者。

　　這個時期也是詩人參加寫歌詩最多的一個階段，這是由於歌詩在各種體裁中，最能「向工農兵普及，從工農民提高」的門類。

　　當時詩歌正面臨難以貫徹講話的困境，三十年代發展出來的新詩詩風，被批評為「小資產階級情調」，「高高在上」「抒個人主義之情」。1953 年「胡風分子」中，詩人居多；1957 年許多詩人成為右派，甚至包括剛寫了處女作的一些青年詩人。因此，詩人轉向歌詩創作，也就變成了一個自然而然的選擇。從郭沫若起的詩人，四十年成名的光未然（張光年）、李季、賀敬之、阮章競、公木、鄒狄帆，五十年代新起的部隊詩人沙鷗、聞捷、梁上泉、袁鷹、管木華、張志民等成了名副其實的歌詩人。

　　喬羽是其中翹楚，1953 年寫的歌劇《果園姐妹》是兒童文學中的珍品。1957 年喬羽與作曲家劉熾合作，為文獻記錄片《祖國頌》寫了兩首氣勢非凡的頌歌。此外也出現了一大批有成就的歌詩人，如以《騎馬跨槍走天下》聞名一時的張永枚，以《歌唱祖國的春天》的章明，《看見你們格外親》洪源和《我們多麼幸福》《社會主義好》的劉薇等等。

第二節　文革時期

　　文化革命具有「文化沙漠」之名，政策嚴酷，歌曲卻有些例外。甚至除了主要的頌歌外，還出現了歷史上最為奇特的歌曲。這些歌曲可分為四類：

語錄歌

　　1966 年 9 說 39 日，文化革命剛開始，《人民日報》與《解放軍報》突然用一個整版刊出 10 首語錄歌曲。「編者按中說：高唱毛主席語錄的歌曲一定會響遍全國。」此後，林彪的《毛主席語錄再版前言》是一篇相當長的文字也被譜成了歌。

　　抽取毛澤東著作為語錄，編成「小紅書」，本是林彪的發明，用來讓文化水平低的基層戰士「活學活用」，語錄歌與語錄小紅書，實際上出於同一目的。但是在文革的瘋狂派鬥中。語錄與語錄歌成了爭論時的貶斥套語，動武時的戰地動員，從來沒有一個國家的歷史被這樣一種歌曲的瘋狂所控制。這是一種極難理解的破壞文化式文化，徹底政治化的「藝術」

　　1969 年，江青突然對語錄歌發難，說是其曲調是「下流的黃色小調」，語錄歌的發展突然中止，雖然在基層依舊流行。1969 正是文革從放到收的時間，

語錄歌的大動員作用，似乎已經沒有必要。但群體瘋狂，易放難收，正如語錄歌繼續流傳詠唱，各種過激行為依然延續不斷。像《廣闊天地，大有作為》這樣的語錄，依然應時而譜成歌。

但此後，漫長的「收」時期，居為中心地位的不是林彪推動得語錄歌，而是江青推動的「樣板戲」。

樣板戲

「樣板戲」的別致，與毛澤東對歐化藝術樣式，高雅藝術的反感有關係。江青有意選擇芭蕾舞劇、交響樂、京劇，作為「革命改造」的對象，不是沒有意圖的。應當說，這個改造工作在六十年代初期已經開始。1963 年「戲曲工作座談會」之後，1964 年北京舉行了「京劇現代戲觀摩演出大會」，演出三十五首現代劇目，彭真講話，指出只有演現代劇才能與工農兵建立「血肉關係」。實際上，這種努力早就有先例，二十年代，曾志齋以及國內嘗試中西樂器伴奏京劇，以管絃樂器來代替鑼鼓，但由於經費短缺而無法繼續實驗。〔註7〕

「語錄歌」和「樣板戲」是文化革命中最突出的兩種歌式。從藝術上講，這兩種歌式都很別致。語錄歌的別致，是因為原詞完全不是歌詩，而是散文。自然，選用的語錄往往以短句取勝，不太複雜的翻譯腔為句式的文字。毛澤東選集中他自己寫的文字，例如「老三篇」，文風很中國化，短句為多，帶有四字句連綴，比較宜於譜曲。

文革動員歌

這是一批很奇特的歌曲。包括紅衛兵運動以及後來的工業學大慶、農業學大賽、上山下鄉等等題材。這些歌曲很難找到詞曲作者的署名，他們似乎是集體創作。其中《文化革命就是好》、《革命造反歌》是大字報動員歌；《鬼見愁》是武鬥歌；《火車向著韶山跑》是串連歌；《革命知識青年之歌》為較早的知青歌。

當時流行一種各造反派組織的「派歌」，例如天津南開的《衛東紅衛兵派》，北京大學的《井岡山戰歌》，重慶的《八一五革命派勇敢鬥爭》，這類歌曲在派內產生，也只在派內流傳，一旦派鬥煙消雲散，歌也就消失，不再流傳。

〔註7〕劉靖之《中國新音樂史論集》，香港大學亞洲研究中心，1986 年，第 30 頁。

文革知青地下歌曲

　　文革知青歌曲一直在地下流傳，因為和整個時代的高昂、激揚不同，它多了一些感傷和思索，更靠近真實感情。然而，沒有機構推動，它們唯一的傳播方式是手抄與口口相傳，卻也流傳極廣，這是真正的群眾自造流行。比如這首《南京知青之歌》：

　　　　告別了媽媽，再見吧，可愛的家鄉。

　　　　金色的學生時代已載入了青春的史冊，一去就不復返。

　　　　頂著星星出，披著月亮歸。

　　　　沉重地修理地球是神聖可愛的天職，

　　　　我的命運⋯⋯

　　這曾經是一首不知作者姓名之歌，張春橋親自治案追查，嚴刑逼供，一查到底，等到原作者任毅被發現，立即被捕入獄，差點被處死刑。這給文革歌曲的大流行色彩添上一筆黑色。

　　就歌曲來說，正如作家梁曉聲在其文章《關於「歌「的斷想》中所說，「一切歌不是文化的索引，便是時代的伴唱。」文化革命誕生的這些最特殊的歌詩文體，帶著濃重的印記，他們並沒有太多的詩性，卻體現出最明顯的政治意圖和歷史痕跡。

第三節　解凍時期

　　70 年代末到 80 年代初，對中國文學藝術來說，是一個非常特殊的時期，而對歌曲來說，基本上是共和國初期的「十七年」模式的在讀上升。解凍時期之所以維持那麼長，主要是對「十七年」的懷念，整個機構從上到下，都恢復「十七年」局面的意圖與政策。

　　音樂的本質在於抒情，然而在中國，在文化專制時期，人們對「情」字懼而遠之。由於「情」性難定，所以處理「情」字也小心翼翼，唯恐被扣上「小資產階級情調」的帽子。到瞭解凍時期，歌眾對抒情歌曲的訴求，不得不要求歌壇重新認識「抒情」的性質和意義，而這個過程經歷了相當一段時間。

　　「寧激情、勿抒情」，是解凍時期文藝工作者的普遍心裏。「有人以為只有戰鬥的進行曲或者頌歌才能反映重大題材，也有人說抒情歌曲等於軟歌，軟歌

就等於壞歌。這可能是對歌曲的樣式作了狹隘的理解……」〔註8〕瞿維這個觀點可能是解凍時期較早地強調音樂「抒情性」的。其實這種不滿很早就存在，1955年曾經因為《告訴我，來自祖國的風》的創作而被批的晨耕談到，「寫歌曲要抒情」本來詩順理成章，不應該成為問題的，可是這個不應該成為問題的問題，在我們音樂創作中偏成了問題。」〔註9〕「文藝作品如沒有抒情，那算什麼藝術創作！敘事作品也有抒情，敘事、議論和抒情常常時融合再一起的。抒情歌曲應在各種歌曲形式中佔有一個重要地位。」〔註10〕抒情必須回到歌唱本身。

解凍期最早的歌依然是頌歌，由付林作詞、王錫仁作曲的《太陽最紅，毛主席最親》，被譽為是頌歌時代的最後一首。此後頌歌的「對象距離」漸漸開始拉開，像韓偉與施光南合作的《祝酒歌》，也算是一種頌歌的時代變體，使用場合變寬。

引起第一次歌體大討論的，是1979年記錄片《長江之戀》中的主題歌《鄉戀》：

> 你的身影　你的歌聲
> 永遠印在我的心中
> 昨天雖已消逝　分別難相逢
> 怎能忘記你的一片深情

歌詩本身只是抒發鄉情。但是「你」這一人稱語意朦朧，幾如情語，曲調又是近似舞曲的情歌電子樂器與爵士鼓，而李谷一的演唱用類似當年周旋的方法，即貼近話筒用近似耳語的氣息來渲染情感的纏綿，更是遭到了各種批判，1979年、1980年的各種報刊上記載了不少這類言論：

> 解放前我在上海生活過幾年，那時什麼歌曲都有，有許多亂七八糟的舞場歌曲和電影插曲。有周璿、白光那一套，日本人來了有李香蘭那一套，等等……這些歌曲大部分流行於舞場。但在音樂舞臺上，在廣播電影插曲中，作為我們社會主義國家的文藝團體居然也向那種音樂靠攏，這是我想像不到的。聽說像香港某歌星的唱法現在也有人覺得不傳統了，還嫌不夠刺激……這是資本主義社會某

〔註 8〕 瞿維《革命的激情和抒情相結合》，《人民音樂》，1979 年第 1 期。
〔註 9〕 晨耕《「詩言志，歌詠懷」》，《人民音樂》，1979 年第 9 期。
〔註 10〕 晨耕《「詩言志，歌詠懷」》，《人民音樂》，1979 年第 9 期。

些人的心理狀態……生搬硬套地把反映那個社會的思想感情的歌曲搬到我們這個社會中來，顯然是不恰當的……我們的社會需要培養人們高尚的情操，遠大的理想……

　　不少同志憂慮的正是相當一部分矯柔造作、嬌聲嬌氣的東西在一定範圍內傳播……有少部分青年人沒有理想，對祖國的前途也失去信心，思想空虛，就尋求精神刺激，某些海外流行歌曲正投其所好。〔註11〕

　　在強大的壓力下，《鄉戀》曾一度悄悄地從電視廣播中消失。但後來在天津的一個演唱會上，歌眾對《鄉戀》的強烈反應，卻讓批判者措手不及。

　　雖然這僅僅是一首歌，它激起的火藥味極濃的狂熱爭論，實際上是當年娛樂歌曲與市民俚曲在中國復活的先聲。同樣，《軍港之夜》則繼承了十七年部隊歌曲的傳統，但因為抒情味太濃，在當時也遭到了批評。正如樂評人李皖所寫：「這是中國歌曲歷史上的「『中間腔時代』——這一時代的『唱將』，同王酩、施光南、谷建芬、劉詩召、王立平、付林這些最主要的歌曲作者一樣，都是名門正派、正統出身，卻共有一種向世俗情感過渡的傾向。」

　　真正衝破堅冰的動力，來自大眾。大眾需要完全不同的歌曲，他們選取了一個出乎所有人意外的突破點，那就是臺灣鄧麗君演唱的娛樂歌曲。這些歌曲20世紀上半期在上海流行，十七年期間轉到香港臺灣繼續發展，這時又返回到大陸反覆轉錄，在尋常巷陌百姓人家中的盒式錄音機播放，《何日君再來》、《美酒加咖啡》，甚至《桃花江》都很風靡。

　　因為40年代上海一批電影明星的海外遷移，香港娛樂歌曲掀起高潮。娛樂歌曲在大陸和香港遭受了完全不同的命運。在中國大陸，娛樂歌曲及其相關的創作者，都遭到的了「封殺」。康正果在讀《解語花——中國三四十年代流行歌曲》〔註12〕一書時感歎地寫道：

　　眾所周知，進入新社會，那一類舊歌多被打成「黃色」，從此長期遭禁錮。以我的幼小年紀，猶能聞及昔日的流風餘韻，全賴家中那臺收音電唱兩用機的方便。那時候這玩意可是最新的音響設備，父親喝酒時，最愛用它放那些印有百代公司金字標記的 78 轉老唱

〔註11〕《人民音樂》1980 年 2 月。
〔註12〕吳劍選編《解語花——中國三四十年代流行歌曲》哈爾濱：北方文藝出版社，1997 年，第 312 頁。

片。其中《夜上海》、《花樣的年華》、《可愛的早晨》等周璇演唱的
歌曲，我尤其耳熟，至今一閉目凝神，猶能復現其聲情宛然之致。

30 年代在以上海為中心掀起的娛樂歌曲在港臺兩地一直沒有中斷，在 80
年代中期進入它的新的發展階段。50 年代的香港，情景正好相反。隨著一批
來自上海的影星和歌星的到來，娛樂歌曲蓬勃而起。這批影星和歌星中有周
璇、龔秋霞、姚莉、白光、李麗華、陳娟娟、張露、吳鶯鶯、韓菁清等，作曲
家有陳歌辛、姚敏、梁樂音等。他們藉重當時香港的「大中華」、「長城」等影
業公司，以及剛建設的電視臺，讓海派的流行歌曲影響很廣。50 年代之前的
香港，主要是一些廣東民間樂隊伴唱的粵劇，他們分散在各種茶樓，酒樓，也
出現不少「女伶清唱」。

香港影業的發展，也大大推動了娛樂歌曲的流行。以電影為載體的娛樂歌
曲，從電影中走出，在民間廣為流傳。

以歌星白光為例，1949 年，她為香港長城公司所拍的《蕩婦心》，演唱插曲
《山歌》《歎十聲》《讓我來》《為了什麼》《有情無情》，同年為電影《一代妖姬》
演唱插曲《送情歌》等，還為《血染海棠紅》演唱《東山一把青》，為影片《歌
女紅菱豔》演唱，《未識綺羅香》《歌女的痛苦》《不再分叉》等，其中《未識綺
羅香》流傳廣泛，被很多後來的歌星翻唱，其中有蔡琴、潘秀瓊版本。

在香港 50 年代中旬到 70 年代初，出現了一種「時代曲」（這個稱謂最早
出現於 30 年代的上海，由於最早時期的流行名曲《毛毛雨》的唱片封面上印
有「時代」的字樣，可能就成為「時代曲」的來歷之一〔註13〕。這個詞的廣泛
運用大概在 40 年代末的香港，在香港電臺中，「時代曲」節目中，出現了以西
洋傳統唱法演唱流行歌曲的歌星，他們將西方藝術歌曲改編演唱，糅合了中國
傳統曲調，比如意大利民歌《重歸蘇連托》改為《歸來吧》，將舒伯特的
《Heldenroslein》改變編為《野玫瑰》。60 年代以後，很多的藝術歌曲和民間
小調，在編排和演唱方法上都處理成「時代曲」。比如早期的《春風吹花開》
《問君何日能來》《西廂吟》，後來的《一朵小花》等。

香港歌曲在 50 年代達到第一個頂峰時期，到 60 年代，逐漸減弱，有幾個
重要的原因，首先是西方搖滾樂的衝擊。20 世紀 60 年代，正是西方搖滾的高
峰時期，在香港，隨著一代新的歌眾的成長，他們的歌曲興趣有所不同，「抗

〔註13〕孫蕤《中國創作簡史 1917～1970》，北京：中國文聯出版社，2004 年，第 164
頁。

戰勝利後出生的一代人受歐美風氣的影響非常深，對香港本地一些演唱洋歌的小樂隊興趣更濃。」〔註14〕於是娛樂歌曲必須適應新的環境和趣味，在配樂演唱等處理上力求西洋化，這樣造成了它在內容、形象和形式上，都遠遠偏離了原來的模樣。其次，為了獲得一些歌眾對傳統口味的追求，娛樂歌曲的民族化和戲曲化，也讓原來的娛樂歌曲麵目全非。第三，粵語流行曲的興起，也對娛樂歌曲造成了很大壓力。

到了20世紀60年代末，臺灣歌星姚蘇容演唱的《今天不回家》，在東南亞風靡，至此，香港的舞臺漸漸被臺灣歌星紛紛佔領。姚蘇容、張沖、青山、謝雷、李亞萍、鄧麗君鄧歌星紛紛登陸香港。「最後，連香港大歌星席靜婷1970年大的一張專輯唱片。封面主題歌也耐人尋味，用當時流行一時的臺灣歌曲《不要拋棄我》」，〔註15〕或許，香港的娛樂歌曲正在遭到「拋棄」，然而後期而起的粵語歌曲卻又是香港文化不可忽略的重要一部分。粵語歌曲登場，大部分依然是以情愛為主的娛樂歌曲，黃志華的《香港十大粵語詞人》一書用洋洋幾十萬字，證明了香港粵語歌詩人的功不可沒。

在臺灣，娛樂歌曲有了新的路向。40年代到60年代初，國語娛樂歌曲對臺灣的影響微乎其微。主要由於語言習慣及歷史的原因，閩南語仍舊是臺灣社會生活的主要語言，就連當時臺灣主要娛樂項目的電影，在配音上也是由閩南語一統天下。

60年代初，臺灣出現了姚蘇蓉、謝雷、蔡咪咪等流行歌手，他們用華語演唱，並伴著明快的曲風，引領了許多人的追隨。到1969年，被譽為「神童歌手」的鄧麗君，在歌唱比賽中脫穎而出，在同年臺視拍攝的首部華語連續劇中，由她用華語演唱的主題曲《晶晶》風靡全島。至此，華語歌曲漸漸成為臺灣樂壇中的主導，並將此引入香港舞臺，舊上海時代的曲目，像周璇、蝴蝶、吳鶯音、李香蘭、白光等人演唱的《四季歌》、《花好月圓》、《春天裏》、《明月千里寄相思》再度由新的歌星登場，再度在臺灣、香港流行。

60年代末，西洋歌曲的影響和1974年由楊弦等人發起的「民歌運動」，大大地推動了臺灣娛樂歌曲的發展。從民歌到民謠到校園歌曲，內容越來越貼切現代人的生活，風格也越來越現代。比如，民歌時代極具影響力的歌手張艾

〔註14〕孫蕤《中國創作簡史1917～1970》，北京：中國文聯出版社，2004年，第168頁。

〔註15〕孫蕤《中國創作簡史1917～1970》，北京：中國文聯出版社，2004年，第168頁。

嘉，轉入在滾石公司，由初出茅廬的羅大佑擔任製作人，推出了《童年》專輯。雖然專輯中大部分作品依舊沿襲了民歌的曲式，但通過極富現代韻味的編曲、錄音手法，使歌曲耳目一新。集作詞、作曲、主唱的全能音樂人葉桂修推出他的首張專輯《葉佳修》，他的作品《赤足走在田埂上》、《思念總在分手後》、《鄉間的小路》等把鄉村民謠風格發揮得淋漓盡致。另外，隨著臺灣瓊瑤言情小說被拍成電影，那些極純情的華語主題歌或插曲，像《一簾幽夢》、《在水一方》、《我是一片雲》、《雁兒在林梢》等等都很風靡。而這些歌也都成為 80 年代初期，中國大陸重要的娛樂食糧。

這些曾一度被認為是「鄭聲」的靡靡之音，一反三十多年來「高、響、硬、亮」的風格，從內容和風格上都表現出輕柔婉約。對《何日君再來》一歌的批判和爭議，竟迎來了這首歌的考源熱〔註16〕。儘管遭到很多人士的反對，但這些歌的流行無可阻擋。

1978 年廣州開始出現音樂茶座，歌舞廳等商業化的娛樂休閒方式逐步興起，音樂消費觀念和市場也開始逐步形成，當時所謂的創作還停留在對港臺創作進行「扒帶」複製的階段。1979 年，中國成立了第一家以出版創作音像製品為主的出版單位——太平洋影音公司。其所灌製的港臺流行歌曲翻唱曲目數量在當時曾達到過百萬張。可以說，在民間追捧港臺創作已經成為當時社會生活的一種文化時尚。而港臺創作也因此在中國大陸引發了一系列的生活時尚與潮流，其中還包括穿喇叭褲、戴蛤蟆鏡、提收錄機、跳迪斯科等等。當時的《大眾生活報》曾記錄了上世紀 80 年代由港臺流行歌曲所引發的人們生活方式的重大改變：「時髦青年，頭髮留著大鬢角，嘴唇蓄著小黑鬍，上身花襯衫，下身穿著喇叭褲，足踏黑皮鞋，手提放著鄧麗君甜蜜蜜情歌的雙喇叭收錄機，招搖過市。」〔註17〕流行文化（從街頭音樂到漫畫）可使那些（或覺得自己）缺少權力或受壓迫的群體，表達其不滿與抗爭。〔註18〕

〔註16〕1980 年 7 月 28 日《北京晚報》上劉孟洪的文章指出：被說成是漢奸歌曲受到指責的 30 年代歌曲《何日君再來》，實際上是進步電影〈孤島天堂〉的插曲，是抗日青年上前線的惜別歌曲。《人民音樂》雜誌 1980 年 9 月號上刊登了幾篇文章對《何日君再來》一歌的考證，其中有南詠的長文《還歷史本來面目》，此文認為《何日君再來》不是漢奸歌曲，但它是一首富有商業氣息的調情的「黃色歌曲」。

〔註17〕轉引自張閎：《欲望號街車流行文化符號批判》，北京：中國人民大學出版社，2012 年，第 128 頁。

〔註18〕（美）康拉德·菲利普·科塔克：《文化人類學：欣賞文化差異》（第 14 版），周雲水譯，中國人民大學出版社，2012 年，第 362 頁。

　　80 年代初盒帶突然盛行，但對娛樂歌曲的普及造成最大衝擊的是八十年代中期之後卡拉 OK 廳開始在中國風靡，家用卡拉 OK 機普及，歌曲的傳送方式也發生了重大變化，在國家體制之外出現了第一代「棚蟲」。電視、CD、VCD，造成歌曲流行途徑的一個巨大變化。歌手搶佔了歌曲的擁有權，大部分 CD 是歌者的個人專集。

　　70 年代末的臺灣校園歌曲，不僅在中國大陸流行，也對後來中國搖滾歌曲發生重大影響。大部分人可能不同意這兩者之中有什麼直接關聯。實際上，這兩者都是受美英以城市民謠為基調的民謠搖滾影響，即披頭士、迪倫的傳統，不是娛樂歌曲那樣的情歌輕音樂為主，也完全不同於重金屬搖滾硬性搖滾那種強烈刺激的打擊樂節奏。從歌詩上說這二者的承傳關係就更為分別：列儂和迪倫的歌詩常令英美詩人感到汗顏，他們用簡單的語彙討論深刻嚴肅的題目，卻，老百姓聽得懂的語句，用得舉重若輕。候德健 1982 年從臺灣回歸大陸引起轟動，他的歌自己作詞作曲，自己演唱《龍的傳人》頗得披頭士之風，歌詩簡樸單深刻，旋律簡單但有魅力。這也是校園歌曲以及後來中國搖滾的出發點。臺灣校園歌曲風靡大陸，主要原因在於這些歌曲帶來了一股久違的清新之風，比如這首葉佳修作詞作曲的《外婆的澎湖灣》：

　　　　晚風輕拂著澎湖灣　白浪逐沙灘

　　　　沒有椰林醉斜陽　只是一片海藍藍

　　　　坐在門前的矮牆上一遍遍回想

　　　　也是黃昏的沙灘上有著腳印兩對半

　　歌詩清新，靈動，旋律活潑，動人，完全沒有文革時代的生硬用詞，以及空洞式的口號。

　　解凍時期的歌曲一直被鄧麗君和臺灣校園的歌曲主導。「以鄧麗君為代表的港臺流行歌曲以排山倒海之勢進入中國大陸，並對大陸通俗音樂的起步產生了巨大的啟蒙作用。」〔註19〕隨著春節晚會和港臺電視劇的播出，《我的中國心》、《故鄉的雲》、《萬里長城永不倒》、《酒矸倘賣無》等歌曲也逐步為大陸聽眾所喜愛。「以鄧麗君為代表的港臺流行歌曲以排山倒海之勢進入中國大陸，並對大陸通俗音樂的起步產生了巨大的啟蒙作用。」〔註20〕如朱明瑛就是

〔註19〕梁茂春、明言編著，《中國近現代音樂史（1949～2000）》，北京：人民音樂出版社，2008 年，第 34 頁。

〔註20〕梁茂春、明言編著，《中國近現代音樂史（1949～2000）》，北京：人民音樂出版社，2008 年，第 34 頁。

以翻唱鄧麗君的歌曲《回娘家》、拉美歌曲《伊呀呀奧雷奧》而迅速在大陸走紅，成為家喻戶曉的歌星。又如，以一首《小螺號》轟動歌壇的 13 歲小歌手程琳，在當時就曾公開是以鄧麗君唱法演出的。〔註21〕

也在這個時期，中國出現了主題和音樂風格上和以往以不同的清新風格。比如，曉光作詞，施光南作曲這首《在希望的田野上》，與以往農村題材迥然不同：

> 我們的家鄉在希望的田野上
>
> 炊煙在新建的住房上飄蕩
>
> 小河在美麗的村莊旁流淌
>
> 一片冬麥，（那個）一片高粱
>
> 十里（喲）荷塘，十里果香
>
> 哎咳喲呵呀兒咿兒喲
>
> 咳！我們世世代代在這田野上生活
>
> 為她富裕為她興旺

旋律上奮發向上，但激情中多了更多的抒情和柔美，歌詩意象清新，曉暢實在。正如當代歌詩史家晨楓的評論：「這首被稱為『田園牧歌』的歌詩作品……通過他筆下抒情詩一般的靜止多彩的語言，將中國農村田園生活中所蘊含的詩意沒，多色彩第川大給了人們，也展現出了作為歌詩自身所具有的美學價值。」〔註22〕

同年，曉光作詞的另一首歌曲《那就是我》（谷建芬作曲），一組優美的意象構成一系列曲喻，層層推進，把故鄉之情渲染得極致。

> 我思戀故鄉的小河
>
> 還有河邊吱吱歌唱的水磨
>
> 噢，媽媽　如果有一朵浪花向你微笑
>
> 那就是我　那就是我　那就是我

此歌影響極大，作家巴金正在它《隨想錄》中《願化泥土》一文中談到了此歌：「最近聽到一首歌，我聽見人唱了兩次《那就是我》。歌聲像湖面上的威風吹過我的欣賞，我的心隨著它回到了我的童年，回到了我的家鄉……」出自

〔註21〕付林編著《中國流行音樂 20 年》，北京：中國文聯出版社，2003 年，第 15 頁。

〔註22〕晨楓《從自我感悟到家國情懷——曉光歌詩藝術探幽》，《詞刊》，2016 年第 5 期。

心靈的歌自然會流向心靈，這就是歌詩的力量，它靠的不是口號，而是真情。

隨後，大量抒情歌曲湧現，比如鄔大為、魏寶貴作詞，鐵源作曲的《在那桃花盛開的地方》，也是一首廣為流傳的歌曲之一。1984 年軍旅詩人石祥作詞，鐵源、徐錫宣作曲的《十五的月亮》紅遍大江南北。此歌一改軍歌的豪邁，強勁，相反，充滿了柔情。

時間到 80 年代中期，各種新的條件才真正成熟。而此時整個藝術界局面是箭在弦上，新的突破蓄勢待發。一大批優秀的歌曲湧現陳哲、小林、王健作詞《讓世界充滿愛》、喬羽作詞《思念》，王健作詞、谷建芬作曲的《綠葉對根的情意》，王泉，韓偉編劇，施光南作曲的《傷逝》等。

回顧文革後的歌曲變遷史，應當說歌曲這種門類似乎比其他藝術體裁頓感，甚至比電影還遲（《黃土地》出現於 1984 年）。很大原因在於這種變化是從群眾草根層反向影響歌曲界的，當歌曲界尚在覺得應補上失去的時間，繼續十七年的走向時，整個國家的改革大步向前。

第四節　前商業化、個人化時期

歌詩要被群眾接受，必須符合個人的需要。而歌曲的目的性中，主要是娛樂性，而這娛樂性不僅是歌詩，曲調，新的個人追求，即唱「某歌手的歌」，一是個人直接風格選擇，審美選擇，成為流行的最基本要素。

推動歌星成名，以及歌曲流行的是 80 年代中期新的媒介——電視的普及。電視的視像與聲音並進，造成歌曲流行方法巨大變易，演唱歌手的形象被觀眾直接感知，過去幾千年的歌手的無名無形象，突然成為歌曲的第一代表。這對歌曲的流行是個重大轉折，怎麼估價也不為過。

上世紀 80 年代是中國改革開放的重要歷史階段，也是思想文化和價值觀念發生轉變的重要時代。80 年代中期，中國大陸再一次掀起了港臺歌曲的熱浪。鳳飛飛、龍飄飄、劉文正、費翔、蘇芮、費玉清、譚詠麟、張明敏、梅豔芳、張國榮等港臺歌星的歌曲紛紛被大陸歌手翻唱和模仿。

1985 年英國威猛樂隊訪問中國給中國樂壇強力衝擊。全此，娛樂歌曲成為歌壇的主導。在 85 年前，許多問題引起爭議，包括校園歌曲氣聲唱法等，但批判反而讓被批者一夜成名。「流行音樂事實上構成了一種由下而上的思想解放力量，它以歌手為媒介以大眾的參與為主導性力量，將底層的聲音、個體的情感

充分地釋放了出來，從而成為社會轉型期感性個體蘇醒的重要標誌。」〔註23〕

　　1986 年的「全國歌曲創作研討會」和 1987 年的「全國通俗音樂研討會」，備受爭議的流行音樂的藝術價值與社會價值得到了肯定，也在一定程度上扭轉了以往對流行音樂的抵制和批判，為中國大陸流行音樂的合法化提供了重要保證。80 年代，中國大陸還多次舉辦了中國流行音樂大賽，這些比賽不僅直接孕育了中國改革開放後的第一批歌星，還培養和鍛鍊了一批年輕的詞曲創作人。看著大陸歌手在「唱別人的口水歌」，他們感到莫大的恥辱。於是，「唱自己的歌，走自己的路」成為那個年代音樂人的共識和奮發的動力。〔註24〕80 年代初，中國大陸出現了最早的流行樂隊《七合板》和《不倒翁》，其中成員主要有崔健、劉元、文博、臧天朔、王勇、嚴鋼、李力、秦齊、王迪、孫國慶等人。他們被看作是流行樂隊發展的先河，〔註25〕為中國搖滾樂的誕生儲備了人才。1985 年，《信天遊》《黃土高坡》等西北風刮起，中國大陸的流行歌曲創作終以「西北風」系列作品形成了第一次本土流行音樂文化風潮。1986 年，崔健以一曲《一無所有》在「百名歌星演唱會」上宣布了中國搖滾樂的誕生。之後劉志文、侯德健作詞，解志強作曲的《信天遊》，也獲得了很大的成功。

> 我低頭向山溝　追逐流逝的歲月
>
> 風沙茫茫滿山谷　不見我的童年
>
> 我抬頭向青天　搜尋遠去的從前
>
> 白雲悠悠盡情地遊　什麼都沒改變
>
> 大雁聽過我的歌　小河親過我的臉
>
> 山丹丹花開花又落一遍又一遍
>
> 大地留下我的夢　信天遊帶走我的情
>
> 天上星星一點點　思念到永遠

　　這些歌曲曲調高亢，節奏鮮明，語言直白淳樸。無論是在曲風，還是在歌詩創作上都對當時在中國大陸廣泛傳播的港臺流行音樂文化形成了一定的衝擊。「應該說《一無所有》和《信天遊》是『西北風』的源頭。」〔註26〕特別

〔註23〕郭劍敏《聲音政治：八十年代流行樂壇的鄧麗君、崔健及費翔》，《文藝爭鳴》，2015 年第 10 期。

〔註24〕《（音樂作曲人）寫自己的歌，走自己的路》，《南方都市報》，2006 年 2 月 4 日。

〔註25〕付林編著《中國流行音樂 20 年》，北京：大眾文藝出版社，2011 年，第 15 頁。

〔註26〕付林編著《中國流行音樂 20 年》，北京：大眾文藝出版社，2011 年，第 34 頁。

是在歌曲創作方面，「西北風」以北方鄉土文化為創作核心，在借鑒中國傳統民歌創作手法的基礎上，重視對土地和生命的關照，從而凸顯了作者的民族情結與作品的歷史意義。無論是「我低頭向山溝，追逐流失歲月」的蒼涼詞句，還是「不管是西北風，還是東南風，都是我的歌」的粗獷表達，與港臺的流行音樂文化相比，「西北風」創作少了流行文化慣用的「兒女柔情」，卻多了都市人久違的、原始的鄉土豪情。

與豪邁的曲風相比，「西北風」系列作品的歌詩語言極為質樸，格局大氣，主題也更加深刻，不但具有蒼勁與粗獷的文化格調，還展現出了一種歷史的縱深感。儘管「西北風」作品一般只書寫了中國北方的地域文化，但卻喚起了整個中國的民族認同感。人們對《黃土高坡》等流行歌曲的喜愛，不僅直接呼應了對中國大陸原創流行音樂的支持，還在中國大陸形成了以「西北風」為核心的多種娛樂文化形態。「西北風」風潮也因此沖淡了港臺流行音樂。正如有學者總結「『西北風』的盛行和興起不是一種偶然現象，它是中國內地流行音樂發展到一定時期後，本土文化和外來文化的一次良好結合，同時它也是中國本土文化受到流行音樂影響後的一種自然爆發，是一種凝聚已久的傳統文化在流行音樂中的自然流露。」〔註27〕

20世紀80年代的「西北風」大陸本土娛樂文化而為的一種流行音樂創作嘗試。它們喚起了民族意識、鄉土意識的覺醒，讓流行音樂重發生機。之後，代表不同類型和不同地區風格的流行音樂相繼出現，但卻未形成「西北風」的流行影響力。只有以入獄明星遲志強為熱點，策劃推出的《鐵窗淚》、《愁啊愁》、《鈔票》等「囚歌」系列歌曲有過短暫的流行。「囚歌」以演唱勞改犯的心聲為核心，歌曲一般抒發了囚犯對親人的思念，傳達出了一種惆悵與失意的情感。「『囚歌』的風行雖然在一定的時間內掀起了一陣狂潮，但是它那俚俗的亞文化屬性決定了它的命運，它不可能長時間的成為流行音樂的主流。」〔註28〕

從《你的柔情我永遠不懂》開始，可以看到以情歌為主流的歌曲，在主題和表現視角上，愈來愈細膩、深入。歌詩時空的高大化、遼闊化，語言的高度抽象和概括，都會遠離生命本身。當歌曲成了一套情感模式、一套語言模式就不可能真正地表情達意，不可能表達出從「我」出發的情感。愛國歌曲抒情的

〔註27〕徐元勇編著《中外流行音樂基礎知識》，南京：東南大學出版社，2011年，第125頁。

〔註28〕徐元勇編著《中外流行音樂基礎知識》，南京：東南大學出版社，2011年，第126頁。

視角有很大的變化。下面是幾首不同時代的祖國頌歌的最基本原型，題材相似，風格卻一步步變化，作於 1950 年的《歌唱祖國》，由王莘作詞、作曲，盡人皆知；創作於 1977 年由賀東久、任紅舉作詞、朱南溪作曲的《中國，中國，鮮紅的太陽永不落》基本持續了此種風格。

但是，創作於 80 年代中旬的《共和國之戀》風格出現了巨大變化，情感不再是單向給予，而是雙方互贈，情意交流，此歌由劉毅然作詞、劉為光作曲：

> 縱然是淒風苦雨，
> 我也不會離你而去，
> 當世界向你微笑，
> 我就在你的淚光裏。

作於 1995 年的《紅旗飄飄》，喬方作詞、李傑作曲也是如此：

> 你明亮的眼睛牽引著我，
> 讓我守在夢鄉眺望未來。
> 當我離開家的時候，
> 你滿懷深情吹響號角。

這些歌曲中歌詩的主要意象都是「紅旗」、「祖國」，但前兩首豪邁、雄壯，直抒胸臆，通常採用合唱的形式，歌唱主人公多為「我們」，適於在公共空間集體演唱，後兩首細緻含蓄、溫情，歌唱主人公為「我」，是個人式的感懷詠歎。可見，頌歌情歌化是現代頌歌的重要趨向。

再比如這類鄉土鄉情歌。這首由香港詞作家黃霑作詞、王福齡作曲的《我的中國心》，第一次在大陸出現，是由臺灣歌星張明敏在 1987 年中央電視臺春節晚會上的演唱。

> 河山只在我夢縈，
> 祖國已多年未親近，
> 可是不管怎樣也改變不了，
> 我的中國心。

「長江、長城、黃山、黃河」成為遊子們想像祖國的情感符號，也成為他們身份認同的文化象徵，「洋裝」包裹下的「中國心」，這種意義建構，讓血濃於水的民族文化核質，得以一種血脈傳承。應該說，這些已超出思鄉之歌，是不折不扣的愛國頌歌。這類歌曲為數很多，像臺灣詞作家葉佳修作詞的《我們擁有一個名字叫中國》，餘光中的《鄉愁》，童安格的《把根留住》等等，很難

將「頌」的因素從思鄉情中剝離出來。

　　與人物頌歌、愛國歌曲相仿，不同年代鄉土鄉情頌歌在主題內容、體式及抒情視角有很大變化鄉情逐漸從抽象的、泛化的故鄉之情到具體、複雜，文化意味也有所不同。富有意味的是，關於「家」的歌曲反而變得抽象和模糊，它不再是一個故鄉的有形指代，而成了現代人精神家園的象徵。在歌詩中，可以發現，80 年代後，隨著城市化的進程，人們對家的記憶分成了兩種：一種是遙遠的曾經家園，另一種是遙遠的精神家園。在它們的尋找過程中，這兩種家園意識不斷重疊。「家」是現實的，也是夢想中的。由浮克作詞、作曲《快樂老家》，就是人們永遠一路尋找的精神家園。

> 有一個地方，是快樂老家，
> 它近在心靈，卻遠在天涯，
> 我所有一切都只為找到它，
> 哪怕付出憂傷代價。

　　「故鄉」並不總是美好，它也有落後愚昧，也有很多的無奈。於是在 80 年代出現了《我的故鄉並不美》這樣的歌曲，打破了一味的歌頌，帶著感傷，用先抑後揚的手法抒發出對故鄉的熱愛。

> 一片貧脊的土地上，
> 收穫著微薄的希望。
> 住了一年又一年，
> 生活了一輩又一輩。

　　80 年代的鄉土頌歌趨向於象徵、抽象、寬泛。比如，這首以「土地」為歌頌對象的任志萍作詞、施光南作曲的《多情的土地》，這是所有人心中的媽媽般的「土地」形象。它是一個廣義的象徵。

> 我深深地愛著你，這片多情的土地，
> 我踏過的路徑上陣陣花香鳥語；
> 我耕耘過的田野上，一層層金黃翠綠，
> 我怎能離開這河汊山脊，這河汊山脊。
> 啊，啊，我擁抱村口的百歲洋槐，
> 彷彿擁抱媽媽的身軀。

　　到了 80 年代中旬，鄉情頌歌向旅遊歌曲轉化，也是商業機制和傳播渠道引導的結果：鄉情頌歌稱為各方水土的「形象代表」。

頌歌體現著時代的要求，它的表現方式及文體要求也隨著主題的變化發生變化。在當代，頌的意味某種程度上在減弱，抒情、宣傳甚至商業功能功能在加強。渠道依然在起作用，我們可以看到各種「市歌」產生，本身就是機構自覺參與，並構築流傳渠道的結果。

與此同時，娛樂歌曲的抒情方式也出現了多樣化，抒情也不在僅僅停留在歌頌式的正面抒情，更多方位地表達現代人情感生活。當代情歌可以相當私人化，其中包括生活中的無奈和複雜。很多抒情歌曲，帶有很強的敘事色彩，很多歌曲後面，都隱現了一段故事。很大程度上，歌詩成了表達個人情感的一種方式，從中可以看到現代人的各種情感困境。暗戀、錯戀、失戀、誤會、思念甚至欲望等等，歌詩承載著很多人的隱秘情感。

比如大陸歌星那英，在她的很多歌曲中，表達了它和他的情人（從情人到丈夫又分手，因為對方是歌足球明星，公眾人物）之間的愛恨情愁。從這個意義上，娛樂歌曲除了一般的娛樂功能外，也帶有很多個人情感史的味道。以她的這首《征服》為例，歌中的愛恨情愁已經沒有了傳統情歌的「溫柔敦厚」，帶著一種失戀的憤怒：

> 終於你找到一個方式分出了勝負，
>
> 輸贏的代價是彼此粉身碎骨。
>
> 外表健康的你心裏傷痕無數，
>
> 頑強的我是這場戰役的俘虜。

古代情歌主要描寫女子對愛情的追求較多，很少表達男性的情感世界。在宋詞中男性詞人用歌女作代言人的現象，已經被很多研究者注意到，劉納在《嬗變》一書中，用很大的篇幅論述了此現象。〔註29〕但在現代娛樂情歌中，男性世界的情愛無奈也成為一個重要主題。很多歌曲其實並未專為特定的性別創作，但作為演唱者的性別角色，會對歌詩的性別傾向有所暗示。譬如，後來的《你到底愛不愛我》、《真情告白》、《我要你比我幸福》、《只要你過得比我好》、《你愛我還是他》，這幾首歌曲都由男性歌手演唱。其中零點樂隊作詞作曲並演唱的《愛不愛我》很具代表性。當男人對這個世界發出「你到底愛不愛我」疑問時，傳統怨婦角色被顛覆。很多現代歌詩中男人抒發傷痛和無奈，似乎也渴望一種情感平衡。現代情歌多層面多視角地表達出現代人相當複雜的情愛歷程。從這個意義上說，情歌是一種個人的歷史敘述，不單純表情達意。

〔註29〕劉納《嬗變》，北京：中國社會科學出版社，1998年，第84～109頁。

現代人各種各式的情愛感受，對應著各種各樣的情歌書寫，這也是情歌無論在鄉村或者現代城市都能流傳的重要原因之一。

第五節　後商業化、多元化時期

20 世紀 90 年代，歌壇進入另一番景象。

1993 年，這個時期歌曲數量猛增，「九十年代一年生產的歌比八十年代還多」〔註30〕。「1999 年全國 14 種歌曲刊物，有十種之多。大部分篇幅用來報導走紅歌星種種奇聞佚事、私人起居、戀情藝趣等」，〔註31〕支持這個生產量的是「歌眾」數量巨大，風格多元。

90 年代，對中國歌曲創作者而言是一個極為重要的時代。80 年代的歌曲創作儘管有破冰的先鋒姿態，卻也屬於一個過渡狀態。很多創作歌曲更傾向於之前以政治文化為主導的抒情歌曲，只是在個人抒情方面有所傾斜；從創作目的來看也較為複雜：一方面，創作是為了響應國家的文藝號召，創作符合新時代要求的群眾歌曲；另一方面，也存在著用新曲包裝新人，追求歌曲出版後的經濟價值等商業運作現象。因此，從 80 年代到 90 年代初，中國歌曲創作者的構成比較特殊。新老創作者共同參與創作，卻形成了兩種不同的歌曲創作風格。

老一輩音樂人以劉熾、施光南、谷建芬、喬羽、王立平、張黎、王健、金波、鄭南、閻肅、洪源、張士燮、劉薇、陳克正、凱傳、倪維德、蔣開儒、馬金星、李幼容、石祥、王曉玲、瞿琮、曉光、宋小明、任衛新、葉旭全、張名河、付林、易茗、車行等為代表，他們中不少是專門的歌詩人，在中國歌曲創作歷史中的重要貢獻是首開風氣者，為中國歌曲創作開闢了一條通暢的大路。在中國歌曲作家創作從未得到廣大社會和學界認可，正是由於他們在歌曲創作上的大膽嘗試才使得中國有可能再次出現歌曲的復蘇。

曾遂今先生將中國古代音樂文化分為「宮廷音樂文化、大眾音樂文化、文人音樂文化」三類；將中國當代音樂文化分為「政府音樂文化、大眾音樂文化、學院派音樂文化」三類。〔註32〕作為音樂文化形態的傳播，這樣的劃分是有足夠理由的，因為三種音樂的傳播機制和流行意圖明顯不同。所謂主流歌曲，應

〔註30〕付林《中國流行音樂 20 年》，北京：中國文聯出版公司，2003 年，第 79 頁。
〔註31〕晨楓《中國當代歌詩史》，桂林：灕江出版社，2002 年，第 158 頁。
〔註32〕見《中國大眾音樂文化》，曾遂今著，北京：北京廣播學院出版社，2003 年。

該歸屬於「政府音樂文化」，正如曾遂今先生所描述，「它最大的特點是政治方向的導向性。由政府掌握的宣傳媒體、表演團體的業務運作，明確地表達了政府提倡、鼓勵的音樂樣板和內容，用以滿足特定時代的社會音樂需求和政治目的。」〔註33〕

通常來說，主流歌曲，即以反映時代重大主題，以歌頌、勵志、凝聚國人愛國之情、宣傳道德理想為主旨的歌曲。主流歌曲也是一種「合目的」的創作，既要符合政治導向，也要取悅歌眾。因為，一首歌的成功流行，最終由歌眾決定，機構的推動是一個重要的因素，但無法完全取代歌眾的最終選擇。尤其在商業個人化多元化時代，主流歌曲不可能只體現機構的意志行為。

但在中國的歌曲歷史上，主流歌曲，尤其是1942年後，經過「民歌化」的改造，已經具備了大眾歌曲所有的特徵。從形式到內容都是人民「喜聞樂見」，並不「市場化」，也不具有商品消費性。30年代以黎錦輝代表的上海「毛毛雨」派的娛樂歌曲，具有一定消費性質的，被認為是「不健康」的「腐蝕品」，或者靡靡之音，在抗戰救亡時代，自然消失。所以「在20世紀的大部分時間裏，由於中國特殊的歷史處境，消費性的大眾文化沒有生產的合法性和可能性。」〔註34〕主流歌曲也一直以大眾流行歌曲的形式被傳播著，可以說在相當長的時間內，它們是共生「一體」的。

但在1985年後，中國逐漸進入商業時代，市場經濟人黃書泉認為：「以『老百姓』來替代『人民』和大眾，這一話語的轉變本身就是對新聞領域大敘事的政治烏托邦和時尚文化烏托邦的一種解構，體現了一種人文精神的立場態度，即民間立場和世俗關懷。『老百姓』既突破了政治中心話語框架，將抽象的『人民』還原為具體的、有血有肉、各不相同的個體，又與作為流行文化標誌的『大眾』劃開了界線，其內涵具有植根於『民為貴』的傳統文化的豐厚底蘊，其外延則具有覆蓋社會生活各個層面的廣度。」〔註35〕下面這首雲劍作詞、戚建波作曲的《都說咱老百姓》，歌頌的「老百姓」，明顯與抽象的「人民」概念不同：

> 都說咱老百姓是那滿天星
> 群星簇擁才有那月光明

〔註33〕曾遂今《中國大眾音樂文化》，北京：北京廣播學院出版社，2003年，第30頁。

〔註34〕孟繁華《傳媒與文化領導權》，濟南：山東教育出版社，2003年，第174頁。

〔註35〕黃書泉《〈生活空間〉的人文空間》，《讀書》1999年5期。

都說咱老百姓是那黃土地

大地渾厚托起那個太陽紅

都說咱老百姓是那原上草

芳草連天才有春意濃

都說咱老百姓是那無邊的海

大浪淘沙托起巨輪行

天大的英雄也來自咱老百姓

樹高千尺也要扎根泥土中

是好人都不忘百姓的養育恩

鞠躬盡瘁為了報答這未了情

　　哪怕是面向底層百姓的主流歌曲，為了讓歌眾接受並喜愛，這種歌式也吸收了不少流行元素。被看成主旋律的歌曲，其創作語言也更加趨於平和與溫情。這種親民的創作路線，顯然與流行音樂的強勢不無關係。如《春天的故事》、《青藏高原》、《好日子》、《走進新時代》、《西部放歌》、《天路》、《紅旗飄飄》等作品都已不再是簡單的政治頌歌創作模式，其語言和歌曲的旋律變得「柔軟」而「深情」，基本擺脫了政治話語的束縛，情感表達也逐步向人性靠攏。

　　新的音樂人以甲丁、郭峰、陳哲、宋青松、李海鷹、陳小奇、陳潔明、張海寧、解承強、黃小茂、喬方等為代表。他們在主流和流行歌曲的創作道路上顯得更為開放和自由，雖然多有學院派的學習背景，但由於他們多接受了接受海外流行音樂的燻陶和啟蒙，對於歌曲創作沒有主觀偏見，更願意把從事中國歌曲創作作為一種人生追求和職業理想。

　　在創作界，上世紀 80 年代至 90 年代初的流行歌曲創作群體有一個共同特徵：最初他們都不是自由的音樂人，基本上都是國有體制下藝術團體的在職成員。

　　直到 1993 年，中國建立了簽約歌手製度，這讓當時的詞曲作者與歌手組成了緊密的合作關係，也直接影響了歌曲創作群體的流向與組成。一些專屬藝術團體的詞曲作者因為這一新制度的建立和完善，得以有機會正式進入商業運作下的流行歌詩創作。他們從在專業團體領取工資變為從音樂製作公司領取稿費。這種制度的轉變無疑為中國的流行歌曲創作注入了新的動力。所以，1993 年以後中國歌曲創作迎來一個極為熱鬧繁榮的新局面，也使得在 80 年代逐漸形成的中國歌曲創作群開始出現分化。繼續留在專屬藝術團體的音樂人

受到體制所限，在歌曲創作上更傾向於歌頌大時代，在情感表達上也更為寬泛，除了書寫一些主旋律歌曲外，也多參與電影、電視劇的歌詩創作。而進入音樂製作公司，參與商業運作下歌曲創作的詞人們，則完全走向了以中國流行歌曲寫作為主的職業化道路。他們的歌詩曲創作一方面要配合公司推出歌手，考量作品的商業價值；另一方面還要迎合、安撫和愉悅大眾的娛樂文化需求。

20 世紀 90 年代，在商業大潮的競爭中，新的創作者群體已經逐步適應並積極參與了商業化的歌曲創作。以崔健、郭峰、陳哲、李海鷹、陳小奇、陳潔明、楊湘粵、李廣平等為代表的新詞作者逐漸成為了中國歌曲復興時期詞作的中堅力量，為後來的中國流行歌曲創作奠定了一個良好的基礎。這些流行歌曲作者大都有良好的受教育背景，並且大都精通音樂作曲，基本上都是既能填詞又能譜曲的音樂製作人。他們的視野較老一代也更為廣闊，觀念也更為全新，既渴望走向世界，也更珍視中國的民族文化。

與這些中堅力量相比，在 90 年代剛剛出現的新生力量，沒有在國有體制藝術團體的從業經歷。他們基本上都是從學生時代就開始歌曲創作，直接從校園走進了中國的流行樂壇。因此在創作上，他們更加追求自由與個性，歌曲創作內容也更加貼近年輕人的現實生活。以小柯、高曉松、洛冰、郁東、沈慶、鄭鈞、高楓等為代表的新生力量，在中國流行樂壇一嶄露頭角，就已經形成了巨大的影響力。他們與當時中國歌詩人的中堅力量共同組成了復興期流行歌曲創作的重要陣容。

中國歌曲創作者在復興時期的重要貢獻是讓歌曲在中國重新生根、發芽。20 世紀 80 年代初，中國還沒有真正意義上的流行歌曲創作。創作者們從內地音像業的「扒帶」中逐步瞭解和學習港臺流行歌曲創作，並以「西北風」等系列作品努力建構了屬於中國本土特色的流行歌曲創作，成功地將「鄉土精神」推向了整個中國，成為當時娛樂文化的一大熱點。

20 世紀 90 年代以前，內地歌手翻唱海外流行歌曲作品是一種極為普遍的現象。這一現象背後的根本原因是中國缺少原創流行音樂作品。90 年代，隨著新興音像產業在內地的迅猛發展，中國的流行歌曲產業也逐步形成了屬於自己的創作機制，並且初步實現了流行歌曲創作在中國的復興。其中一個重要的標誌就是中國的流行歌曲創作已經開始逐步擺脫依附港臺流行歌曲的局面，並開始對港臺流行音樂產生影響。在這個過程中，中國歌詩創作的原創性和先鋒性無疑起到了重要的作用。

　　陳哲 1987 年作詞的《血染的風采》在中國大陸成功傳唱後，被香港歌星梅豔芳、甄妮及 Beyond 樂隊陸遜在香港翻唱。1989 年，在第 12 屆香港中文十大金曲評獎中，中國大陸的《血染的風采》和《一無所有》榮獲優秀國語歌曲獎。上世紀 90 年代初期，香港歌星呂方也曾在香港翻唱大陸流行歌曲《彎彎的月亮》，並成為其職業生涯中發行量最大的唱片。1991 年，黑豹樂隊的同名專輯在香港上市，並引起了整個華語樂壇的強烈反響。1994 年 12 月，人稱魔岩三傑的竇唯、何勇、張楚在香港紅館首次登臺便震驚整個香港樂壇。這些都是流行歌曲復興期，中國歌曲創作對港臺流行音樂產生的重要影響，也是中國流行音樂在 90 年代的重要成績。儘管在 2000 年之前，這種影響還不足以扭轉中國流行歌曲在華語樂壇的微弱局面，但至少在詞曲創作方面，中國的流行歌曲已經逐漸走上了一條相對獨立的發展道路，並且在以創作實現了娛樂文化的復蘇。

　　進入新世紀，中國歌曲創作迎來了嶄新的一頁。在制度和運作上，中國的流行歌曲創作經過 90 年代的逐步完善已經逐步趨於成熟。20 世紀 80、90 年代開始創作起步的歌曲作者，經過市場和聽眾的大浪淘沙，已形成了一批相對穩定的專業創作製作人隊伍。1998 年後，隨著中國加入國際世貿組織，一批具有國際影響力的唱片公司紛紛開始開拓中國市場。國際化的商業運作，專業的音樂人才和音樂製作技術，讓中國歌曲創作本應朝著更為專業化的道路前行。但由於受到互聯網技術發展的影響，專業化的發展道路已經不是歌曲創作的一個必然。

　　網絡技術不僅改變了歌曲的傳播方式，網絡歌曲的產生也讓歌曲的創作模式受到了極大的挑戰。互聯網讓世界的交流更加頻繁，最新的信息總能以最快的速度在全世界範圍內傳播。在互聯網時代，人們可以迅速地獲得想要的一切信息，欣賞視野自然也比以往任何時代都要開闊。人們對音樂的審美標準也因此朝著更為多元化的方向發展。甚至可以說，在這個時代任何人想成為一個詞曲創作人、歌手，都比以往要更加容易。當然想在紛繁的娛樂文化生活中獲得持久的影響力也將變得更加困難。

　　2000 年後，華語世界逐漸形成了共同的華語音樂圈。如果說，過去中國歌曲創作，尤其是流行歌曲是以港臺娛樂文化走向為前進的目標，那麼 2000 年後，中國歌曲創作則開始真正實現放眼世界。中國歌曲創作也開始全面地參與華語創作製作。所以，純粹的「中國歌曲創作」將很難界定。中國的音樂人

已經不再侷限於只給自己的歌手寫歌，歌曲的製作和發行也不再僅侷限於在中國範圍內。海外的音樂製作人已經深入中國，中國的音樂人也開始走向海外。因此，這一時期中國歌曲作者的流動性很大，構成也極為複雜。他們中有創作型的歌手，如盧庚戌、李健、許巍、朴樹、楊坤、汪峰、刀郎、薩頂頂等，有專業的音樂製作人如何沐陽、牛朝陽、揚塵、小柯、張超、胡力、老貓等，有專業的詞作者，也有業餘的網絡寫手如浴木蕭蕭、玉鐲兒、郝雨等，還有玩票性質的名人創作，如郭敬明、韓寒、戚薇、大鵬等人都曾參與過流行歌詩創作。中國流行歌曲作者不僅身份更加多元化，個人創作風格也越來越呈現出多元化的發展趨勢。2000 年後，中國歌曲創作的多元化趨勢已經不可逆轉。一個詞作者要保持統一的創作風格，將很難獲得持久的影響力。為了適應迅速變化的市場需求，創作者在創作風格上必然要不斷尋找新的突破。對於大多數歌曲作者而言，想要通過歌詩曲創作在紛繁的娛樂文化圈掀起波瀾，創造一股全新的娛樂文化熱潮已經越來越艱難。與其他時期的創作者相比，這一時期的他們要面對更為巨大的壓力和挑戰。

面對浮躁的社會，網絡歌曲作者以從容的娛樂姿態出現在人們面前，以娛樂應對娛樂，在社會上也形成了各種短暫的娛樂文化效應。如《丁香花》、《大學生自習室》、《老鼠愛大米》、《東北人都是活雷鋒》、《兩隻蝴蝶》、《思密達》、《殺馬特遇上洗剪吹》《愛情買賣》等歌曲都曾在中國的社會生活中形成廣泛的影響，成為流行文化和娛樂文化走向的重要代表。中國網絡歌曲的創作模式無疑給傳統的歌詩創作帶來了巨大衝擊。鳥人唱片老總周亞平曾對傳統的流行歌曲創作揚言：「你們太老太精英太裝大尾巴狼，你們以前再輝煌，都翻篇了！」〔註36〕時至今日，網絡歌曲創作儘管依然不見頹勢，但傳統的流歌詩創作也從未真正翻篇。

90 年代及其後的音樂文化在經歷了轉型期的復蘇與陣痛後，必然朝著更為多元的路線前進。

2000 年，中國流行歌曲創作邁入了一個新紀元。這一年，「中國原創音樂流行榜」設立。這是中國大陸文化部唯一認可的兩岸三地原創歌曲流行榜，由中國大陸三十多家電臺合辦，是中國極具代表性的音樂頒獎禮。這個頒獎禮的設立標誌著中國流行歌曲創作在五十年後首次出現了歷史性的整合，真正實

〔註36〕《南方娛樂週刊》編《娛樂 30 年——那些有分量的快樂》，桂林：灕江出版社，2009 年，第 220 頁。

現了把中國大陸的流行音樂創作納入到了整個華語樂壇之中，為中國大陸與港臺流行音樂創作的交流和競爭提供了一個更為有效的平臺。

事實上，由於語言和文化原因，華語地區，尤其是大陸和港臺地區實際上形成了一個相當合一的歌曲受眾圈，這三個區域的社會文化進程也日益相近，三地的歌曲交流相當密集，且彼此競爭。20世紀80年代初期臺灣校園歌曲引領潮流，90年代香港粵語歌超前，但20世紀90代後期開始，歌曲的流行幾乎混合，形成一個強大的華語樂壇。媒體化的流行音樂文化將兩岸三地圈成了一個不可分割的整體。從而以流行音樂為主體，實現了華語音樂文化圈的整合與建構。

除了「中國原創音樂流行榜」，被稱為「內地最具有指標性的頒獎典禮」的「音樂風雲榜」在2011年也取消了地域性單獨評獎的規則，將大中華地區的原創流行音樂放在統一的背景下進行評選。由於流行音樂機制和評獎機制的統一，港臺和大陸流行音樂的創作風格差異相對越來越小。中國大陸成為海外歌星的重要發展基地，而大陸歌手也將成為華語音樂製作的重要一員。

但就華語樂壇的組成實力而言，海外歌手則顯示出了更強的競爭力，同時他們也為大中華音樂文化圈的建構作出了更大的貢獻。2000年以來，活躍在華語樂壇並且在華語樂壇產生重大影響的歌手很多都來自海外。如一出道就受到青少年喜愛和追捧的臺灣歌手陶喆、周杰倫，華裔美籍歌手李玟，新加坡歌手孫燕姿、許美靜、林俊傑、阿杜，被稱為「情歌天后」的馬來西亞歌手梁靜茹、被稱為「情歌王子」的馬來西亞組合無印良品，以偶像形象佔據音樂市場的臺灣歌手蔡依林、S.H.E、王力宏，香港歌手謝霆鋒、陳奕迅、容祖兒等等。他們的流行音樂作品製作精良、表演多元、歌聲和足跡已遍及港臺、大陸、日本、美國、澳洲及東南亞各地。他們的發展也更加全面，不僅僅是歌手，推出音樂專輯，還參與電影、廣告拍攝，不僅有能力舉辦世界巡迴演唱會，還受到了海外重要媒體的長期關注。如香港歌手王菲、臺灣歌手張惠妹、周杰倫都曾登上美國的《時代》雜誌。

隨著中國人民的物質生活水平得到了極大地提高，音樂文化需求在不斷增長，面對廣闊的華語音樂市場和紛繁的網絡流行音樂時代，文化市場也在不斷趨於完善、成熟。為了滿足不同地區、不同人群的欣賞需要，利用傳媒載體的豐富性，音樂節目、娛樂欄目的增加，各種晚會、盛大的頒獎禮、製作精良的MTV、層出不窮的選秀活動，音樂市場不得不朝著多元化的方向發展。悖

論是，多元的音樂創作又會刺激更多的娛樂文化，相反，很難積澱出經典作品，也很難形成持久地文化影響力。

但不可否認的是，還是產生了一些有流傳很廣的歌曲。如羽泉的《深呼吸》、田震的《月牙泉》、沙寶亮的《暗香》、陳琳的《不想騙自己》、許巍的《時光》、楊坤的《無所謂》、老狼的《晴朗》、水木年華的《愛火燒》等。2006 年湖南衛視主辦的《超級女生》成功推出了李宇春、周筆暢、張靚穎、何潔、葉一茜、尚雯婕、譚維維、劉惜君等女歌手。2007 年的《快樂男生》成功推出了蘇醒、張傑、俞灝明、陳楚生、魏晨、王錚亮等男歌手。2013 年的《快樂男生》又推出了華晨宇、歐豪、白舉綱等人。隨著時間的沉澱，李宇春、張傑、華晨宇逐漸成為華語樂壇令人矚目的歌手，是兩岸三地各種音樂排行榜及頒獎禮上耀眼的明星。特別是李宇春，她不僅在《超級女生》的比賽中就引起了廣泛關注，曾登上美國《時代週刊》亞洲版封面，還在之後的華語樂壇產生了深遠的影響。她的形象和歌聲深受青年人的喜愛，個人品牌演唱會、全國演唱會及世界巡演都受到了廣大歌迷的熱烈歡迎，並獲得了多個亞洲及世界音樂大獎。她的音樂專輯銷量在中國大陸也一直處於第一的位置。可以說，李宇春已經成為華語樂壇極為重要的歌手。

與流行音樂陣地的火熱境況相比，中國大陸的搖滾與民謠創作則顯得異常冷清。他們與世隔絕的生存狀態，孤傲清淡的創作態度，都使得搖滾與民謠創作游離於華語樂壇的邊緣。但他們對音樂的執著，對藝術的追求，卻讓人肅然起敬。這一部分將在下一章詳細討論。

20 世紀，多元化的市場需求讓華語樂壇變得更加新鮮、豐富。「周杰倫現象」、「李宇春熱」、「中國風效應」、「神曲」效應等都是華語音樂文化圈內的焦點，同時也對華語音樂文化圈的建構起到了重要的作用。這些音樂文化現象不僅僅是中西方音樂元素的交融，也不僅僅是中西方文化的相互發掘與碰撞，而是大華語音樂文化的重塑與鍛造。如王力宏創作的 chinkedout（華人嘻哈）曲風，不僅是西方音樂形式與中國文化精神的結合，也是華語流行音樂的一種重要探索。

再如，方文山的「中國風」歌詩創作被稱為是素顏韻腳詩。這種歌詩創作已經不再是簡單地對中國傳統詩歌進行仿寫，《青花瓷》、《千里之外》、《七里香》、《煙花易冷》等歌詩中的精緻的畫面和強烈的情感表達也具有明顯的「現代」元素。可以說，中國風歌曲創作雖然內容具有中國傳統文化內涵，但在演

唱和表達視角上卻並未捨棄現代元素。這種含蓄、輕快、優雅，又帶有明顯懷舊情緒的歌曲創作顯然是一種全新的中國音樂特質。正如學者徐元勇所指出的：「從『中國風』的流行，可以看到中國流行音樂的自我覺醒，眾多音樂人開始認識到中國本土音樂元素的精髓，意識到只有通過中西結合，才能走出中國流行音樂自己的道路。」〔註37〕而這些創作探索都是華語音樂文化的重要代表，也是華語音樂文化圈共同打造的音樂成果。

「多元化」不僅僅意味著豐富化和新鮮化，同時也意味著「商業化」的運作和潛在「媚俗」的特質。隨著互聯網技術的廣泛應用，通過互聯網宣傳歌手，創作和傳播音樂作品也變得極為平常。網絡不僅成為音樂文化的全新載體，也催生了追求個性和娛樂大眾的網絡音樂。

2001 年，「雪村音樂評書」的出現正是一個重要的信號。雪村的《東北人都是活雷鋒》不僅在當年受到年輕人的熱捧，還成功闖進第八屆全球華語榜。之後，楊臣剛的《老鼠愛大米》、龐龍的《兩隻蝴蝶》、郝雨的《大學生自習曲》、老羅的《忐忑》、老貓的《思密達》、五色南十葉的《殺馬特遇到洗剪吹》，再到 2014 年龐麥郎的《滑板鞋》、筷子兄弟的《小蘋果》、蕭小 M 的《小雞嗶嗶》都曾獲得巨大的成功，受到了熱烈的追捧。這些歌曲的成功在於詞曲創作和歌手演唱都突破了大眾的日常審美。一種求新，求奇的娛樂心態將歌曲創作推向了一種極端的個性化追求。

與此同時，中國的主流歌曲也出現了新的面貌，它們結合中國重大議程，一直發揮著重要作用，產生了一批影響力廣泛的作品，比如奧運歌曲，中國夢歌曲等。

第六節　搖滾與民謠的特殊意義

中國歌曲從娛樂歌曲開始解放，而真正帶來震動性的卻是搖滾音樂的開始。這裡把搖滾單獨一節，是因為搖滾的歌詩往往討論相當嚴肅而複雜的人生與世界問題，而且搖滾的演唱方式往往大致上以學院為其基地的，不是一般歌眾能接受的，就如在西方披頭士開始的潮流，也不被視為輕鬆的歌曲一樣。它的流行和傳播都具有特殊性。

〔註37〕徐元勇《中外流行音樂基礎知識》，南京：東南大學出版社，2011 年，第 126
頁。

從流傳的途徑來看，搖滾與大眾娛樂歌曲不同，它更多地依附於現場音樂會，只有在演唱現場才能真正體驗其效果。因此，其音像製品，往往也從現場直錄。此類歌式，有特定的歌眾範圍，也要求歌詩有特別的思想內容與表達。現場音樂會固然也追求商業利益，但更多地著眼於「聚集人氣」，這種特定的當代「青年文化」，彌補了娛樂歌曲的單一。80 年代中期，「內地新時期的創作的美學觀念一直在兩條線索上交錯發展。一條實際上使傳統的」文以載道「的美學觀念的繼承和延續，只不過採取了激烈的反文化的批判態度。這可以在『西北風』和搖滾樂中得到證明、再一條路線可以以典型的廣東創作為代表，強調即時的、都市的、青少年的趣味，以及簡單、直接、輕鬆、平庸的樣式。」〔註 38〕

1980 年，大陸第一支演繹西方老搖滾的樂隊「萬里馬王」，在北京第二外語學院成立。

1981 年，李力、王勇等人組成了以演唱日本歌曲為主的阿里斯樂隊。

1982 年，丁武、王迪等組成「蝮蟲及樂隊」。

1984 年崔健等人成立「七合板」樂隊，臧天溯等人成立「不倒翁」樂隊。崔健 86 年搖滾音樂會後，出現了更多的搖滾樂隊，它們是：

1987 年，黑豹樂隊成立。白天使樂隊、DADADA 樂隊、寶貝兄弟、ADO 樂隊、五月天樂隊成立。

1988 年，呼吸樂隊、時效樂隊、唐朝樂隊、清醒樂隊、螢火蟲樂隊成立。

1989 年到 1992 年間，引來了搖滾樂隊的高峰。他們是：眼鏡蛇樂隊、1989 樂隊、面孔樂隊、TOTO 樂隊、青銅器樂隊、現代人樂隊、報童樂隊、紅色部隊樂隊、做夢樂隊、指南針樂隊、輪迴樂隊、超載樂隊、自我教育樂隊、D.D. 節奏樂隊、新締樂隊、穴位樂隊、紛霧樂隊、佤族樂隊等等。

1993 年，「NO」樂隊、蒼狼樂隊。此後，有舌頭樂隊、花兒樂隊等等。

到 2005 年，中國樂隊（包括地下樂隊）已有上百支。

他們的發展特點是，由地下逐漸走出地表，由以北京、廣州、上海、南京等為中心的城市走向更多的其他甚至邊緣城市。

而從風格上來說，越來越多元化，幾乎西方的每一種搖滾變體都被中國搖滾樂隊利用和改造。他們以獨特的命名和演唱風格打開了音樂的新視界。其中 90 年代「唐朝」樂隊和「黑豹」樂隊的影響力較大。

〔註 38〕 金兆鈞《中國新時期流行音樂創作的美學觀念》，《中央音樂學院學報》，1993 年第 3 期。

　　組建於 1988 年的「唐朝」樂隊與臺灣滾石唱片公司簽約，於 1991 開始製作了首張專輯《夢回唐朝》，1992 年底發行，首發十萬張，一搶而空，洛陽紙貴。這個有著大陸第一支重金屬風格的搖滾樂隊，風格恢弘而不龐雜，激烈卻不浮躁。在「唐朝」的宣傳品中，有這樣的評價「（唐朝）似乎從來沒有想過要反叛現有的流行模式，也不覺得自己背離了傳統的路線，他們只專注於尋找自己對世界的見解，並且全力使它在音樂中呈現。憧憬唐朝，大氣磅礴，一瀉千，在廢墟上建都，在冷風中迎送朝陽，意味獨特。」〔註39〕

　　《夢回唐朝》是唐朝樂隊的成名歌曲。歌詩中古典意象的繁豐、精美和昔日唐朝盛世的輝煌一脈相承，而與歌中唱出的失落和蒼傷正好形成鮮明的對比。這首歌用失落的懷念唱出了最現實的憂傷。

> 菊花古劍和酒，被咖啡泡入喧囂的亭院。
>
> 異族在日壇膜拜古人的月亮，開元盛世令人神往。
>
> 風吹不散長恨，花染不透鄉仇。
>
> 雪映不出山河，月圓不了古夢。

　　樂評人金兆鈞的這段話似乎有點意味深長：「古老的歷史中的瞬間輝煌，在千百年後居然成為了中國搖滾們的精神源泉。中國情緒最終在某個特殊的角度上，給了以反叛而聞名的搖滾樂以潛意識中的溝通。這種執著無疑地帶有極強的理想主義色彩，也正因此而使搖滾樂獲得了一種遠比現實的憤怒更為深厚的基礎。」〔註40〕

　　「黑豹」樂隊 1991 年與滾石唱片公司的子公司香港「勁石」簽約，首張專輯《黑豹》在香港發行並打入香港商業電臺排行榜，此專輯的主打歌曲《Don't Break My Heart》連續數周居香港商業電臺排行榜首位，擊敗了當時香港的「太極」、「Beyound」、「草蜢」樂隊，當時香港音樂界對「黑豹」樂隊的搖滾樂的形容是「氣勢如虹」。同年，臺灣滾石唱片公司重新包裝「黑豹」樂隊，攜其專輯《無地自容》反銷大陸，總銷售量為 150 萬盒（包括盜版，「黑豹」也因其專輯被瘋狂盜版而名揚天下）。自此，「黑豹」樂隊被媒介稱為「中國最具商業價值的搖滾樂隊」。

〔註39〕北京漢唐文化發展有限公司編著編《中國流行音樂紀事 1986～1996》，北京：中國電影出版社，2000 年，第 112 頁。

〔註40〕金兆鈞《光天化日下的流行——親歷中國創作》，北京：人民音樂出版社，2002 年，第 295 頁。

此外,流行搖滾亦是 2000 年以後創作發展的一個重要風格。臺灣的 F.I.R、信樂團、五月天以及內地的搖滾歌手許巍、汪峰、龍寬九段樂隊、花兒樂隊等也是 20 世紀華語流行樂壇不可忽視的重要組成。儘管「他們的思想深度和 90 年代中期相比,顯得相對遜色,少了一些尖銳的鋒芒;內容方面,社會題材較少,主要以個人情感題材居多」〔註41〕,但他們的作品卻能夠適時地緊跟社會和音樂潮流,沒有淹沒在多如潮水的流行音樂作品中。如汪峰的《春天裏》、《飛得更高》、信樂團的《死了都要愛》、《海闊天空》等作品都曾在歌迷中引起強烈的反響。

20 世紀流行文化中,搖滾的出現,無疑帶來了中國音樂和歌詩的新境界。中國搖滾的意義,在於在音樂中不斷尋找新的語言、新的聲音,以此表達新的感情。在搖滾中,音樂是軀體,歌詩則是靈魂和血液。不斷求新求異的歌詩,為整個歌曲從語言和精神上開拓了新的視野。

相對於頌歌和情歌的「建設」模式,大多數搖滾歌詩幾乎類近「破壞型」。這一點與西方的先鋒音樂類似,都有著一種把音樂從音符中解放出來的企圖,與其說是歌詩從整個歌曲中突凸出來,還不如說,是把精神從歌唱中解放出來,釋放出來。娛樂歌貼近了大眾生活,但缺少提升心靈的體驗,中國搖滾則試圖超越純粹的娛樂。它的巨大貢獻是將現代娛樂歌變成了一種激發思索、鼓勵獨立思想的歌曲。

搖滾之所以值得仔細研究,還因為歌詩大部分是歌者或歌隊自己所作,「歌手詩人」的出現,使歌詩的文體上出現一系列新的特徵。

1986 年 5 月 9 日,第一屆百名歌星演唱會在北京舉行。這次演唱會,幾乎展示了當時所有的有影響力的青年歌星。這也是中國的搖滾第一次正式亮相,當崔健帶著他的樂隊夥伴走向前臺的時候,給人們視覺和聽覺上的震撼是無發比擬的。崔健身著一件普通的褂子,兩條褲腿一長一短,與眾歌星流光溢彩的華服形成了鮮明的對比,這種奇特的裝束,襯著他的第一聲吶喊。《一無所有》一鳴驚人,中國搖滾在崔健的歌聲中、在歌迷的心中誕生。伴隨著搖滾的新概念,帶給人們心靈的震撼。他也因此被被譽為「中國搖滾樂教父」〔註42〕,也被研究者稱為「搖滾詩人」。〔註43〕他的音樂與歌詩大膽而富有創新,拋棄了

〔註41〕尤靜波《流行音樂歷史與風格》,長沙:湖南文藝出版社,2007 年,第 544 頁。
〔註42〕陸凌濤、李洋《吶喊——為了中國曾經的搖滾》,桂林:廣西師範大學出版社,2003 年,第 47 頁。
〔註43〕陳思和《中國當代文學史教程》,上海:復旦大學出版社,1999 年,第 326 頁。

一般流行歌曲的模式，在選用的樂器上，將中國民族樂器，嗩吶、古箏、笛子、蕭與吉他、薩克管、電子琴以及西方打擊樂器融為一體，融進了朋克、爵士、非洲流行音樂、說唱、搖滾的節奏，表達的思想確是中國當代的。

這首《一無所有》，是中國搖滾的第一首，也是崔健的代表歌曲，正如他自己所唱，「沒有新的語言，也沒有新的方式，沒有新的力量能夠表達新的感情」。中國搖滾的意義在於在音樂中不斷尋找新的語言，新的聲音表達新的感情。與他的音樂一樣，他的歌詩也帶有明顯的異類和先鋒性質。這首搖滾歌曲，最初創意也許只是一首含義較深的情歌，然而因為視角和情感的表達方式特別，而生產出多種複義。崔健彷彿在歌中預言了此後十幾年裏中國的信仰危機，物質上的富有和精神上的幸福從來就沒有並存，而歌的力量就存在於這種叛逆的奮爭中。

> 我曾經問個不休，你何時跟我走？
>
> 可你卻總是笑我，一無所有。
>
> 我要給你我的追求，還有我的自由，
>
> 可你卻總是笑我，一無所有。
>
> 這時你的手在顫抖，這時你的淚在流
>
> 莫非你是正在告訴我，你愛我一無所有？

搖滾在誕生起，就是一種特殊的文化符號，總以一副超越凡俗人世的姿態出現，向著精神的高度飛昇。崔健發行了很多有影響力的作品，1989 年 3 月發行第一盒搖滾專輯《新長征路上的搖滾》，收集了他創作於 1986～1987 年的九首作品：《新長征路上的搖滾》、《不是我不明白》、《從頭再來》、《假行僧》、《花房姑娘》、《讓我睡個好覺》、《不在掩飾》、《出走》和《一無所有》。這張專輯在市場上引起了轟動，歌迷奔走相告，競相購買。「他們將崔健的搖滾樂已不單單作為藝術去欣賞，而是像找到了精神上的支柱與寄託。」〔註 44〕1991年 2 月，第二盤個人專輯《解決》發行；1994 年 8 月，第三盤個人專輯《紅旗下的蛋》發行，同年 10 月，也在香港和日本發行。1997 年香港回歸之際，他在一張合輯《搖滾火》（大陸尚未發行）中錄製了單曲《七月一日生》（《超越那一天》）。在 98 年還推出專輯《無能的力量》。2005 年推出他的《給你一點顏色》。

〔註 44〕北京漢唐文化發展有限公司編著《中國流行音樂紀事 1986～1996》，北京：中國電影出版社，1997 年版，第 54 頁。

在這個作品中，崔健形成了自己的風格，並確立了他在中國搖滾音樂中奠基人的地位。崔健後來用紅布蒙上眼睛唱《一塊紅布》時，這首歌早已超越了音樂本身的意義。

> 那天是你用一塊紅布，
>
> 蒙住了我雙眼也蒙住了天。
>
> 你問我看見了什麼？
>
> 我說看見了幸福。
>
> 這個感覺真讓我舒服。
>
> 它讓我忘掉我沒地方住，
>
> 你問我還要去何方？
>
> 我說要上你的路。

這個讓中國人刻骨銘心的革命意象，在歌詩中出現，不僅再現一個人的痛苦，還是一代人，甚至幾代人的精神煉獄之旅。因為歌詩的深沉嚴肅，崔健被同行們稱為「一個做搖滾的知識分子」〔註45〕「搖滾詩人」並不奇怪，他的歌聲代表了一代人的精神特質，他的歌詩中承載著多種自我，有過去的、當下的、未來的，有現實的、想像的，他們都被納入音樂內部，構成衝突，形成力量，歌釋放的不是「耳之音樂」，而是「心之音樂」。還有他的《紅旗下的蛋》，歌曲的題目本身就充滿了複義。「紅旗下的蛋」中的「下」字，如果作為名詞「紅旗」後面的方位詞的，是在修飾「蛋」；如果將「下」字作為一個動詞，「紅旗下的蛋」即為一個完整的句子。兩種理解都非常有意味。這首歌詩中大量運用詩歌的表現手法，例如反諷、複義、矛盾悖論，製造文學張力。從這個意義上來說，他是個名副其實的「遊吟詩人」。〔註46〕

搖滾歌手也都充分利用了歌詩的力量，也表達自己的思想。張楚的歌詩作品更接近詩，不太適合配旋律，不屬於琅琅上口，比較喧囂的一類，更多的顯示出一種溫和的私人化的傾訴，帶有明顯的敘事色彩，比如他的這首《姐姐》：

> 這個冬天雪還不下，
>
> 站在路上眼睛不眨。
>
> 我的心跳還很溫柔，

〔註45〕陸凌濤、李洋《吶喊——為了中國曾經的搖滾》，桂林：廣西師範大學出版社，
　　　　2003年，第49頁。

〔註46〕陳思和《中國當代文學史教程》，上海：復旦大學出版社，1999年，第326頁。

　　你該表揚我說今天很聽話。

　　我的衣服有些大了，

　　你說我看起來挺嘎，

　　我知道我站在人群裏，挺傻。

　　張楚歌詩的不可模仿性，還在於其敘事方式。在歌中張楚講了一個淒而不美的故事，它敘述了一個人成長的痛苦過程。「姐姐」是一個富有意味的文化的意象。在中國歌詩傳統中，人們習慣用「媽媽」或「母親」做頌歌源泉，而用「妹妹」作為情歌對象。張楚的歌中，姐姐是一個極其含混的形象，既有母親帶來的安寧和安全，又有妹妹和情人遭受苦難和凌辱的可能。這個姐姐，既不偉大，又不強悍，甚至內心還有「害怕」，然而，姐姐卻是可以將孤獨者帶回家的人，對一個習慣於被承載了多種文化含義的「母親」的「孩子」來說，對「姐姐」的呼喚，蘊藏了一種強烈的文化解構。

　　搖滾歌詩的表現範圍極其廣泛，既有像《夢回唐朝》這樣深沉的歷史懷念，也有張楚個人化的命運關懷，也有對現實的反思和迷茫，也有的是沿著崔健的批判現實路向繼續。像黑豹樂隊竇唯作詞、李彤作曲的《無地自容》：

　　人潮人海中　有你有我　相遇相識相互琢磨

　　人潮人海中　是你是我　裝作正派面帶笑容

　　不再相信　相信什麼道理　人們已是如此冷漠

　　不再回憶　回憶什麼過去　現在不是從前的我

　　會感到過寂寞　也會被人冷落

　　卻從未有感覺　我無地自容

　　在歌詩中，將人與人之間的冷漠、隔閡、猜忌、虛偽表現得非常深刻。對現實世界黑暗面的申訴，也是搖滾歌曲的一大主題，何勇的《垃圾場》、《鍾鼓樓》，左小詛咒的《左小詛咒在地安門》常迫使歌眾注視生活的複雜面。

　　歌詩是搖滾樂的靈魂，搖滾樂伴隨著語言而生，也在語言中展示它的力量和意義。搖滾在中國歌曲中是一座新的奇峰，它為歌詩的詩性緯度和歌曲的功能緯度都打開了新的空間。而從搖滾開始的現場音樂會，已經成為現代城市文化生活的一個新風景。

　　搖滾的主題越來越寬泛，從各個方面表現現代人的生存狀態。歌詩中思想文化內涵增強。許巍的《藍蓮花》，《在別處》還有這首《兩天》：

　　我只有兩天　我從沒有把握

> 一天用來出生　一天用來死亡
>
> 我只有兩天　我從沒有把握
>
> 一天用來希望　一天用來絕望

歌詩讀來似乎簡單流暢，寫的卻是現代人深刻的迷茫，這種對生命意識的關懷已經遠遠超出了一般娛樂歌曲的範圍。

這首鄭鈞作詞作曲的《回到拉薩》，也用情歌作偽裝：

> 爬過了唐古拉山遇見了雪蓮花，
>
> 牽著我的手兒我們回到了她的家。
>
> 你根本不用擔心太多的問題，
>
> 她會教你如何找到你自己。

在這首歌詩中，作者將現代人的壓抑、尋找，愛情理想和社會憧憬融在一起。

汪峰的歌詩作品《飛的更高》《春天裏》《光明》《存在》，還有這首《怒放的生命》，從不同角度寫出了生命的不屈不撓，積極向上：

> 曾經多少次跌倒在路上　曾經多少次折斷過翅膀
>
> 如今我已不再感到彷徨　我想超越這平凡的奢望
>
> 我想要怒放的生命　就像飛翔在遼闊天空
>
> 就像穿行在無邊的曠野　擁有掙脫一切的力量

大陸的女搖滾詩人很早就誕生了。上世紀九十年代初的「眼鏡蛇樂隊」，「指南針樂隊」中，都有女性成員，而且是主唱，也寫歌詩作曲，因此他們是最早一批女性搖滾詩人。但早期的女搖滾詩人走的都是「去性別化」道路，她們作的歌唱的歌沒有特殊的女性色彩，沒有鮮明的女性抗爭意識。「她們這樣用蛇給自己命名，大概也是一種典型的搖滾式的叛逆……」[註 47] 她們在《迷途的羊羔》唱著「在歲月裏把回憶和愛怨全部拋棄，換來簡單的生活，悠長的流年以及盼望不到的幸福。」然而實際上，她們的內心的反叛並不比外表的反叛走得更遠。

21 世紀初，中國大陸新出的一代搖滾女詩人，文化姿態很不同：她們似乎順從社會性別認同，卻在文化縫際中，找到了女性對抗策略：陰柔化不是女性化。女性必須有「不同的聲音」，要在歌聲中揭露出「聲音如何在關係中發

〔註47〕陳思和《中國當代文學史教程》，上海：復旦大學出版社，1999 年，第 190 頁。

出，如何依據關係展開或被限制」〔註48〕的性別歷史狀況，並努力把被塑造的、被建構的聲音和女性自己的聲音區別開來。

搖滾女歌手詩人，是歌壇上異軍突起的一隻隊伍。她們充分利用「搖滾神話」去踐踏這個神話，唱自己的歌，去顛覆很多被男性既定的文化陳規。比如，近年來我們終於看到了女性搖滾打破了這個對「花」的定式意義。姜昕的《我不是隨便的花朵》（姜昕作詞，虞洋作曲，姜昕原唱）就是一個佳例。

> 在那裡我才找到真正的自己
> 於是我知道自己不是隨便的花朵
> 只為夢幻的聲音而綻放
> 雖然一切就像流水奔騰不復返
> 那些聲音不會枯萎

這朵「不隨便的花」，是一朵拒絕凋零的花，拒絕既定命運的花。女性「真正的自己」是花朵，但不是專門被男人擺弄欣賞的花朵，而是為夢想而「綻放的花朵」。儘管女歌手仍擺脫不了「花」的意象，但至少表達出了一種女性自我肯定的「以花抗花」的現代意識。

女搖滾歌手詩人張淺潛的《另一種情感》（張淺潛作詞作曲並原唱）也力圖表現出一種反抗。歌手似乎有些戲弄文化規約性中代表「男性氣質」的「英雄氣概」，歌詩在嘲諷和讚美之間給出了一個模糊答案，結果讓男女感情變成了「另一種情感」：不是一般情歌中聲嘶力竭的渴望與懷念，或者是抱怨與責怪，而是女性的獨立意識。

> 昨晚你怎麼來到我的夢裏面
> 相對無語陌生又安全
> 我想賦予你英雄的氣概
> 可它會在哪兒為我真實的存在

張淺潛的歌詩具有克里斯蒂娃說的特殊的語言力量，能夠發出「語言的內部驅動力……我們可以看到詩的語言經濟學，而在這個詩語言經濟學中，一元的主題將找不到它的立身之地」。〔註49〕歌詩的這種詩性功能是一種拒絕和分

〔註48〕K.林克萊特《釋放自己的聲音》，轉引自《不同的呻吟——心理學理論與發女發展》，卡羅爾·吉利根著，肖薇譯，北京：中央編譯出版社，1999年，第19頁。

〔註49〕朱迪斯·巴特勒《性別麻煩：女性主義與身份的顛覆》，宋素鳳譯，上海：三聯書店，2009年，第109頁。

裂，它使文化的定式意義分裂和增衍，它破壞單一意指，來演繹藝術的異質性別傾向，導向多元意義，可以說這是語言內在力量對性別文化秩序的報復。

女搖滾歌手詩人同樣借助情歌的呼喚話語方式，來達到這個邊界。主流文化所支持的文化，不可能得力於另一種形式的文化，而只能來自文化本身被壓抑的被宰制的力量，來自構成文化所掩蔽的女性性別異質性。

中國搖滾音樂的成長史，也是一部搖滾人的心靈史。不難發現，當這些搖滾樂隊誕生的時候，他們各自的命名就極富意味。「1989」、「面孔」、七合板、不倒翁、黑豹、唐朝、輪迴、鮑家街、呼吸、面孔、眼鏡蛇、超載、指南針、威猛樂、自我教育、寶貝兄弟、紅色部隊、譯樂隊等等。

命名是一種體認，是一種風格，更是一種音樂理念和精神追求。談到「呼吸」樂隊的命名，隊員高旗說：「其實最早想到這個名字，可能就是希望音樂象空氣一樣人由我們來呼吸，來產生一些感受，讓你有中新鮮的感覺，希望我們的音樂能夠新鮮，而且看上去有獨具一格的風格，就取名為『呼吸』。」〔註50〕

搖滾到底是什麼？搖滾人說不清，道不明，對他們來說，只是一種感覺，從接受到體驗的感覺，是某種撞擊心靈的東西，搖滾是一種身體和心靈行為。從另一個向度看，搖滾樂之所以能撞擊心靈，是因為有一個期待的心靈被撞擊，這是一種雙向選擇。中國的搖滾樂的開始是在接受西方搖滾樂和臺灣校園歌曲中開始的。但是，卻和搖滾人的審美視野融合，否則，搖滾樂就不會被選擇、被利用、被發展。然而，當搖滾人身臨其中時，對搖滾最初的感覺也應著差異的感受變得具體而個人化了。

「搖滾是一種表達方式和一種生活方式。」〔註51〕原不倒翁樂隊鼓手李季這樣說。搖滾「就是一種完全敞開、完全空白的感受。」〔註52〕輪迴樂隊主唱吳桐這樣認為。搖滾確實是一種性靈感受，它沒有抽象化的概念（比如精神），也沒有太泛化的描述（比如自由），它是一種「敞開」和「空白」，是一種狀態，是一種過程，在「敞開」和「空白」的前過程中，其實暗藏著一種「閉合」一種「堵塞」，潛意識中，不管從身體還是心靈都需要一種擺脫，身心的擺脫。所以，對搖滾樂的研究，應該是一種前文本研究，即人們為什麼需要搖

〔註50〕陸凌濤李洋《吶喊為了中國曾經的搖滾》，桂林：廣西師範大學出版社，2003年，第168頁。

〔註51〕陸凌濤李洋《吶喊為了中國曾經的搖滾》，桂林：廣西師範大學出版社，2003年，第11頁。

〔註52〕陸凌濤李洋《吶喊為了中國曾經的搖滾》，第16頁。

滾？「我的聽覺，我的生理本能需要這種聲音。」〔註53〕歌手鄭均這樣描述他的第一次聽搖滾的感受，「第一印象是覺得他十分真實，非常直接，沒有任何修飾，沒有任何虛偽的外殼。」〔註54〕這就是人們期望從搖滾中得到的感受，一種直接而真實的力量。

搖滾的變向，以及與娛樂歌曲結合而成為城市民謠，最早出現在 1993 年。由於歌詩的複雜意義及特殊的演唱和流傳方式，搖滾本身很難傳唱，因此，這種被稱為「城市民謠」的新歌式出現。它有點類似西方的「柔性搖滾」（Soft Rock），在中國漸漸向大眾靠攏。

1993 年 6 月 1 日，在廣州一個「追憶逝水流年」的晚會上，當地的民間音樂組織「音樂公社」的幾個樂隊展現了他們的創新作品，其中有來自暨南大學的中國第一支大學生搖滾組合 No Name，演唱了《牽著你的手》、《木棉花香》、《夢的抉擇》、《最後一次》等自創歌曲，誠樸自然，充滿童真。「有人將他們的風格歸於城市民謠和搖滾，更有人稱之為新音樂、明天的音樂、我以為這些都無關緊要。他們不別自羽為精英，搖滾也沒有專利、重要的是他們可以自由抒發真實的情感，唱出年輕的心跳。」〔註55〕與其說他們屬於城市民謠，更確切地說，是校園民謠。真誠地表現自己，可以說是搖滾帶給中國歌風最直接的影響。

從搖滾的「搖」到民謠的「謠」到底有多遠？很難有人描述清楚。也許，歌曲一旦進入流行，也不別說清楚。但它最早預示著中國的搖滾風格在變。「動聽，耐聽」，追求音樂的入耳，乃是流行的必要元素，然而，歌詩中的價值趨向，依然可以深化的。

1993 年，艾敬推出《我的 1997》，同年「嚴肅音樂流行化」的討論在首都各報展開。

1994 年被成為中國民謠年。

> 新民謠，由於它的規模化和有效的新聞操作，成了 1994 年最引人注目的創作的新動向……關於新民謠，必須說明的是，在 1994 年有兩種在音樂概念和操作上實有所不同的創作及製作群體同時存在。其中一支以「新民謠」為自己的新聞標誌，另一支則以『校園

〔註53〕陸凌濤李洋《吶喊為了中國曾經的搖滾》，第 17 頁。
〔註54〕陸凌濤李洋《吶喊為了中國曾經的搖滾》，第 19 頁。
〔註55〕徐意《浮出海面》，《羊城晚報》，1993 年 6 月 4 日。

> 民謠』唯自己的新聞標誌……無論是「新民謠」還是「校園民謠」，
> 無論是從新聞操作上還是作品上，仍然可以感到強烈的文化氣息和
> 文化動機，仍然有著強烈的製造市場和文化反叛的痕跡。〔註56〕

「文化氣息」，「文化動機」，「文化反叛」，金兆鈞用這三個關鍵詞似乎對搖滾變體的一針見血。同時也準確第指出了搖滾音樂變體的兩種主要路向。校園民謠和新民謠，或者城市民謠，作為這些命名的背後，不只是音樂的風格的變化，還有精神傾向的偏移。

1994 年大地公司推出《校園民謠》，黃小茂、老狼、高小松廣為人知，《同桌的你》成為 1994 年流傳最廣的歌曲之一。正大公司還推出了郁東專輯《露天電影院》。郁冬是「校園民謠」歌手，其歌曲寧靜、空靈，富有浪漫氣息，深得大學生得喜愛。

在 1994 年出現，謝東 RAP 演唱因在《某某人》演唱《笑臉》，成為「城市民謠」帶頭人，《中華民謠》強調了這種風格，成為他第二首流行金曲。

1994 年 1 月 22 日，由北京漢唐文化發展公司主辦得 94」新民謠新歌試聽會，可以說，這項活動推動了硬搖滾向城市民謠的變化。「如果說重金屬過分強調了人與現實的分裂、衝突，那麼新民謠則詩情畫意地表達初人與自然的完美融合。」

更為引人注目的是，此次歌手均來自民間，他們所吟唱的歌曲皆為自己創作。因而，音樂作品中蘊含的民間文化內涵極深，觸及到許多現實生活中令人深思的問題，並抒發出鬱結於心靈的情愫。」〔註57〕從這樣的評價中不難看出，搖滾的精神已經在新民謠中變體延伸。歌手們在音樂表現力上還不夠老道，但歌詩寫得都相當棒，映像出很深的文化內涵。

陳小奇和李海鷹的個人作品演唱會分別在北京和廣州舉行，他們將這類融合的城市民謠演繹的更為精緻。李海鷹自己作詞作曲，由著名歌手劉歡演唱的作品《彎彎的月亮》，陳小奇作詞由偶像歌手毛寧演唱的《濤聲依舊》。前者將中國歌曲的傳統的表現手法，結合現代情感，後者是將中國古典詩歌意境化為現代風格的成功典範，詞曲結合近乎完美，風格典雅，都顯示出厚重的文化內涵。

1994 年 6 月，魔岩文化公司推出了何勇、張楚、竇唯三人的首張專輯《垃

〔註56〕金兆鈞《光天化日下的流行》，北京：人民音樂出版社，2002 年，第 180 頁。
〔註57〕北京漢唐文化公司編《中國流行歌曲 20 年紀事 1986～1996》，第 152 頁。

坆場》、《孤獨的人是可恥的》、《黑夢》，市場反應強烈。他們被傳媒稱為「魔岩三傑」，打出的旗號是「新音樂」。所謂新音樂，從歌詩方面來說，其實是換了一種姿勢來審視社會和周圍。它們少了崔健《新長征路上搖滾的》的吶喊與嘶鳴，取而代之的是傾訴和尋問，「有沒有希望，有沒有希望」，與其是詢問自己，還不如是在詢問社會。樂評人金兆鈞讀出了其中深刻的東西。「這是我認定的新音樂群落的價值。因為他們至少敢於以同等的力度表達同樣的軟弱，但承認軟弱本身是一種強大的向前行進的力量。」〔註58〕

1999 年 3 月在唐山舉辦「1999 中國新音樂展示會」，有「No」，「蒼蠅」「胡嗎個」「盤古」等樂隊參加。

1995 年出現了詩人陸憶敏作詞、何訓田作曲的《阿姐鼓》專輯。此歌輯用藏族民歌改寫，風格上的宗教祈禱調子非常接近西方 80 年代末興起的「新時代」（New Age）音樂，這張碟在西方很受歡迎，吸引的聽眾主要也是 New Age 的聽眾。

2001 年雪村轟動一時的《東北人都是活雷鋒》是 RAP 與城市民謠結合，雖然頁也被稱為「音樂評劇」。

2001 年度出現了搖滾自己的「排行榜」，由《通俗歌曲》雜誌主辦，評出「舌頭」為最佳硬搖滾樂隊，最佳重金屬樂隊唯「痛苦的信仰」，最佳另類樂隊為「廢墟」以及最佳流行樂隊「果味 VC」，而《自由音樂》和《我愛搖滾樂》專門的搖滾雜誌在河北石家莊向全國發行。1999 年《自由音樂》的宣傳詞為：「最嚴屬的文字，最真切的情感，最尖端的搖滾。音樂只是手段，自由才是目的。」進入新千年後，民謠的創作隊伍不斷增加。出現了很多優秀的創作者，如郁冬、王磊、黃金剛、楊一、朴樹、尹吾、鍾立風、胡嗎個、周雲蓬、萬曉利、小河、蘇陽、李志等人，他們的商業效應遠不及一般娛樂明星，但無論是在傳媒界還是在音樂界，他們的藝術性和思想性一直受到稱讚。

2007 年 4 月 5 日，北京星光現場音樂廳舉辦《十三月唱詩班》的啟動儀式，當天萬曉利演唱了顧城的《墓床》、子曰樂隊演唱了李亞偉的《我在雙魚座上給你寫信》、周雲蓬演唱了海子的《九月》、張緯緯演唱尹麗川的《山水》等。他們把歌詩當作詩歌進行創作和吟誦，在歌詩創作和歌曲吟唱中實現「詩樂合一」的藝術追求與「天人合一」的人生境界，同時也以「興、觀、群、怨」的詩經傳統踐行著自己對社會的責任。

〔註58〕金兆鈞《新音樂群落的新姿勢》，《精品購物指南》報，1995 年 1 月 13 日。

周雲蓬是其中典型的一位。這位的 9 歲失明後學會彈琴、寫詩的歌手，出版有詩文集《春天責備》，唱片有《沉默入迷的呼吸》《中國孩子》《牛羊下山》等，2009 年這位盲人歌手，策劃民謠合輯《紅色推土機》，並將其銷售所得用於幫助貧困盲童。他的作品《中國孩子》既具有悲憫的傳統情懷，又具有現代尖刻的諷刺精神。而在他的《牛羊下山》專輯中，他將李白的《關山月》、杜甫的《杜甫三章》、孟郊的《遊子吟》、李煜、納蘭性德的《長相思》、無門禪師的《頌》、劉禹錫的《烏衣巷》、《竹枝詞楊柳青青》、以及自己《草木深》、《冤家》、周雲蓬的歌《不會說話的愛情》合為一個專輯，成全了一次現實對歷史的訪問。

> 日子快到頭了　果子也熟透了
> 我們最後一次收割對方從此仇深似海
> 從此你去你的未來　從此我去我的未來
> 從此在彼此的夢境裏虛幻的徘徊
> 徘徊在你的未來
> 徘徊在水裏火裏湯裏冒著熱氣期待
> 期待更好的人到來　期待美的人到來
> 期待往日我們的靈魂軀體它重新回來

和周雲蓬一樣，大多數的民謠歌詩都取材於民間，如川子的《幸福裏》、《我要結婚》、楊一的《烤白薯》、《粵北小鎮》、郁冬的《露天電影院》、鍾立風的《在路旁》、胡嗎個的《婚前協議》、宋冬野的《董小姐》、《悲了傷的老王》、《佛祖在一號線》等等。

> 董小姐　你嘴角向下的時候很美
> 就像安和橋下清澈的水
> 董小姐　你才不是一個沒有故事的女同學
> 愛上一匹野馬　可我的家裏沒有草原　這讓我感到絕望

但這些作品會在特定的文化群中形成共鳴，民謠的歌詩創作從民間獲得靈感和源泉，儘管他們的流行音樂描寫了民間淳樸的感情、傾訴了民間的苦難與不平，但其傳達出來的東西卻是一種不同於民間的思考和判斷，也是一種非民間的對社會和世界的叩問與反思。從這個角度來看，中國的民謠創作要比流行音樂更加深刻，但也很難為大多數人所接收和喜愛，更難以廣為傳唱，甚至也很難形成一定的音樂文化影響，但它的受眾卻遠不如搖滾樂和流行音樂多。

他們把音樂作為一種人生態度，一種生活方式，不迎合主流聽眾而改變自己的音樂取向與價值判斷，更不會盲目地崇拜主流音樂文化。因此，中國的民謠創作雖然是民間立場，卻絕不迎合「民間」，只做自己喜歡的音樂作品。這也是他們很難被主流音樂文化接受，被大眾廣泛關注的一個重要原因。

　　除了作為搖滾的一種變體外，中國城市民謠還一個重要源頭，就是 70 年代從中國臺灣傳來的校園歌曲。20 世紀 70 年代臺灣興起了鄉土文化運動，胡德夫與楊弦、李雙澤等人推動了被稱為整個華語流行音樂啟蒙運動的民歌運動。他們自己作詞作曲，並將餘光中、徐志摩等詩人的詩作，比如《鄉愁四韻》、《民歌》、《江湖上》、《鄉愁》、《民歌手》、《搖搖民謠》、《小小天問》等，「配以旋律傳達民族主義的熱情，呈現一種對歷史、文化中國的懷想」。他們於 1975 年 6 月 6 日在「現代民謠創作演唱會」上，「演唱了這些被人稱為根本不能唱的詩」〔註59〕。

　　民謠的歌眾最初主要以大學和中學學生為主，是年輕校園歌眾對未來世界想像的一種方式，但現在它成為大眾流行歌曲的主流。主要原因在於，它的主題比搖滾寬泛，歌唱純真的年代、豐富的愛情、現代人內心的苦悶，以及生活中的不滿等，這些都會引起成人的共鳴。所以本來以青少年為接受主體的體式，也就自然成了最強有力的大眾性歌曲體式。加上由於流行歌曲的滲透，一些硬性搖滾，也變得「城市民謠化」，各種歌的界限就變得模糊。

　　民謠的體式從主題到風格上不斷在發展。早期的民謠，充滿著濃烈的原始鄉愁與人生感慨，比如胡德夫的《匆匆》：

　　　　初看春花紅，轉眼已成冬匆匆，匆匆一年容易又到頭，韶光逝
　　去無影蹤
　　　　人生本有盡，宇宙永無窮匆匆，匆匆種樹為後人乘涼，要學我
　　們老祖宗
　　　　人生啊，就像一條路一會兒西，一會兒東匆匆，匆匆
　　　　我們都是趕路人，珍惜光陰莫放鬆匆匆，
　　　　匆匆莫等到了盡頭，枉歎此行成空
　　　　人生啊，就像一條路一會兒西，一會兒東匆匆，匆匆

　　在中國校園中影響較大的是羅大佑作詞作曲的《童年》。80 年代初，此歌流傳到中國大陸時，它呼喚的歌眾絕不只是少年兒童。童年是一種回憶，更是

〔註59〕重返 61 號公路《遙遠的鄉愁》，北京：新星出版社，2007 年，第 44 頁。

一種夢想，對歷史來說，「逝去」的不僅是時間意義，還是文化意義。物質豐富的文明社會正在讓心靈遠離自然，所以唱起這首歌，使人們有著重返純淨、天真的童年的願望。

> 池塘邊的榕樹上知了在聲聲地叫著夏天，
>
> 操場邊的秋韆上只有蝴蝶還停在上面，
>
> 黑板上老師的粉筆還在拼命吱吱喳喳寫個不停，
>
> 等待著下課，等待著放學，等待遊戲的童年。

80 年代，羅大佑的出場不僅對中國臺灣歌壇，而且對大陸歌壇都很有意義。這個被樂壇譽為「教父」級的人物，把知識分子式的思辨和社會批判帶入娛樂歌曲的創作領域，他從 1979 年發行的首張專輯《之乎者也》，作品中就多了風花雪月的滄桑，多愁善感的深沉。他的歌曲不僅帶動了一批知識分子音樂人，而且創造了一大批大學生歌眾，尤其是一批出生在 60、70 年代的年青人，他的作品幾乎成了校園學生吉他上的精靈。《戀曲 1980》《戀曲 1990》《東方之珠》《是否》《光陰的故事》《一樣的月光》等，都是流傳廣泛的歌曲。

90 年代的臺灣，還湧現了一批歌詩人，他們基本都能自己作詞、作曲並演唱，其中有鄭智化，他的《水手》等作品敘說成長的叛逆，青春的迷茫，展現了一種獨特的傷痕美。李宗盛的作品，歌詩生活化、口語化，音樂樸實無華，關注現實人生，關心普通人的人生體驗，正如他在歌詩裏寫的：「在愛情中痛苦，在名利中追逐，怎樣才能面對存在內心的衝突，是不是讓步？」表現出一種樸素的平民關懷。另外還有黃舒駿、周治平、童安格、齊秦、瘐澄慶、伍思凱、陳昇、張洪量等音樂人，他們的作品大多以表現愛情為主，但從歌詩和曲調上，都唱出了自己的風格。比如童安格的《其實你不懂我的心》，歌詩將一種愛而不能，離而不捨的愛情心理表現得細膩、深情。伍思凱的《特別的愛給特別的你》，唱出了愛情的複雜心態，齊秦的《大約在冬季》，建構了一個美麗的「此情可待」童話，而另一首《外面的世界》，其中的歌詩「外面的世界很精彩，外面的世界很無奈」成了現代人生活的寫真。

90 年代，在大陸很快掀起了一輪校園民謠風，大陸的詞作者似乎比臺灣詞作者更要關心成長主題。歌手詩人老狼作詞作曲並演唱的這首《同桌的你》時，歌中的「我」與「你」身份標誌已經很模糊，學生時代朦朧的初戀情懷已經變成一份略帶感傷的回憶，老狼將這份歌聲帶出了校外，讓不再年輕的心因為回憶而變得溫暖。每個人都多少有過「初戀」，這首校園民謠正是通過分享

著大眾經驗，得以流傳。

　　艾敬的一首《我的 1997》被譽為城市民謠的開端。它將個人的歷史、社會的歷史融為一體，用一種娓娓道來的歌謠味唱出了自己和社會的困惑。

　　　　我的音樂老師是我的老爸，二十年來他一直待在國家工廠。

　　　　媽媽以前是唱評劇的，她總抱怨沒趕上好的時光。

　　　　少年時我曾因歌唱得過獎狀，我那兩個妹妹也想和我一樣。

　　　　我十七歲那年離開老家鄉瀋陽，因為感覺那裡沒有我的夢想。

　　　　我一個人來到陌生的北京城，還進了著名得王昆領導下的東方。

　　　　其實我最懷念藝校的那段時光，呵，可是我的老師們並不這麼想。

　　　　憑著一副能唱歌的喉嚨呵，生活過得不是那麼緊張。

　　　　我從北京唱到了上海灘，也從上海唱到曾經嚮往的南方。

　　　　我留在廣州的日子比較長呵，因為我的那個他在香港。

　　　　什麼時候有了香港香港人又是怎麼樣？

　　　　他可以來瀋陽，我不能去香港。

　　歌名《我的1997》，因為「我」這個限制語，「1997」這個歷史年份變得相對私人化。歌詩鮮明的敘事風格實際上是在敘述個人生活史。個人的小歷史又疊印著大歷史背景，相互滲透、顯現，甚至交織著矛盾、困惑。在艾敬的歌聲中，歷史是有場景和寓意的，「老崔的重要市場」、「紅磡體育場」、「梅豔芳」，「大紅章」，香港的「香」伴著對戀人的感受，充滿了誘惑和感傷。她的歌詩傳遞了個人和歷史的雙重「滄桑」。

　　民謠是一個包容性很強的歌曲體式，搖滾作為一種力量和風格被民謠和娛樂歌曲吸收，它歌詩內容寬泛，沒有居高臨下的俯就姿態，情感接近普通人的心理，通常旋律優美動人，音域不寬，順耳易唱，所以成為最普遍的歌曲流傳種類。歌詩也與搖滾一樣，很少寫成淺俗的情歌，因此，與一般的娛樂情歌區分相當清楚。

中篇　歌詩的文體批評

第一章　歌詩的多元文本性

第一節　歌詩的多功能性

　　「『體』者乃應時而生之物」〔註1〕。「歌詩」一詞最早見於《左傳・襄公十六年》，云：「歌詩必類」，是個動名詞，指先秦外交場合賦詩言志的詩歌演唱〔註2〕。如同《墨子・公孟篇》中「誦詩三百，弦詩三百，歌詩三百，舞詩三百」中的「歌詩」。《莊子・大宗師》中也用到「歌詩」一詞，主要指鼓琴而歌〔註3〕，是與現代「歌詩」概念相當的是「歌詩」中的被演唱的「詩」。

　　「歌詩」從動名詞變成一種文體始於漢代，是與賦對應的。在《漢書・藝文志》中，班固就從歌唱的角度分「詩賦五類」，最後一類為「歌詩」。

　　從中國歌詩發展來看，「歌詩」包括了從《詩經》《楚辭》、樂府、詞、曲等所有入樂的詩詞作品。再從歌詩的每個時代的發生來看，都和當時的禮樂制度密不可分，也就是說，歌詩的發展都基於每個時代的各種社會功能的需要。

　　嚴格意義上，任何語言都可以入歌，任何題材也都可以入歌。歌詩是個複合體裁，歌詩之所以成為歌詩，是就其用途而言的。因此，歌詩文體研究本身並不

〔註1〕孫康宜《詞與文類研究》，北京：北京大學出版社，2004年，第1頁。
〔註2〕《春秋左傳・襄公十六年》：「晉侯與諸侯宴於溫，使諸大夫舞，曰『歌詩別類！』齊高厚之詩不類。荀偃怒，且曰『諸侯有異志矣！』使諸大夫盟高厚，高厚逃歸。於是，叔孫豹、晉荀偃、宋向戎、衛甯殖、鄭公孫蠆、小邾之大夫盟曰：『同討不庭。』」
〔註3〕《莊子・大宗師》：「子輿與子桑友，而霖雨十日。子輿曰『子桑殆病矣！』裹飯而往食之。至子桑之門，則若歌若哭，鼓琴曰：『父邪！母邪！天乎！人乎！』有不任其聲而趨舉其詩焉。子輿入，曰：『子之歌詩，何故若是？』」

複雜。對文本本身來說，任何文本在釋讀壓力下，都可以成為多層意義的綜合。但歌詩在此又呈現特殊性，它介於文學的核心與邊緣之間，介於詩歌與非詩歌之間，介於無目的審美與實用功能之間。「歌唱」是人類表情達意最普遍的行為，也是最原始卻又最強烈的情感表達方式，它又是情感和意義的雙重載體。

歌詩最能顯性這種多元文本性以及它的多功能性。雖然它依附語言載體，但它傳遞的信息，遠遠超過了語言本身。雖然我們可以說，任何文本都是文化的，也都是多元的，但歌詩更是如此。因為歌詩從來不是「自足」的文本，甚至不可能有此假定，歌詩的存在方式就注定它是複合多元的。

從歌詩文本功能性上來看，它可以是一個文學文本，也可以是一個歷史文本，甚至是一個政治文本，或者一個純粹的社會功能文本，當然更多的是幾種功能集於一身。

第二節　文學性文本

歌詩與詩最接近，歌詩和詩歌邊界模糊。在很多民族的很長歷史中，歌便是詩，二者部分，許多民族詩歌史的很大部分，也就是歌詩史。

「樂」向「歌」的滲透，不僅是文人自娛的一種方式，也是表徵自己詩學才華的一種途徑。唐代薛用弱《集異記》中記載著名的「旗亭畫壁」即是一個例子〔註4〕。「開元中詩人，王昌齡、高適、王渙之齊名。時風塵未偶，而遊處略同。一日，天寒未雪，三詩人共詣旗亭，貰酒小飲。忽有梨園伶官十數人，登樓會宴。三詩人因避席隈映，擁爐火以觀焉。俄有妙妓四輩，尋續而至，奢華豔曳，都冶頗極。旋則奏樂，皆當時之名部。王昌齡等因私相約曰：「我輩各擅詩名，每不自定甲乙。今者可以密觀諸伶所謳，若詩入歌詩之多者，則為優矣……」

詩本身有傳播的趨向，但非歌之詩，只能通過個人閱讀，為歌之詩，傳播方式的社會性就強烈得多，因為歌唱具有鮮明的表演性質，用「我對你唱」的基本表意格局來催動「你」應和。所以把詩當歌寫，或者把歌當詩寫，都是作者在詩、歌和社會之間獲得認同的一種手段。

〔註4〕唐代薛用弱《集異記》中記載的旗亭畫壁趣事，「開元中詩人，王昌齡、高適、王渙之齊名。時風塵未偶，而遊處略同。一日，天寒未雪，三詩人共詣旗亭，貰酒小飲。忽有梨園伶官十數人，登樓會宴。三詩人因避席隈映，擁爐火以觀焉。俄有妙妓四輩，尋續而至，奢華豔曳，都冶頗極。旋則奏樂，皆當時之名部。王昌齡等因私相約曰：「我輩各擅詩名，每不自定甲乙。今者可以密觀諸伶所謳，若詩入歌詩之多者，則為優矣……」。

　　然而，好詩未必能成為一首好歌，這是由歌詩作為一種體裁特殊性要求決定的。換句話說，只有滿足了「歌」的條件，詩才有可能成為歌詩。一首好的歌詩必須「出樂為詩，入樂為歌」。在這裡，我們要承認的是，歌詩可以是一個詩性文本，是一首詩。

　　例如 20 世紀初李叔同的歌詩座屏《春遊》，無論從意境和語言的韻味，都是一首好詩，而最初它的確是作為歌而作的，但它如果脫離音樂，它的文學價值依然存在。

　　再比如被譜上現代音樂的古典詩詞，李之儀的《我住長江頭》蘇軾的《赤壁懷古·大江東去》，李清照的《一翦梅·月上西樓》，還有當代詩人的詩作，如餘光中的《鄉愁》，海子的《九月》，顧城的《墓床》等，它們本來就是文學文本，因為後來被填曲，作為歌詩來傳唱，並成為一個時期的創作。比如這首《鄉愁》：

> 小時候　鄉愁是一枚小小的郵票　我在這頭　母親在那頭
>
> 長大後　鄉愁是一張窄窄的船票　我在這頭　新娘在那頭
>
> 後來啊　鄉愁是一方矮矮的墳墓　我在外頭　母親在裏頭
>
> 而現在　鄉愁是一灣淺淺的海峽　我在這頭　大陸在那頭

再如這首海子的《九月》，並民謠歌手詩人周雲蓬譜曲：

> 目擊眾神死亡的草原上野花一片
>
> 遠在遠方的風比遠方更遠
>
> 我的琴聲嗚咽　淚水全無
>
> 我把這遠方的遠歸還草原
>
> 一個叫木頭　一個叫馬尾

　　由於具有鮮明的文學藝術性，在這類文學性文本基礎上譜成的歌曲，被譽為「藝術歌曲」，並不是說「藝術歌曲」不能流行，只是從音樂和歌詩語言上來說，這類作品比一般歌曲更注重語言藝術，音樂表現，但大部分為歌而創作的詞，功能分類目的很清楚。

第三節　歷史性文本

　　任何藝術作品都帶有歷史的痕跡，都可以成為一種隱性的歷史文本，但歌詩作為一種特別的文體在於，它的歷史性非常清晰。一個時代有一個時代的歌，歷史時代在歌中留下特別深的痕跡。歌詩可以在短小的篇幅裏重現一段歷

史，也能在短時間內將記憶帶到歷史深處。歌詩中的歷史可以是社會的，也可以是個人的；可以是公眾的，也可以是個人隱秘的；可以是背景式的，也可以是歷史大事。

劉半農作詞，趙元任作曲的《嗚呼三月一十八》，是為 1926 年「三‧一八」慘案而寫的一首歌。〔註5〕此歷史事件用歌的形式記錄下來。

香港回歸中國是 20 世紀末的一個重大的歷史事件，靳樹增作詞，肖白作曲的《公元一九九七》，也作為記證出現：

> 一百年前我眼睜睜地看你離去，一百年後我期待著你回到我這裡。
>
> 滄海桑田抹不去我對你的思念，一次次呼喚你，我的一九九七。
>
> 一九九七年，我深情地呼喚你，
>
> 讓全世紀都在為你跳躍，讓這昂貴的名字永駐心裏。

「香港」這個詞，並沒有直接出現在這首《公元一九九七》歌詩中，但所有的「周邊暗義」都與香港歸還中國這一歷史事件聯繫在一起，而歌眾的接受意圖也被捲進這歷史事件。從歌詩的內容來說，用「呼喚」、「倒敘」的方式，呈現了一百年來的情感歷史，而「過去」、「現在」、「未來」，在短短的一首歌詩中會合。

歌手艾敬作詞、與埃迪合作譜曲的《我的1997》，因為「我的」這個限制語使「1997」這個歷史年份而變得相對私人化。這首具有敘事性質的歌曲實際上是用歌詩記述個人生活史，而個人的小歷史又疊印在大歷史背景中，於是我們看到的是個人史、社會歷史之間的相互滲透、顯現，甚至交織著的矛盾、困惑。在艾敬的歌聲中，歷史也是有場景和寓意的，「老崔的重要市場」、「紅磡體育場」、「梅豔芳」、「大紅章」，香港的「香」字，伴著對戀人的感受，充滿了誘惑和感傷。在她的歌詩也傳遞著雙重「滄桑」，「他可以來瀋陽，我不能去香港」，對「香港」的好奇、渴望和抱怨也疊印著對「他」的多重感受。

由此，我們看到兩部記述同一段歷史的方式，前一首是社會性的，後一首是個人性的，但是它們都與歷史深深嵌合，歌多少成了社會歷史演變的見證。

歷史在歌聲中不斷被記載、復現、回憶。像歌頌歷史人物的《嘎達梅林》

〔註5〕原歌詩如下：「嗚呼三月一十八，北京殺人如亂麻。／民賊大試毒辣手，／半天黃塵翻血花！晚來城郭啼寒鴉，／悲風帶雪吹呀呀，／地流赤血成血窪。／死者血中躺，／傷者血中爬。嗚呼三月一十八，北京殺人如亂麻。」

《左權將軍》、《春天的故事》《走進新時代》等，回憶歷史片斷的《秋收暴動》《八一起義》《長征組歌》等等。許多歌曲也許不直接歌唱一段歷史，卻生成於某段歷史，就如同《抗日救亡歌》，直接生發於「一二九」運動，《松花江上》源於「九一八」事件，歌被印上時代的社會文化印記。

同樣，歷史在歌曲中的呈現方式也是多樣的，它可以是抒情的，可以是敘事的，也可以是戲劇化的。可以說，任何歌，都是一種廣義的歷史文本，但比起其他藝術門類來，歌和歷史的關聯似乎更為直接、明顯。

第四節　政治性文本

中國的「詩樂」傳統，不僅在於重視「詩」和「樂」這兩個藝術門類，更多地從政治功能出發，強調「詩樂」的結合。孔子道：「興於詩，立於禮，成於樂」〔註6〕。在他看來，音樂不僅僅具有藝術的審美價值，它還具有存在論的意義——只有通過音樂，一個人人格才能達到完成的終極境界。於是「詩，言其志也；歌，詠其聲也；舞動其容也。三者本於心。」〔註7〕「樂辭曰詩，詩聲曰歌。」「詩為樂心，聲為樂體。」〔註8〕「樂以詩為本，詩以聲為用」。〔註9〕這樣，歌詩被讀出許多文本本身並不包含的意義。

「聲音之道，與政通矣。」不管是自律還是他律，「樂」作為藝術的娛樂功能，可以成為上通政治，下達民眾的方式。漢代班固在《兩都賦》中寫道：「既庶且富，娛樂無疆」。音樂和服飾、飲食一樣，作為社會生活中最活躍的成分，且不分社會階層，也不可能被忽視。

事實上，任何文本都捲入到特定的文化政治中，都是廣義的政治文本。這裡只討論歌詩俠義政治文本，也就是政治動員歌。在歌詩中，政治文本最顯著的莫不過是語錄體了。

語錄體歌並非從毛主席語錄開始，在早期的 20 世紀 20 年代，詞曲作家易韋齋就為孔子的語錄譜上淳樸、真摯，且琅琅上口的曲調，這首《天下為公》，在 30、40 年代流傳甚廣。

　　　　大道之行也，天下為公！選賢與能，講信修睦，古人不能獨其

〔註6〕《論語·泰伯》。
〔註7〕《周禮·儀禮·禮記》，長沙：嶽麓書社，1989 年，第 429 頁。
〔註8〕劉勰《文心雕龍·樂府》
〔註9〕鄭樵《通志·樂略第一》，《通志二十略》，北京：中華書局，1995 年，第 883 頁。

親，不獨子其子，使老有所終，壯有所用，幼有所長，寡孤獨廢疾
者，皆有所養。男有分，女有歸，貨惡其棄於地也，不必藏於己，
力惡其不出於身也，不必為己，是故謀閉而不興，盜竊亂賊而不作，
故外戶而不閉，是謂大同。

歌詩來自儒家經典《禮記‧禮運篇》，表達了兩千多年前，孔門子弟對人
類理想社會的追求。歌中「天下為公」的理念和「大同世界」的理想啟發了後
世不少進步思想家和社會改革家。這可以說是現代歌詩史上最早的語錄歌。

20 世紀 60 年代，毛主席語錄歌的出現，是偶然也是必然。《往日如歌》一
書中，用很大的篇幅記載了這個語錄體歌曲誕生的過程。〔註 10〕這些歌詩出自
毛澤東語錄，歌名即為每段語錄的第一句話，例如《領導我們事業的核心力量》、
《爭取勝利》、《革命不是請客吃飯》、《希望寄託在你們身上》、《政策和策略是
黨的生命》、《凡是敵人反對的我們就要擁護，凡是敵人擁護的我們就要反對》
等等。既然讀語錄成為每日功課，成為辯論開篇，當然譜曲傳唱也就順理成章。

這些歌詩文本雖屬純粹的政治文本，我們也並不討論它的存在意義，而是
要證明，任何語言都有作為一種歌詩文本的可能性。

第五節　實用性文本

歌詩進入歌曲並傳唱，審美和實用兩種基本功能就會自然呈現，不同於一
般的藝術門類，很大一類歌詩功用的實用性經常比其他任何一種文體都直接。
古文獻記載的葛天氏「三人操牛尾，投足以歌八闋」的樂舞，就是最好的說明。
先民們歌詠的內容，諸如「敬天常」、「奮五穀」、「總禽獸之極」都是先民們對
自然、對神靈的理解和訴諸期望密切相關，當代歌詩也與當代文化需要密切關
聯。比如，用於儀式，用於宣傳，用於知識傳播等。

儀式功用

是指專為某種場景而設計的歌曲。這種歌詩在風俗歌曲中最為常見。〔註 11〕

〔註 10〕霍長和《劫夫與「語錄歌」》，載於《往日如歌》，朱勝民主編，天津：天津人
　　　　民出版社，2000 年，第 81～90 頁。在此文中，作者詳細記載了「語錄歌」的
　　　　產生、流傳、影響過程，以及相關的人和事件。
〔註 11〕《中國大百科全書》音樂舞蹈卷中，將民俗歌定義為「由傳統習慣支配，在相
　　　　沿積久的特定風俗活動中傳唱，並直接反映改風俗活動基本內容和特徵的異
　　　　類民間歌曲。」並將其分為「季節性風俗歌」和「非季節性」風俗歌。「季節

但隨著文化的變遷，歌曲作為一個歌唱環節，大到一個國家國歌，小到一個普通的生日聚會，都發揮出儀式功能。比如，現代人生日聚會中的《生日歌》：一首歌只有一句歌詩，「祝你生日快樂」，四個略有變化的樂句反覆吟唱，同樣的音樂，在不同的國度裏，用不同的語言，召喚同一種快樂和祝願的氣氛。這可能是全世界最廣泛、最頻繁且最具功用性的歌詩了。

宣傳教化功用

是指主要為傳播口號、規則、規範等具有宣傳教化效果的歌曲。例如《三大紀律八項注意》。原詞是中國第二次國內革命戰爭時期毛澤東為中國紅軍制定的紀律要求，詞作者程坦在此基礎上將其歌詩化，使其成為一首節奏整齊、句式整殤，押韻上口的進行曲風格的歌曲。此歌題目就一目了然表明傳唱的意圖：宣傳、教育。歌唱家王昆曾經回憶這類歌曲的功能作用：「在當時，紅軍也好，還是我們抗日戰爭各個解放區也好，它都是會利用人民當中喜見樂聞的、熟悉的曲調來填上詞進行宣傳，這個很厲害的，所以歌曲用來教育人民、組織人民的力量是非常大的，因為它非常通俗，非常的上口。……直到現在我認為最好的一首歌曲、也是對我教育最大的就是紅軍時期的《三大紀律八項注意》。」〔註12〕

宣傳功用文本，不可避免收到歷史制約，通常他們只流傳於某個特定時期，一旦時過境遷，便成為個人和集體塵封的記憶，很難超越時代流傳。但作為宣傳功用的歌卻不會消亡，每個時代，大到一個國家，小到一個社區，一個生活情境，只要有宣傳的必要，歌將首先被推向此重任。

比如，明代賀欽記載的宴會的歌詩教化功能：「今人於宴會若制為歌詩，辭語明白，不必文飾，令左右人歌之。或父子骨肉間，則說孝慈；或同僚之間，則說彼此勸勉，莫忘公務；或言飲，不可過多；或言醉後威儀，言語當謹慎；或以古之清廉者為勸，或以貪污者為戒，使人於晏樂之時不忘警懼之意，則亦大有益也。」宴會歌詩本來的娛樂功能中包含了強烈的教化意圖。

性風俗歌」，按不同的月份，對應相應的活動，比如，正月的「燈歌」；3、4月春天的「踏青」、「風箏調」；5月仲夏的「龍船歌」；7月的「叫夜歌」；8月的「拜香歌」等等。「非季節風俗歌」包括婚嫁歌、喪歌、祭祀歌以及各種細緻的茶歌、酒歌、宴席歌等等。

〔註12〕中國國際電視總公司、南京電視臺等聯合採編《歌聲飄過80年》，北京：人民音樂出版社，2001年，第45頁。

由此，我們可以發現，歌與詩（以及其他文學藝術）很大的不同之處。儘管任何文藝形式都希望讓受眾感動，希望達到「興觀群怨」目的，但歌曲卻是希望歌眾傳唱，也就是採取行動把意動功能社會化，將歌變成歌眾自己的意動表意。

知識傳播功用

是指主要為傳播某種知識而創作的歌曲。歌詩的啟蒙教育尤其重要，這一點在明代也有清楚的記載。崔銑記錄的當時童子之學，云：「其行：愛親、敬長、事師；其役：灑掃應對；其藝：習禮、誦書、學字、歌詩。」歌詩是每日必修課程，「令群立歌詩，一人倡之，眾乃和之。詩用《孝順》三十章及邵子《子養親》六章，漸進之《二南》及《鹿鳴》」。歌詩教育是針對少兒「喜呼呶而少舒徐，樂佻達而少雍遜」而設，而教學目的是通過歌詩「可以泄其呼呶而移之祥定」。

中國傳統文化中，一直有著「格物致知」傳統。最早的歌集《詩經》，並不只是強調「興、觀、群、怨」的審美功能，也沒有忽視「多識於鳥獸草木之名」的致知作用。因此有學者甚至讚譽它為「百科全書」。據三國吳人陸璣的《毛詩草木鳥獸蟲魚疏》統計，全《詩經》所涉及的動植物共有 150 種，其中草類 52 種，木類 36 種，鳥類 23 種，獸類 9 種，蟲類 20 種，魚類 10 種〔註13〕。後來清代學者徐雪樵作了進一步的研究，發現《詩經》所載的動植物總數更多，共計 355 種〔註14〕。其中鳥類就有 38 餘種：黃鳥、鵲、雀、燕、雁、流離、烏、鶉、雞、鴞、鴇、晨等。草本類計有 88 餘種：荇、葛、卷耳、苜、蘩、蕨、薇、藻、茅、葭、蓬、瓠、荰、菲、荼、薺、等。另外也有學者考證，各種樂器 26 種，其中，屬於土石製品的有：缶、塤、癮、磬。屬於金屬製品的有：鍾、鏞、鉦、南。屬於竹製品的有：笙、簫、瘙、管、簧、篪、癱。屬於木製品的有：癲、圉。屬於綜合製品的有：琴、瑟、鼓、賁、瘦、雅、應、田、癮。〔註15〕

〔註13〕 轉引自康曉城《先秦儒家詩教思想研究》，臺北：文史哲出版社，1988 年，第 188 頁；陸璣、毛晉《毛詩草木鳥獸蟲魚疏廣要》，上海：商務印書館，1936 年。

〔註14〕 參見王柯平《流變與會通——中西詩樂美學釋論》，北京：北京大學出版社，2013 年，第 1～25 頁。

〔註15〕 寧勝剋《「詩經」中 26 中樂器的文化解讀》，《江西社會科學》，2007 年第 2 期。

　　這種傳統在當代歌詩也有傳承，尤其是兒童歌曲中，比如嚴惠萍作詞的
《爺爺叫我學中醫》：

　　　　什麼滋陰好？山藥滋陰好，什麼能補陽？鹿茸補腎陽，什麼能
補血？

　　　　當歸能補血。什麼怯風寒？怯寒有生薑。馬蘭莧，地綿草，痢
疾腹痛療效強，桂枝、芍藥、灸甘草，《傷寒雜病》第一方。

　　　　爺爺教我學中醫，家中常聞藥草香，他說診病辨寒熱，治病重
在調陰陽。

　　　　輔佐整齊「四君子湯」，千古名方「六味地黃」，

　　　　三顆棗，三片薑，祝願天下都安康。

　　這樣的歌謠體將中國的中藥醫道用就簡單而朗朗上口的詠唱方法，傳遞
了出來。實際上，在中國歌曲史上，第一個女作曲家和女合唱指揮家周淑安，
她在 30 年代出版《兒童歌集》（1～4），共 58 首種，就有其中像《雨》這樣別
致的知識性的兒歌。這類最早通過兒歌傳播科學知識的歌，很能滿足孩子探討
世界的好奇心。

　　歌詩是以社會功能為主導的藝術文本。歌曲文本最能顯現這種多元文本
性以及它的多功能性。雖然它依附於語言載體，但它傳遞的信息，遠遠超過了
語言本身。雖然我們可以說，任何文本都是文化的，也都是多元的，但歌曲更
是如此。因為歌曲從來不是「自足」的文本，歌曲的存在方式，就注定它是複
合多元的，它的功能是意動的，也就是要求歌眾被歌觸動，從而採取某種行動，
或產生某種情感。

　　歌詩的多功能型，決定了歌詩文本的多種可能性，歌詩作為特殊的文體，
它存在的意義超越了文字和文學的範疇，它承載文化功能的意義也遠遠超過
了純粹的文學審美意義，這是不入樂之詩無法企及的，無詞的音樂也無法達到
此效果，這都是由「歌」的特殊本質所決定的。

第二章　歌詩的「歌性」

第一節　歌詩中的「姿勢語」

　　錢鍾書《管錐編》第一冊，討論《毛詩正義》，其 38 則論《伐檀》中提出「達意正亦擬聲，聲意相宣」。錢鍾書旁徵博引，提出一系列真知灼見，挑戰《文心雕龍》的純擬聲解釋。《管錐編》這條筆記相當長，是一篇單獨論文，非常值得研究語言藝術的同行重視。〔註1〕錢鍾書指出：用語音擬聲與擬意，是兩種完全不同的修辭方式。用語音擬聲，是正常的語言功能；用語音擬意，卻是一種特殊的用法：錢鍾書稱之為「為達意而擬聲」。

　　劉勰在《文心雕龍·物色》篇中曾用「屬采附聲」來概括詩經中的擬聲。他列舉以下《詩經》例子：「『灼灼』狀桃李之鮮，『依依』盡楊柳之貌。『杲杲』為日出之容，『瀌瀌』擬雨雪之狀，『喈喈』逐黃鳥之聲，『喓喓』學草蟲之韻。」錢鍾書認為劉勰舉的大部分例子，是擬聲類聲，即「象物之聲（echoism）」。他補充了一些《詩經》擬聲類聲例子：《盧令》之「盧令令」，《大車》之「大車檻檻」。《伐木》之「伐木丁丁」，《鹿鳴》之「呦呦鹿鳴」，《車攻》之「蕭蕭馬鳴」，《伐檀》之「坎坎伐檀兮」，等等。但他指出：擬聲類聲，實際上是語言的常規功能。「稚嬰學語，呼狗『汪汪』，呼雞『喔喔』，呼蛙『閣閣』，呼汽車『嘟嘟』，莫非『逐聲』、『學韻』。無異乎《詩》之『鳥鳴嚶嚶』、『有車鄰鄰』」。

　　錢鍾書指出，詩經中相當多的例子，包括劉勰舉的一些例子，根本不是擬

〔註1〕《錢鍾書集·管錐編》，（第一冊上卷），北京：三聯書店，2002 年，第 230～231 頁。以下討論引錢鍾書語，均出自此文。

聲類聲，而是擬聲達意，兩者完全不同，劉勰卻沒有加以區分。純擬聲，與「『依依』、『灼灼』之『巧言切狀』者，不可同年而語。劉氏混同而言，思之未慎爾。象物之聲，而即若傳物之意，達意正亦擬聲，聲意相宣（the sound as echo to the sense）〔註2〕，斯始難能見巧。」

錢鍾書接著列舉了中國詩歌中聲音與意義的關係數種例子，「有聲無意」，「有意無聲」，以及「有意有聲」。〔註3〕

關於「有聲有意」，他舉了一個非常有趣的例子：《新安文獻志》甲卷五八選錄江天三《三禽言》……第三首《鳩》云：「布布穀，哺哺雛。雨，苦！苦！去去乎？吾苦！苦！吾苦！苦！吾顧吾姑。」〔註4〕這既是擬「禽語」之聲，更是代這隻雨中鳩鳥作歌，一再重複的聲音，形成了超越擬聲，也超越「苦」字本身語義的一種情態——鳥鳴聲作歌，重複擬聲包涵著感情。

錢鍾書說的中國古代歌詩中的「擬聲達意」，擬聲超出了聲音的字面意義，就很接近西方文論家所說的「姿勢語」。

1952年，美國詩學家R.P.布拉克墨爾提出了「姿勢語」詩歌文體的概念，它與錢鍾書提出的詩學命題「擬聲達意」遙相呼應。布拉克墨爾的解釋是：「語言由詞語構成，姿勢由動作構成……反過來也成立：詞語形成動作反應，而姿勢由語言構成——語言之下的語言，語言之外的語言，與語言並列的語言。詞語的語言達不到目的時，我們就用姿勢語……可以進一步說，詞語的語言變成姿勢語時才最成功。」〔註5〕

為什麼「詞語的語言變成姿勢語時才最成功」？布拉克墨爾的說明似乎不可捉摸。為此，他作了進一步的闡述，「語言中的姿勢，是內在的形象化的意

〔註2〕「擬聲達意」此語的英文，在《管錐篇》1979年版為「sound an echo to the sense」，1986版同。在2002年三聯版《錢鍾書集·管錐編》中改為「sound as echo to the sense」。2002版才是正確的。

〔註3〕錢先生舉了三種同樣是寫鈴聲的詞句：
一為「有聲無意」，例如《高僧傳》引羯語「替庚岡，侚禿當」，漢語有聲無意。
二為「有聲有意」：「蘇軾《大風留金山兩日》：「塔上一鈴獨自語，明日顛風當斷渡」，馮應榴《合注》引查慎行曰：「下句即鈴聲也」……鈴不僅作響，抑且能「語」。
三為「言意而不傳音」，如唐彥謙《過三山寺》：「遙聽風鈴語，與亡話六朝」。第二種是利用漢語同音詞，作雙關語。

〔註4〕《錢鍾書集·管錐編》，（第一冊上卷），北京：三聯書店，2002年，第231頁。

〔註5〕R. P. Blackmur, Language as Gesture, Essays in Poetry, Westport (CT): Green wood Press, 1952, pp. 35～64。此引語下面各引語，均出自此文。

義得到向外的戲劇的表現。」此時「文字暫時喪失其正常的意義，傾向於變成姿勢，就像暫時超過了正常意義的文字。」至此，語言「擺脫了文字的表面意義而成為姿勢的純粹意義。」這個解釋，依然模糊，卻大致提出了姿勢語的定義：它是詩歌語言的一種特殊效果，這種語言「喪失」字面意義，但是超越字面意義，變成一種姿勢。

　　布拉克墨爾認為，現代詩人往往用特殊手法，解脫語言的字面語義，使詞句「消義化」，成為純然的姿態。布拉克墨爾舉的例子是莎士比亞《麥克白斯》中著名臺詞：「明天、明天、明天……」，以及李爾王的詞：「決不，決不，決不，決不，決不，……」布拉克墨爾說，如果改成「今天，今天，今天……」和「是的，是的，是的，是的，是的，……」字面意義完全不同，而「姿勢意義」卻依然相近。因為這裡「文字已擺脫了字面意義而成為姿勢。」另一例是《奧賽羅》中伊阿戈勸羅德里繼續追求苔絲，在短短的一段臺詞中，七次重複使用「把錢放在你的口袋裏」，布拉克墨爾認為，「在這裡，錢字累積起來，成為罪惡的象徵。莎士比亞重複使用，寫出了罪惡不斷勾引、不斷疊加的姿態。

　　姿勢語是一種「讓文字拋開正常意義」的特殊修辭手法，布拉克墨爾的討論一直被認為奧玄晦澀，錢鍾書從詩經談起，例子比較親切，但是依然難懂，至今沒有學者闡釋擬聲達意的重要性。但是一旦結合歌詩進行討論，一旦看到這是詩與歌詩的接合部的特殊現象，歌詩中才是真正充滿了姿勢語，我們就會豁然理解這個看來頗為複雜的概念。

　　詩和歌同源，這個起源有大量擬聲，但是擬聲大部分不是為了達意，也就是說，不一定是姿勢語。當詩歌發展出過於複雜的語言結構後，姿勢語才成為詩歌語言超越自身，趨向音樂性這個理想境界的一種途徑。中國詩歌史上，詩屢次迴向歌詩，每次回到歌詩，就會接受許多擬聲達意，吸收更多的姿勢化方式。

　　錢鍾書關於「擬聲達意」的解釋，布拉克墨爾關於姿勢語的解釋，尤其他們舉的例子，讓我們看出，用擬聲方式，來丟棄或超越詞句字面意義，主要有兩種途徑：一是重疊複查。布拉克墨爾舉出的是莎士比亞劇本中的若干例子，但是在中國歌詩中，重言疊字一直用得很多。此時意義是次要的，語句的聲音，突出人物的激憤情緒；二是「非語義化」地使用擬聲贅詞。在一定場合中，語義被解脫了。布拉克墨爾舉的是現代詩人特意設計的詩句，而在記錄下來的中國歌詩中，從《詩經》，到元曲，到現代歌詩，使用贅詞，尤其是長串贅詞，

是一個重要的「擬聲達意」途徑。這兩種途徑,下面將分別討論。

古歌詩的疊字

漢語不是拼音語言,記錄語音的細微變化,有其難處。而《詩經》記錄歌詩,用語簡潔,有可能淘汰了不少古漢語難以摹寫的語音因素。這給我們研究古漢語詩的姿勢語帶來困難,春秋時代各地歌謠,想必有比現在能見到的更加大量「前語言」的擬聲。現在詞語已經十分精簡的《詩經》,擬聲語彙之豐富,遠遠超過後代的詩歌。可以想像,如果不是「刪削詩三百」〔註6〕的孔子有比較開明的態度,書面記錄的《詩經》恐怕就會丟失現在我們看到的大量擬聲詞。

對先秦兩漢歌詩中大量的疊語重言或聯綿字,不少學者做過仔細研究。朱廣祈的《〈詩經〉雙音詞論稿》對此做了系統歸納,他認為,「《詩經》中的重言從詞性上看應該都是形容詞。但重言與一般的形容詞不同,它不直接說明事物的性質或狀態,而只是以重疊的音節來朦朧地烘托出事物的態貌。」〔註7〕朱廣祈說的「朦朧地烘托出事物的態貌」就已經指明了姿勢語的存在。

大衛・馬森在《詩中的聲音》一文中說:「語音的重疊模式似乎是人類的一種本能。這種疊音自發地出現在各種場合:嬰兒學語、某些自然語言、情感強烈的時候、咒詞、諺語、誓言、禱告、甚至是廣告之中。現存原始部落的歌曲也顯示出某種重疊的結構:疊句、疊詞、疊音,不過這些特徵已經風格化了。」

葉舒憲在談到「重言」詞時,曾列舉了 20 種《詩經》用於形容「憂心」的疊字〔註8〕。摘抄部分如下:

> 我心慘慘。《大雅・抑》;憂心炳炳。《小雅・頍牟》;憂心奕奕。《小雅・頍牟》;憂心殷殷。《小雅・正月》;憂心欽欽。《秦風・晨風》;勞心博博兮。《檜風・素冠》;憂心惙惙;《召南・草蟲》,憂心忡忡。《召南・草蟲》。

〔註6〕司馬遷《孔子世家》:「古者《詩》三千餘篇,及至孔子,去其重,取可施於禮義,上采契、后稷,中述殷周之盛,至幽厲之缺,始於衽席。」此即孔子刪詩之說。但是孔子是否真有刪詩的事,把三千多篇古詩,大量的刪削,只留下三百零五篇,後代一直有人懷疑。王充《論衡・正說》的解釋是:「《詩經》舊時亦數千篇,孔子刪去重複,正而存三百篇所謂『刪去重複』。這也就是《史記》上說的「去其重」,所謂「正而存三百篇」就是經過校勘訂正的本子是三百篇。我們今天所看到的《詩經》,即是經過孔子的整理。從文獻學的角度來看,孔子對《詩》的確做過搜集整理的工作。
〔註7〕朱廣祈《〈詩經〉雙音詞論稿》,鄭州:河南人民出版社,1985 年,第 46 頁。
〔註8〕葉舒憲《詩經的文化闡釋》,武漢:湖北人民出版社,1994 年,第 362 頁。

　　《爾雅·釋訓》認為「殷殷、惸惸、忉忉、博博、欽欽、京京、忡忡、慅
慅、炳炳、奕奕」，種種疊字都是一個意思：「憂也」。但是其中只有一部分（慘
慘，忡忡等）在現代漢語中保留了下來，成為實詞，描寫心情，其餘各種《詩
經》放在「憂心」後面用不同的重言，「博博」、「欽欽」之類，當初以及今日，
都沒有「憂心」的意義，只是對「憂心」狀態的一種語音模擬。這樣的擬聲達
意，就成為超出詞句之外的姿勢語。

　　應當注意的是：《古詩十九首》與魏晉南北朝文人詩（例如王融《思公子》），
受《詩經》影響，疊字重言依然很多，但是「擬聲達意」的姿勢語漸漸減少。
《古詩十九首》中，12 首用了疊聲字。例如《迢迢牽女星》中有 6 個重言詞：

　　　　迢迢牽女星，皎皎河漢女。纖纖擢素手，札札弄機杼……盈盈
　　一水間，脈脈不得語。

　　隨著語言發展，一部分擬聲達意的重言漸漸取得實義，即朱廣祈所說的
「直接說明事物的性質或狀態」。馬茂元《古詩十九首初探》中解釋說：「『迢
迢』是星空的距離，『皎皎』是星空的光線，『纖纖』是手的形狀，『札札』是
紡機的聲音。『盈盈』是水的形態。詞性不同，用法上極盡變化之能事。」〔註
9〕除了紡機聲音「札札」純為摹聲之外，其他都具有相應的實詞意義，後世變
為現成的詞語搭配。只有「脈脈」形容彼此相視的情態，依然保留著部分擬聲
達意成分，不過在現代漢語中，「含情脈脈」已經成為實詞狀語，姿勢性質就
減弱了。

宋詞元曲的疊字

　　這種擬聲詞變成實詞的過程，很難避免。這時的擬聲達意，已經不會超越
詞句意義。但是後世新的民間歌曲，又會創造新的擬聲達意詞。保留早期詞形
態比較多的敦煌詞曲子詞，大多為無名歌詩家所作，我們又見到大量疊字。例
如這首《菩薩蠻》：

　　　　霏霏點點回塘雨，雙雙隻隻鴛鴦語。灼灼野花香，依依金柳黃。
　　盈盈江上女，兩兩溪邊舞。皎皎綺羅光，輕輕雲粉妝。

　　它們原先是歌曲中的疊字，為歌唱時的感歎，但是成為歌詩的特殊風格。
晚唐五代時詞的興起，是由於民間詞的推動，因此許多文人詞保留大量重言。
韋應物《調笑詞》：「河漢，河漢，曉掛秋城漫漫。愁人起望相思，江南塞北別

〔註 9〕曹旭《古詩十九首與樂府詩選評》，上海：上海古籍出版社，2002 年，第 23 頁。

離。離別。離別，河漢雖同路絕。」這裡一連兩個離別，已經成為詞牌要求。王建《調笑令》，戴叔倫的《轉應曲》，詞牌名稱變了，很可能自同一詞牌演化出來，都沿用了這個疊詞格局。可以想像，在當時的歌曲中，重疊反覆的擬聲表情效果非常重要。

到了元曲中，又出現大量疊字，《子雲鄉人類稿》舉出多種，很多在後世已經實詞化，例如活生生，醉醺醺，虛飄飄，慢悠悠，鬧哄哄，文謅謅，粗刺刺，香濆濆，花簇簇，等等，為日常漢語所吸收，不再是姿勢語。但是有大量疊字，至今讀來依然非常別致，生動有「姿」：

死搭搭，怒吽吽，實辟辟，熱湯湯，冷湫湫，黑窣窣，黃晃晃，

白灑灑，長梭梭，軟太太，密拶拶，混董董〔註10〕

葉舒憲認為，這些疊字的運用，「不能說與《詩經》所代表的上古口語慣例沒有淵源關係」〔註11〕。他的意思是：元曲巨大數量的疊字實際上是《詩經》疊字「擬聲達意」遺風。不過我們可以看到，元曲用疊字，讀來更生動，這很可能是元代記錄歌詩的方式更加忠實於歌唱所致。但是一旦記錄下來，也就形成了一種新的文體。

姿勢語不一定出自民間歌詩，傑出的詞人也會獨出機杼，用創新的方式使語言解脫字面意義。

宋代石孝友的《卜算子》：

見也如何暮。別也如何遽。別也應難見也難，後會無憑據。

去也如何去。住也如何住。住也應難去也難，此際難分付。

陳廷焯《白雨齋詞話》卷八謂其集句諸調「皆脫口而出，運用自如，無湊泊之痕，有生動之趣。」其中「也」字，一再加載於重言之上，從而突出歎惋之情。這是典型的「擬聲達意」。陸游的《釵頭鳳》也有異曲同工之妙。

紅酥手，黃縢酒，滿城春色宮牆柳。東風惡，

歡情薄。一懷愁緒，幾年離索。錯、錯、錯。

春如舊，人空瘦，淚痕紅浥鮫綃透。桃花落，

閒池閣。山盟雖在，錦書難託。莫、莫、莫！

李清照的《聲聲慢》，用連續疊字，迫使已經實詞化的重言，重新得到越出詞句義的姿勢：

〔註10〕殷孟倫《子雲鄉人類稿》，濟南：齊魯書社，1985年，第287～288頁。

〔註11〕葉舒憲《詩經的文化闡釋》，武漢：湖北人民出版社，1994年，第385頁。

　　　　尋尋覓覓，冷冷清清，淒淒慘慘戚戚。⋯⋯梧桐更兼細雨，到
　　黃昏點點滴滴。

　　文人詩沿用已經成為習語成語的疊字，本身並不一定有姿勢，王又華《古今詞論》略云：「晚唐詩人好用疊字語，義山（李商隱）尤甚，殊不見佳。」「如《菊詩》：『暗暗淡淡紫，融融冶冶黃。』亦不佳。」李清照《聲聲慢》「起法似本於此，乃有出藍之奇。蓋此等語，自宜於填詞家耳」。

新詩中的疊言

　　現代詩人，也用各種方法創造擬聲達意的姿勢語。最早的中國新詩之一，郭沫若的《鳳凰涅槃》，超越語義直指姿勢的趨向，已經很明顯：

　　　　一切的一，和諧。

　　　　一的一切，和諧。

　　　　和諧便是你，和諧便是我。

　　　　和諧便是他，和諧便是火。

　　　　火便是你。

　　　　火便是我。

　　　　火便是他。

　　　　火便是火。

　　這樣的詩句，不需要，也不可能一句句索解，詞語巡徊往復，意思說無似有，給讀者的感受，是詞句本身的意義無法表達的一種宏大氣勢。

　　應當說，不是每個詩人都有這樣的自覺企圖。但是有的詩人不僅有實踐，而且有理論。同是創作社詩人，穆木天的《落花》其中有不少重言。因為是現代漢語，疊詞也成了雙音節相疊：

　　　　啊　不要驚醒她　不要驚醒了落花

　　　　任她孤獨的飄蕩　飄蕩　飄蕩　飄蕩在

　　　　我們的心頭　眼裏　歌唱著　到處是人生的故家

　　　　是人生的故家　啊　寂寂的聽著落花

　　詩本身可能不很精美，但是穆木天的理論解釋很有意思。他說他的意圖是「排除句讀」，因為「句讀把詩的律、詩的思想限狹隘了⋯⋯詩越不明白越好」〔註12〕。他說的「排除句讀」也就是儘量排斥文字意義，而向音樂靠攏，暗示

─────────────

〔註12〕穆木天：《譚詩──寄沫若的一封信》，《創造月刊》第 1 卷第 1 期。

詞語無法表達的「不明白」的意思。

> 中國現在的詩是平面的，是不動的，不是持續的。我要求立體
> 的，運動的，在空間的音樂曲線。我們要表現我們心的反映的月光
> 的針波的流動，水面上的煙網的浮飄，萬有的聲，萬有的動：一切
> 動的持續的波的交響曲。〔註13〕

從上面這段詩學宣言中，我們可以明顯讀出他自覺地想追求一種姿勢，所謂「持續的波的交響曲」，不是詞句意義本身所能達到，而是一種音樂境界。如何達到這種境界？從他的詩中看，大量的疊語複沓，至少是他心中的途徑之一。

宋詞元曲中的贅詞襯字

疊語複沓不是唯一的姿勢化途徑，布拉克墨爾舉的例子中，就有斯蒂文斯似乎全由無意義詞組成的詩句。表面無意義的詞，就是所謂贅詞，即好像沒有意義的聲音，看來不必要的語氣詞。

中國歷史上的口語歌詩一直有贅詞，沈括稱贅詞為「和聲」。《夢溪筆談》卷五：「古樂府皆有聲有詞，連屬書之，如曰『賀賀賀、』『何何何』之類，皆和聲也……唐人乃以詞填入曲中，不復用和聲」。朱熹稱贅詞為「泛聲」。《朱子語類》：「古樂府只是詩，中間卻添許多泛聲。後來人怕失去那泛聲，逐一聲添閣實字，遂成長短句，今曲子便是。」

沈括和朱熹都看到，這些「類聲姿勢語」，會漸漸格式化，使「齊言」的詩變成長短句的詞，失去姿勢效果。文學史上漢代四言到五言的發展，晚唐七言句向長短句發展，卻是這種「填實」的結果。詞牌中《南歌子》、《何滿子》、《浣溪紗》、《浪淘沙》、《采桑子》等，原來可能都是齊言詩，後經有填實泛聲、和聲而成為長短句。

但是同時，新的「贅詞」也不斷從歌曲中冒出來，進入書面詩歌。它們在語句中並沒有實體意義，經常可以形成新的姿勢語。

應當說，歌唱時必然有大量贅詞，只是因為漢字記錄簡略，很少寫下來。我們現在能看到的歌唱贅詞，以元曲的最為突出，元曲中贅詞稱為「襯字」。「襯字」即曲律規定必須的字數之外所增加的字，它不受音韻、平仄、句式等曲律的限制。這些最初為唱歌所加入的襯字，可能第一次以書面形式入詩。不少文學史家甚至認為，曲與詞的區分，主要是贅詞：有贅詞為曲，無贅詞為詞。

〔註13〕穆木天：《譚詩——寄沫若的一封信》，《創造月刊》第 1 卷第 1 期。

這類「襯字」在元曲中大量存在。鄭光祖《倩女離魂》第四折《古水仙子》歌詩，是好例：

> 全不想這姻親是舊盟，則待教襖廟火刮刮匝匝烈焰生。將水面上鴛鴦忒楞楞騰分開交頸，疏刺刺沙轤雕鞍撤了鎖鞚，廝琅琅湯偷香處喝號提鈴，支楞楞爭弦斷了不續碧玉箏，吉丁丁璫精磚上摔破菱花鏡，撲通通東井底墜銀瓶。

這裡有的是擬聲，例如「支楞楞爭弦斷」，但是有的是達意，如「鴛鴦忒楞楞騰分開交頸」，達意的才是姿勢語。馬致遠《黃粱夢》第四折的一首《叨叨令》歌詩：

> 我這裡穩丕丕土炕上迷颩沒騰的坐，那婆婆將粗刺刺陳米喜收希和的播，那寨驢兒柳陰下舒著足乞留惡濫的臥，那漢子去脖項上婆娑沒索的摸。你則早醒來了也麼哥，你則早醒來了也麼哥，可正是窗前彈指時光過。

連串贅詞用得極妙，沒有一處是為擬聲而擬聲，都是擬聲達意，姿勢化效果非常突出。

符合布拉克墨爾所說的「避開了語言的傳達功能，從而創造了情緒的等價物」。

這兩例，可以說是文人曲中創造性地使用襯字最出色的例子：贅詞與疊字珠聯璧合，語言的姿勢效果躍然欲出。王國維《宋元戲曲史》中寫道：「獨元曲以許用襯字故，輒以許多俗語，或以自然之聲音形容之，此自古文學上所未有」〔註14〕。元曲中保存下來當年歌詩中的大量贅詞，使元曲至今讀來比任何朝代的詩詞更生動。

現代歌詩中的贅詞襯字

與我們上面考察的中國詩史情況相同：現當代的姿勢語首先出現於歌詩中；在現代歌詩中，我們又可以看到大量的「擬聲達意」贅詞。最早的中國現代歌詩之一，已經出現這種「無語義」語句。比如，易韋齋作詞、蕭友梅作曲的《問》。龍七作詞，錢仁康譜曲的《春朝曲》：

> 聽聽，聽聽，枝上鳥鳴，嚶嚶，嚶嚶，嚶嚶。
> 聽聽，聽聽，枝上鳥鳴，嚶嚶，嚶嚶，嚶嚶。

〔註14〕王國維《宋元戲曲史》，上海：上海古籍出版社，1998 年，第 48 頁。

> 一輪紅日射窗明，爭開桃杏，妝點春美景。
>
> 爭開桃杏，妝點春美景。
>
> 醒醒，醒醒，莫戀春衾，誤了前程，誤了前程！
>
> 醒醒，醒醒，莫戀春衾，誤了前程，誤了前程！

甚至，田漢作詞的《義勇軍進行曲》，現在用作國歌，也有明顯的姿勢語：

> 冒著敵人的炮火，前進！前進！前進進！

最後的「進」字明顯是超出了字面以外的贅詞，其「擬聲達意」之自然，姿態與主題之切協，令人忘記這個詞實際上不講究也不拘泥於語義，「從語言中解脫出姿勢」。

當代大量的抒情歌曲中出現贅詞，此類例子太多，僅舉《草原晨曲》中的一行：

> 啊哈呵咿！草原千里滾綠浪，水肥牛羊壯。

「啊哈呵咿」，在漢語中不表示意義，但放在歌曲中，除了蒙族民歌的風格指向，還有延展草原的寬闊的姿勢。

當代歌曲中，音樂人自創的「贅詞」是重要成分。這類詞只有聲音，沒有詞義，卻包含情感姿態。在歌詩和音樂中衍生的力量，不是意義明確的詞彙所能代替的。

周杰倫演唱 RAP 風格的《我的地盤》，被有些批評家讚美為「形式主義革命」：

> 以前的歌詩中，我們已經習慣了聽到一首很清晰的唱詞，通過唱詞我們瞭解歌曲的意義，但這種一貫的傳統……好像無能為力了。〔註15〕

因為其演唱歌曲的吐字風格，含糊不清，傳達的意義被歌唱者有意忽略。這類有意非語義化的演唱，其實是對歌詩作的一種「姿勢」處理。但是也有討論者對歌詩的文體特點並不是很瞭解。例如作家北村說：

> 我們現在流傳的很多音樂，裏面所表達的主題非常空洞，毫無價值，只有刺激，沒有心靈的原始感動。我曾經聽過周杰倫一首歌……「哼哼哈嘿」，是很符號化的，沒有實際意義。〔註16〕

〔註15〕思郁《〈我的地盤〉創作中的形式主義革命》，http://fm974.tom.com，2004 年 8 月 9 日。

〔註16〕2005 年 5 月安徽黃山「網絡情歌歌詩研討會」發言。

　　北村說這是「符號化」，應該說是說對了，這是歌詩語言姿勢化的一種。北村所謂沒有意義的「哼哼哈嘿」，見於周杰倫的歌曲《雙截棍》，原文是「哼哼哈兮」。這是一首出色的念唱風格的歌，歌詩有一種極妙的反諷：一方面是少年人對習到的武功之炫耀，另一方面是對這種誇大的自嘲。「無意義」的「哼哼哈兮」之一再反覆，是前後兩個衝突面反諷的膠合劑，它表達那種主體自覺的遊戲姿態，恰恰不是任何語詞能說清的，卻是歌詩語言姿勢化的獨特魅力。

　　類似風格的有周筆暢演唱的《呃》，除了標題的語氣詞，歌中有大量的擬聲詞「咯嘰咯嘰」，雜在 RAP 式的演唱之中。

　　許自強在其《歌詩創作美學》一書中，將歌詩語言分為「本色語」和「文采語」兩種[註17]。姿勢語可以說是極端的本色語，但它的意義深遠，卻超越了文采語。現代歌詩對個性和風格的追求，顯得相當自由狂放。而對姿勢語的充分挖掘和運用，是這種自由品格的一個重要因素。

　　比如這首歌，姚謙作詞、Maria Montel 作曲的《Di Da Di》：

　　　　才說再見，就開始忍不住想見面。

　　　　哎呀呀！倒數開始，

　　　　di da di 打翻相思。

　　　　da di

　　歌詩相當口語化，尤其是語氣詞「哎呀呀」，和象聲詞「didadi」。後一個詞甚至無法寫成漢語，因為它不是任何語言。

　　這類姿勢語的運用，使歌詩的風格很為獨特。1999 年此歌的演唱者李紋，這個在美國長大的中國香港女孩，以她愛唱愛跳的活潑性格，將一個聰明、調皮又天真的少女和她的羞澀愛情演繹得非常生動。歌詩中「di da di」，與她的表演相彰得益。這首歌 1999 年 2 月在 ChannelV98 獲得華語榜中榜最佳 Music Video 獎，此中姿勢語帶來的歌詩獨特風格不能不算一份貢獻。

　　由網絡歌手王蓉作詞並演唱的《哎喲》，更是充滿姿勢：

　　　　愛喲，哎喲哎喲

　　　　真難愛喲

　　　　愛喲，哎呦哎喲

　　整首歌，「愛喲」與「哎喲」交織，擬聲詞的反覆運用使其意義超過了正常語言，成為具有複雜意義的姿勢語，以此整首歌顯得異類。

〔註17〕許自強《歌詩創作美學》，北京：首都師範大學出版社，2000 年，第 299 頁。

朱樺的《咔》，使這位實力歌手在 2003 年得到意外的成功：

咔，不是吧？輪到你當導演愛就結束啦？

這個「咔」字，中文裏無意義，大部分歌眾不明白，它可能是英語 cut 的音譯，也通常為電影導演用語。〔註18〕但是歌中反覆使用，使人明白這是「一刀兩斷」的意思。只是重複之多，比直說一刀兩斷更為「絕情」。

音樂唱名的姿勢效果

音樂唱名入歌是群眾歌曲中常見的安排，也是另一種姿勢語。音樂二十四個大小調，都可以用七個唱名唱出，「do re mi fa sol la si」，它們代表不同的音高，七個唱名的不合組合，本來就是學歌的方法，從語言轉入唱名，比轉入其他類語言都自然。

例如，由厲曼婷作詞黃征作曲的《把耳朵叫醒》：

這大街上來來往往的紅男綠女，

從不忘帶出門的是面無表情。

我那顆總愛唱歌的心靈，

就也只好兩手一攤坐在路邊休息。

Do do do re mi sol 像風箏呼嘯而去，

sol sol sol si re fa 是落葉輕輕哭泣，

do do do mi sol si 沒有人認真再聽那被遺忘的旋律，

確實我宿命的追尋。

音樂本身含有一種形象性，音自身也帶有「意味」，倫納德・邁爾曾經化很大的篇幅來談論音的「美的意味」，〔註19〕在論證音的運動時，不少音樂理論家也津津樂道。比如楚卡坎德爾認為，認為「音」的動力性，（即多個靜止的音組合構成旋律的動力，）是一種具有「象徵內容的運動」。〔註20〕在這首歌中，Do do do re mi sol 似乎像風箏呼嘯而去，sol sol sol si re fa 或許落葉輕輕哭泣，do do do mi sol si 卻沒有任何可擬的聲音，真是「沒有人認真再聽那被

〔註18〕 中國電影的拍攝初來自西方，所以一些用語也搬自西方，比如，導演喊「開始拍攝！」，會說「camera！」；喊「停止！」會說「cut！」後來才慢慢變為中文發號施令的。所以，這首歌中的「咔」可能就是導演用語的「cut」。

〔註19〕 轉引自渡邊護《音樂美的構成》，張前譯，北京：人民音樂出版社，1996 年，第 136 頁。

〔註20〕 轉引自渡邊護《音樂美的構成》，張前譯，北京：人民音樂出版社，1996 年，第 158 頁。

遺忘的旋律」。樂音之間的上行下行的波動，與後面的每句歌詩形成相互闡釋的效果，從而見出樂音本身的姿勢意味。

50 年代，由牛寶源作詞、王永泉作詞並作曲的《打靶歸來》：

　　日落西山紅霞飛，

　　戰士打靶把營歸把營歸；

　　胸前紅花映彩霞，

　　愉快的歌聲滿天下。

　　mi so la mi so，

　　la so mi do re。

　　愉快的歌聲滿天下。

在這首歌中，音樂唱名的姿勢效果，主要體現作品的主題「愉快的歌聲滿天下」，當文字語言表達不盡的時候，音樂唱名出場，可以言不能之言，歌不能之歌，實際上這是最自然以口唱呈現音樂背景的辦法。

姿勢語與音樂性

贅詞姿勢語，不僅大量出現於當代歌曲中，過去也一直有，只不過沒有像當代這樣自覺地使用。30 年代，關露作詞的《十字街頭》插曲《春天裏》，就有「朗里格朗里格朗里格朗」。40 年代四川民歌《康定情歌》反覆使用「溜溜的」。

我們可以問，去掉這些贅詞，這些歌詩的意義能否依然？顯然，去掉後，歌失去的不僅是風格，而且是其特殊的情緒，別樣的意義勢態。

布拉克墨爾把語言的姿勢效果稱為「音樂性姿勢」：詞或詞組可以通過單純的重複，或重複與其他變化的結合，姿勢化到最後，超越語言，進入「音樂姿勢」狀態。布拉克墨爾認為，「音樂屬性……既是姿勢，音樂的其他屬性不過是表示姿勢的手段。在詩歌語言中，也一樣存在。」〔註21〕

中外許多詩論家都再三強調：詩歌的理想境界是音樂。只是沒有一個人能說清楚，詩的音樂狀態究竟是什麼。錢鍾書的「擬聲達意」，布拉克墨爾「姿勢語」，至少具體指出了通向音樂性的一條具體道路，雖然不一定是唯一的道路。而且，的確這種手法，不斷地從詩與音樂結合的最初狀態──歌詩──中

〔註21〕R. P. Blackmur, Language as Gesture, Essays in Poetry, Westport (CT): Green wood Press, 1952, pp. 60.

湧出，被詩人吸收之後，又把詩帶入新的音樂境界。帶有姿勢的歌詩，豐富而靈活。對歌詩來說，這也是一種開拓和解放，它為歌詩帶來了其他文體無法企及的多種風格可能性，也為歌詩增添了許多「歌性」。

第二節　歌詩中的語言並置

唱歌是最普遍的表情手段，通常一個人獨處時無意識哼歌，比無意識地獨語要多。唱歌不受時空、語言、文化教育程度等任何因素制約。只要有抒發的欲望，聲音便可以從內心發出，哪怕是無詞，只是一種不含明確意義的聲音，但是這種聲音必定是包含情感的。這就是原始歌詩——「類語言」的誕生。它是情感符號，並且與生俱來因生命的律動而含有音韻。原始歌謠以及那些魔咒或「神喻」，都是無意義的語言，是「一種原生的意義、原生的邏輯，一種滲透了情緒和表象的意義，一種含韻在行為與活動中的邏輯。」〔註22〕

古老的戲劇乃至一般的音樂、舞蹈和詩歌都充分利用了這種野性的自然音。比如，希臘人最早的歌舞，美洲西北岸歌唱各種神靈的歌曲。據說，每一種神靈都有一組特定的聲音，像愛斯基摩人的一些歌曲，從頭到尾只是一連串的「阿姆納——哎呀—咿呀」類似音節。我們、甚至他們自己也不知道這種音代表了何種意義，但他們以類語言作為一種接近神靈的手段。

東方民族中的輓歌保留的一些感歎詞，以及讚歌裏喜悅的喊叫、讚美的歡呼等音調，這些至今還伴著一切土著部落的戰爭和宗教的舞蹈，喪葬和喜慶的歌曲。

或許能說，有詞的歌曲是從有音無詞的歌曲逐漸發展而來的。然而歌的產生和歌的演唱處於兩種不同狀態，前者是自發的，情感使然；後者是自娛的，情感和審美雙重要求。

自發狀態的歌唱接近以下的描述：

> 　　原始民族最早的抒情歌謠，總是和手勢與音響分不開的。他們都是些沒有意義的語言，純粹的廢話，在部落的舞會上吟唱，以渲洩由於飽餐一頓或狩獵成功而得到的狂歡。
>
> 　　就在抒情的叫喊聲中，在對饑渴的痛苦的呼喚聲中，後來在燃燒的性慾赤裸裸地表示中，以及在對死亡無可奈何的悲歎中，我們

〔註22〕魯樞元《超越語言》，北京：中國社會科學出版社，1994年，第110頁。

發現了一切高級形式的抒情詩的萌芽。〔註23〕

這種以不成熟的「類語言」自發歌唱的狀態,抒發的是原始而本能的情感,往往有音無義、有情無理、有節奏旋律而沒有語詞邏輯。

自娛狀態的歌唱,已經進入《毛詩序》中的描述,「情動於中而形於言,言之不足故嗟歎,嗟歎之不足故永歌之,永歌之不足,不知手之舞之,足之蹈之也。」這一連串的情感表現,有著遞進關係。「今天我們所說的語言、吟誦、歌唱,其含義正與個人所說的『言』、『嗟歎』、『永歌』相同……由語言而吟誦,由吟誦而歌唱,其間有著一貫的關係。」〔註24〕推動「言」到「嗟歎」到「永歌」這系列動作轉化的內在動力,在宗白華先生看來,是人的內在情感。「邏輯語言,由於情感之推動,產生飛躍,就要『長言之』和『嗟歎之』(如腔和行腔)。這就到了歌唱的境界。」〔註25〕「言」只是最初的表義語言,通過「嗟歎」(加入情感的吟誦),繼而通過「永歌」加入審美的歌唱,達到情感表達過程。在其間,語音的聲調和音樂的聲調逐漸融合,達到一種聲樂境界。

「樂者,心之動;聲者,樂之象;文采節奏,聲之飾也。」〔註26〕先有樂曲後有詩,詩是逐漸脫離音樂而獨立的,理性因素非常明顯,恰如藝術家格羅塞認為:

> 詩歌源於對積極活躍的自然事物的發聲所作的模仿,它包括所有生物的感歎和人類自身的感歎;詩歌是一切生物的自然語言,只不過是由理性用語音朗誦出來,並用行為、激情的生動途徑加以刻畫;詩歌作為心靈的詞典,既是神話,又是一部奇妙的敘事詩,講述了多少事物的運動和歷史。〔註27〕

然而,和詩不同,歌從自發到自娛的過程中,理性審美雖然在增強,但歌詩不必要也不應該過分向語言的審美意義發展,它必須停留或保持住它的表達情感功能,即處於一種「中間文本」狀態。這與人的歌唱需要相一致,因為唱歌總是處於一種自發和自娛混合狀態,沒有「自發」的情感,人就不會歌唱,沒有「自娛」的要求,歌也不會被美化,被當作歌來唱。

〔註23〕H・維爾納《抒情詩的起源》,轉引自《超越語言》,魯樞元著,北京:中國社會科學出版社,1994 年,第 106 頁。

〔註24〕楊蔭瀏《語言音樂學初探》,參見《語言與音樂》,北京:人民音樂出版社,1983 年,第 42 頁。

〔註25〕宗白華《美學散步》,上海:上海人民出版社,1981 年,第 58～59 頁。

〔註26〕《樂記・聲象篇》。

〔註27〕格羅塞《藝術的起源》,蔡慕暉譯,北京:商務出版社,1996 年,第 185 頁。

　　歌詩文體在歌唱實踐中形成，我們可以看到，歌詩從類語言開始，有了音，有了意，並且逐漸明細、複雜。從單純的文體來看，歌詩語言的發展受兩方面制約：一是「歌」的審美化要求；二是「歌」的表情化要求。

　　「歌」從自發表情狀態，到達自覺自娛狀態，意味著「歌」的意義和功能都在發生變化：從原始行為的動詞變成了動名詞，也就是它也逐漸成為一種可審視的藝術品。換句話說，它的功能具有了審美的屬性，不只是純粹的表情達意的工具了。而藝術品的要求必然使歌詩藝術化，藝術化又要求歌詩語言變得更為精巧。格羅塞說，「世界上絕沒有含有詩意或本身就是詩意的感情，而一經為了審美目的，用審美形式表現出來，又絕沒有什麼不能作為詩料的感情。」〔註28〕歌詩就是這樣在審美的需求下向藝術化邁進。

　　當歌詩「精緻化」到一定程度的時候，反過來必定又受到「歌」的原始功能制約，它的發展必須依然以表情達意為基本指歸。在兩種要求的矛盾張力中，如果要保存歌詩作為聽覺語言藝術的效果，二者之間就必須達成妥協。換句話說，詩更多地需要智性語言，歌詩則更多地需要情感語言。

　　歌詩訴諸於聽覺，依據聲音表情達意，聲音是它傳播意義和情感的載體。漢語是表意文字，當他們成為歌詩時，漢語表意文字的優勢並不能顯現，也就是視覺形象意義喪失，只有聲音意義，這和其他拼音文字的功能是一樣的。既然需要在聲音的意義上找到統一，歌詩中各種語言並置就有可能。當不同的語言組合在一起，歌詩張揚的是聲音的意義，歌眾通過聲音的意義和情感尋找一種共鳴，這是歌詩作為聽覺語言的特點和優勢。歌詩可以超越文字和不同語言的藩籬，獲得對表意文字的解放與超越。

　　既然歌詩追逐的是一種情感聽覺語言，所以歌詩語言就顯示出巨大的語言包容並蓄性。它可以在一個時空中，呈現多種語言文本，從語言角度顯示出歌詩文體的豐富與獨特。因此，我們在歌詩種經常可以發現「多聲」或「雜語」並置現象。

　　「雜語」這個概念最早由俄國理論家巴赫金提出，他用「複調」論敘述語言中敘述者語言與人物語言的衝突，用「對話」論文學複雜主體之間的關係，用「雜語」論文化中各種力量的並置與衝突。巴赫金集中討論長篇小說中各種不同社會背景和歷史背景聲音的並行與對抗，最後達到「語言狂歡」。〔註29〕

〔註28〕格羅塞《藝術的起源》，第185頁。
〔註29〕錢中文編《巴赫金全集》，白春仁等譯，石家莊：河北教育出版社，1998年。

巴赫金並未討論歌詩，但是從文體學探討歌詩，我們可以發現歌詩中的雜語並置現象，比詩複雜，因為它可以包括前語言、消語義詞、姿勢語，以及各種背景語言。歌詩是眾生喧嘩的語言狂歡場，它能吸引眾多的人群，不同的背景，不同的身份。歌詩將語言的包容力、感召力發揮到極致。

漢語與少數民族語言並置

　　中國是個以漢族為主的多民族國家，本民族語言是每個人最熟悉的語言，所以從說話到歌唱用自己民族語言是自然的。因為漢語在中國文化環境內的強勢地位，漢語與其他民族語言的並置時，往往漢語部分是基本信息，而少數民族語言是風格性襯詞。在雲南碧江傈僳族曾流傳一首民歌《擺時擺》：

> 帕是威哈里嘿里，毛主席代海馬達，
> 縈縈斯高米里嘿，毛主席代莫米里（哎），
> 馬里比里莫嘿（哎），共產黨代比馬達（啊呀啦依）。

　　歌詩的譯意為，「兒子能和父親分家，我們不能離開毛主席。女兒能和母親分離，我們不能離開共產黨。」在這裡，漢語和傈僳族語言並置，形成了這樣一種特殊的文本。對只懂漢語而不懂傈僳族語言的歌眾來說，只能聽懂「毛主席」和「共產黨」這兩個專有名詞，其接受效果，聲音可能的意義供猜想，反而超過了歌詩的實指語義。

　　由韓紅作詞作曲並演唱的《家鄉》，也有這樣的效果：

> 我的家鄉在日喀則，那裡有條美麗的河，
> 阿媽她說牛羊滿山坡，那是因為菩薩保佑的。
> 藍藍的天上雲朵朵，美麗河水泛輕波。
> 雄鷹在這裡展翅飛過，留下那段動人的歌。
> Hong Ma Ni Ma Ni Bei Mei Hong
> Hong Ma Ni Ma Ni Bei Mei Hong

　　歌詩的上半段是漢語，下半段卻是藏語，類似於祝福和祈禱的語言，這類語言不翻譯反而給人一種神秘感，正如佛事可以由大量梵文原詞一樣。歌手兼詞作者韓紅的成名和她最早演唱這類藏族風格的歌曲有很大關係。在她的歌詩中，用了不少藏族語言。對不懂藏語的歌眾來說，這些異域語言的運用，使歌詩的風格獨特，更增添了聲音本身的神秘意味。

漢語與外語並置

　　這種並置現象近年日益增多，如馮小剛、鄭曉龍、李曉明作詞、劉歡作曲的《千百次的問》：

> 千萬里我追尋著你，
>
> 可是你卻並不在意，
>
> 你不像是在我夢裏，
>
> 在夢裏你是我的唯一。
>
> Time and time again, You asked me，
>
> 問我到底愛不愛你，
>
> Time and Time again, I asked myself，
>
> 問自己是否離得開你。

　　這是 1993 電視連續劇《北京人在紐約》的主題歌。也許是應合電視劇主題的需要，「北京」和「紐約」成了兩種語言和文化的象徵。作品中的故事也寫出兩種文化之間微妙的衝突。此歌將英語和漢語並置到一首歌詩中，既是風格的創新，也是一種文化隱喻。但我們依然可以見到：英語部分只是簡單的引句，漢語依然是歌詩的主體部分。

　　歌詩作品中，英語和漢語並置，尤其在香港歌詩中非常常見，這可能和香港文化的特殊性有關。不同語言並置，不但是歌詩文體的一種新發展，從文化傳播思考，它還與時尚文化有關。越來越多的年輕人說話中夾帶英語詞，這已經成為一種時髦說話方式，歌詩中有英文也就是自然的事了。還有現今流行的「韓流」，時尚也在推動韓語歌曲，以及韓語與漢語並置的歌詩的誕生。

　　在外語歌詩中，日語、意大利語、法語等外來詞、借詞也屢見不鮮，實際上各種語言的歌中都有大量其他語言，漢語歌中出現其他外華語言也就絕非偶然。不同語言的並用，使漢語歌詩多姿多彩。

念唱並置

　　所謂念唱，就是在音樂背景上根據音樂節奏以念代唱。念、唱兩種發音方法雖然使用同一種語言，但帶來的風格和功能卻有很大區別。念的歌詩更傾向敘述，有強烈的敘事色彩，輸出意義較為密集，功能偏向表意，它尋找語言節奏和音樂節奏的統一。而唱的歌詩，更長於抒情，因為「唱」的要求，歌詩輸出較為緩慢。通常根據情感的要求，有意在旋律中增加語音長度，製造延綿舒

展，強化抒情色彩。

　　「念」有多種樣態，《黃河大合唱》中有意安排大規模的「念」是朗誦，《何日君再來》則在兩段歌唱之間突出設計「來來來，先幹了這杯」這樣的念白，使歌詩出現一種「戲劇性真實」，即「錨定」於現實。李子恒作詞、作曲的《有空來坐坐》，是獨白和演唱：

　　（念）朋友越來越多，

　　　　　但是寂寞並不因此而少一點。

　　　　　屋子裏如果沒有朋友來，

　　　　　就感覺自己好像孤零零的站在十字路口一樣。

　　　　　窗外車水馬龍，

　　　　　我的朋友們，

　　　　　想必也在裏面穿梭不息吧，

　　　　　而生活又不情願只有一種感覺而已。

　　（唱）朋友，你是否還寂寞？

　　　　　有什麼傷心話還沒有說？

　　　　　請你有空來坐坐，來坐坐。

　　歌詩展現的是現代人生活中的一種悖論：「朋友越來越多，但是寂寞並不因此而少一點」。這是一個偏重說理的主題：寂寞並不直接來自某種直接的情感，譬如，失戀，相思，孤獨，而是在生活現實的背後轉了很多彎。歌詩的獨白部分承擔了歌的主要意旨，唱的部分只是情感召喚，選擇這樣的一種念唱結合，有效而貼切地達到了詞作者的創作意圖。但這類「念白」，通常並不要求和音樂的節奏統一，不同於現代的「念唱」（RAP）。比如，這首《我想更懂你》：

　　（唱）每次我想更懂你我們卻更有距離

　　　　　是不是都用錯言語也用錯了表情

　　　　　其實我想更懂你不是為了抓緊你

　　　　　我只是怕你會忘記有人永遠愛著你

　　（念）請你聽聽我的真心話

　　　　　你每天看著我長大

　　　　　但你是否瞭解我內心矛盾的對話

　　　　　你板著臉孔不屑的對著我看

　　　　　我的視線沒有勇氣

> 只好面對冷冰冰的地板
>
> 這就是你這就是我我們之間的互動
>
> 何時開始慢慢加以冷藏加以冷凍
>
> 我好想逃我好想躲進一個洞
>
> 我需要真正瞭解我的人為我進行解救
>
> 這就是我的內心請你仔細的剖
>
> 我試過好多次的機會想要觸碰你手
>
> 課本寫說你們應是我最好的朋友
>
> 但是顯然不是我敘述我的故事

在歌曲的開始，是一對戀人簡短的爭吵，然後是以上念和唱的安排，最後又在兩個人和好的笑聲中消除誤解，如此安排的戲劇化雜語並置，形成歌詩特殊的張力。

不同唱法並置

歌的唱法很多，通常有戲曲、美聲、民族、通俗、原生態民歌唱法等，不同唱法的並置，也會形成特殊的效果。例如，戲曲唱法和通俗唱法並置。早在20世紀20年代，瞿秋白作詞作曲的《赤潮曲》，就化入了崑曲的元素。「戲歌」是一種新的歌曲演唱體式，它將戲劇唱法融入現代歌曲中，或者將戲劇唱法和一般現代歌曲的唱法並置，製造傳統與現代融合的特殊效果。

從歌詩來說，戲劇語言是中國傳統文化的一種，戲劇在不同的地方有不同的方言。譬如京劇、崑劇、黃梅戲、越劇、豫劇等等，不同的戲劇語言不僅有不同的發聲方法，而且在遣詞造句上也要照顧戲劇特點。兩種語言並置，對照的效果就很明顯。

看這首由閻肅作詞、姚明作曲的《說唱臉譜》：

（通俗唱法）那一天爺爺領我去把京戲看，

看見那舞臺上面好多大花臉，

紅白黃綠藍，咧嘴又瞪眼，

一邊唱一邊喊，

哇呀呀呀呀，

好像炸雷嘰嘰喳喳震響在耳邊。

（京劇唱腔）藍臉的竇爾墩盜御馬，

紅臉的關公戰長沙，

黃臉的典韋，白臉的曹操，

黑臉的張飛叫喳喳……

喳喳哇……

（念唱）說實話京劇臉譜本來確實挺好看，

可唱的說的全是方言怎麼聽也不懂。

慢慢騰騰咿咿呀呀哼上老半天……

　　三種表達法並用，呈現了一個非常富有文化寓意的歌詩文本。從歌詩主題來看，兩代人同唱一首歌，用歌聲展示現代和傳統的交鋒。通俗歌曲部分是用標準的普通話演唱，歌詩從語氣到語義極富現代性，其他部分用京劇唱腔演唱，不僅語言上富有傳統京劇的戲劇色彩，取材上也很傳統陳舊。最意味深長的是最後一段，被疊加的古典意象「鴛鴦瓦」，「活菩薩」成功地納入現代漢語語境。

　　這樣的不同的唱法元素並置，還有很多佳例，如《北京之夜》，《蘇三起解》等。雜語對抗，最後成為語言狂歡，展現一幅現代社會眾聲喧嘩的場景。

第三節　樂音重建

　　語言和音樂在「聲音媒介」上相通，歌詩作為一種聲樂語言，跨越並擁有了這兩種聲音：可以讀出來，也可以唱出來，唱時出現音節的聲學性延伸。《毛詩序》中描述，「情動於中而形於言，言之不足故嗟歎，嗟歎之不足故永歌之，永歌之不足，不知手之舞之，足之蹈之也。」「言」只是最初的表義語言，通過「嗟歎」（加入情感的吟誦），繼而通過「永歌」加入藝術的歌唱，達到情感表達過程。推動「言」到「嗟歎」到「永歌」這系列動作轉化的內在動力，在宗白華看來，是人的內在情感。「今天我們所說的語言、吟誦、歌唱，其含義正與個人所說的『言』、『嗟歎』、『永歌』相同……由語言而吟誦，由吟誦而歌唱，其間有著一貫的關係。」〔註30〕「邏輯語言，由於情感之推動，產生飛躍，就要『長言之』和『嗟歎之』（如腔和行腔）。這就到了歌唱的境界。」〔註31〕

〔註30〕楊蔭瀏《語言音樂學初探》，參見《語言與音樂》，北京：人民音樂出版社，1983年，第42頁。
〔註31〕宗白華《美學散步》，上海：上海人民出版社，1981年，第58～59頁。

一旦進入歌唱，歌詩就變成了一種特殊的「音」。正如蘇珊·朗格所說：「歌詩進入音樂時，作為一種獨立的藝術品便瓦解了。它的詞句、聲音、意義、短語、形象統統變成音樂的元素，進入一種全新結構，消失於歌曲之中，完全被音樂吞沒了。」〔註32〕蘇珊·朗格說「歌詩完全被吞沒」可能有些過於誇大音樂對歌詩的作用，但至少她說對了一點：歌詩一旦進入音樂曲調，語言就被樂音「重建」了。這一點，中國古人也早就論述過。《毛詩序》道：「情發於聲，聲成文謂之音」。《禮記·樂記》：「樂者，心之動；聲者，樂之象；文采節奏，聲之飾也。」〔註33〕所謂「聲成文」，所謂「文采節奏」，都是指語言被音樂修飾而變形。

宋代的沈括也談到過歌中語言的音樂重建問題，他提出了中國歌唱藝術的一條重要規律：「聲中無字，字中有聲」：

> 古之善歌者有語，謂「當使聲中無字，字中有聲」。凡曲，止是一聲清濁高下如縈縷耳，宇則有喉唇齒舌等音不同。當使字字舉本皆輕圓，悉融入聲中，令轉換處無磊塊，此謂「聲中無字」，古人謂之「如貫珠」，今謂之「善過度」是也。如宮聲字而曲合用商聲，則能轉宮為商歌之，此「字中有聲」也，善歌者謂之「內裏聲」。不善歌者，聲無抑揚，謂之「念曲」；聲無含韞，謂之「叫曲」〔註34〕。

「字中有聲」，即趙元任所說的語言和音樂的四個相通：趙元任認為，語言和音樂的區隔並不嚴格，兩者都有音調的性質，聲調（聲高）的變化，都有音長，音量。在漢語中，語言和音樂之間至少有這四種共同的媒介形式，它們之間並沒有明顯的界限，更像一個統一體。這兩種形式在結構上互相回應。

而「聲中無字」，並不是說歌唱中要把「字」完全取消，而是將字的音節融化在樂音中，即把「字」剖開，化成為「腔」。「字」的清晰表意（直接指稱距離）被否定了，但歌的特殊表意方式在歌唱中得到了充分的表達。取消了「字」（拉長了指稱距離），卻把它提高和充實了，這是一種揚棄，是一種辯證的否定。

戲曲表演裏講究的「咬字行腔」，也體現了這條規律。「字」和「腔」是中國歌唱的基本元素。咬字要清楚，因為語言表達內容。但為了充分的表達，還

〔註32〕蘇珊·朗格《藝術問題》，北京：中國社會科學出版社，1983年，第80頁。
〔註33〕《樂記·聲象篇》
〔註34〕沈括《夢溪筆談》卷五。

要從「字」引出「腔」。就如京劇表演藝術家程硯秋所說，「咬字就如貓抓老鼠，不一下子抓死，既要抓住，又要保存活的。這樣才能既有內容的表達，又有藝術的韻味」。

所以，作為一般語言的歌詩一旦進入到歌唱境界中，它的聲音，甚至意義都被重建了：歌詩就成了一種特殊的表意符號。維特根斯坦說：「音樂的表達方式：不要忘記一首詩不是用在提供信息的遊戲中的，哪怕它是按信息的語言構成的」。〔註35〕

明人王驥德這樣總結，「世有不可解之詩，而不可令有不可解之曲」：

> （歌的）句法，宜婉曲不宜直致，宜藻艷不宜枯瘁，宜溜亮不宜艱澀，宜清俊不宜重滯，宜新采不宜陳腐，宜擺脫不宜堆垛，宜溫雅不宜激烈，宜細膩不宜粗率，宜芳潤不宜噍殺。〔註36〕

清人李漁也認為：

> 文章做與讀書人看，故不怪其深；戲文做與讀書人與不讀書人同看，又與不讀書之婦人、小兒同看，故貴淺不貴深……詩文之詞采貴典雅而賤粗俗。凡讀傳奇而有令人費解，或初閱不見其佳，深思而後得意之所在者，並非絕妙好詞。〔註37〕

這兩個人的評論，是說歌詩（戲曲唱詞）「貴淺不貴深」，要求歌詩語言淺平。因為他們明白歌詩作為一種特殊的文化體裁，它的表意模式對語言品格的要求。

歌詩與音樂曲調的關係，在歌曲研究史上一直存在。劉勰的《文心雕龍》作為中國歷史上最大規模的文學論文，明顯重歌詩文本，而輕音樂文本。其「樂府」第七十一章寫道：「詩為樂心，聲為樂體。樂體在聲，聲師務調其器；樂心在詩，君子務正其文」。至少在南北朝時代文人的眼光中，文詞比音樂對一首歌曲來說遠遠更為重要。

宋代鄭樵提出「聲貴說」，「應知古詩之聲為可貴也」。認為音樂比歌詩「貴」，突出歌曲中音樂曲調感情表現的重要性。他甚至提出「與其達義不達聲，無寧達聲不達義」，明顯更為看重樂曲的審美價值。

在西方，這樣的論爭同樣存在。一種以蘇珊·朗格為代表的「同化論」觀

〔註35〕Ludwig Wittgenstein, Zettel 1945～1948, Berkeley: University of California Press, 1970, p.160.
〔註36〕王驥德《曲律·論用事》。
〔註37〕李漁《閒情偶寄·詞曲部》。

點；另一種以弗朗西斯科‧奧蘭多為代表「融合論」觀點。蘇姍‧朗格在《情感與形式》中指出，唱詞與音樂一旦融於歌曲，音樂即吞噬唱詞，轉化為配樂文本，產生「同化原理」。對這種音樂的同化功能，卓菲亞‧麗莎也有類似論述，「在語言中聲音因素總是伴隨著語義功能的，它幫助詞彙來完成這個功能，而在音樂中，聲音材料基本上喪失了這種功能，即使存在這種功能，那也是通過一種非常侷限的、不完備的方式。」〔註38〕

而語言學家弗朗西斯科‧奧蘭多指出，言語和音樂雙媒介合在一起，實際上是兩種符號系統共存，應該在產生意義互動時，並保留各自原有特點：音樂和歌詩有其各自的意義，並相互影響。當歌詩融入音樂，語詞的意義會影響配器、演奏甚至演唱者對音樂的闡釋，從而會影響音高、音長、音量、音色、風格等音樂因素的表達，反過來，這些因素也會影響詞句的選擇。

從歌詩的效果來看看，奧蘭多的「融入」理論，比朗格的「同化」更能接近歌曲的表意，在歌曲從歌譜轉化為聲音時，語詞會分解、重組，但不會成為冗餘，或許在接受者聽來，聲音優先入耳，歌詩意義在後，但文本接受是合一的，音樂旋律與歌詩意義同時融進聽覺。

法國結構語言學家班維尼斯特（Emile Benvenisite）在 1969 年論文《語言符號學》中指出一個事實，語言與音樂的配置在本質上是不協調的。語言是語義符號系統，而音樂是非語義的，它無法清晰地指稱事物，也無法表達自身以外的事物。這一點與音樂理論家漢斯立克的立場一樣，漢斯立克（Edrard Hanslick）提出：音樂的內容就是樂音的運動形式。音樂並不表達自身之外的事物。〔註39〕相反，「語言文字，則在很大程度上彌補了那些難以抽象的感官知覺在符號系統中的缺席」〔註40〕。

與上述兩位不同，雅可布森（Roman Jakobson）對語言與音樂的關係的論述相對中立。他指出，「顯然，我們幾乎難以發現沒有詩歌的原始文化，似乎有些文化只有口頭唱誦詩體，且聲樂似乎比器樂更為常見。因此，與獨立於音樂的詩歌和獨立於詩歌的音樂相比，可能詩歌與音樂的組合更具原生性

〔註38〕卓菲亞‧麗薩《論音樂的特殊性》，於潤洋譯，上海：上海文藝出版社，1980年，第 24 頁。

〔註39〕愛德華‧漢斯立克《論音樂的美》，楊業治譯，北京：人民音樂出版社，1980年。

〔註40〕馬睿《走出定式與盲點：電影符號學研究什麼》，《符號與傳媒》，第 13 期，四川大學出版社，2016 年秋季版，第 80 頁。

質。」〔註41〕所以，歌曲作為歌詩和音樂的雙文本，可以有更自由的組合，更為彈性的組織規則，二者從而可以組合成更大的篇章單位。雅可布森強調，歌詩中最重要的，並不是絕對的「音調藝術」，而是包括語音質感、格律模式、押韻結構、頭韻、措辭等元素，聯合在一起就構成雅可布森稱之為的「音義內核」，它們具有與一般指稱語言對立的詩學特徵。因為「在指稱語言中，能指與所指之間的聯繫主要取決於語碼的毗鄰性，經常被混而稱之為『言語符號的任意性』。而語音像似性源自人類不同感知模式之間的顯著聯繫，特別是視覺與聽覺經驗之間的聯繫。」〔註42〕

因此，音樂雖然會掩蓋歌詩，但也能通過音樂引發單向而直接的情感及知覺，提高唱詞的感染力，從而能理想地表達和引發情感以及詞彙、詞彙模式和句子的內涵意義，並圍繞其建構情感意義聯想，有效地擴展為樂音、語調、旋律體或和聲音表達等價的情感，同時，節奏音韻等形式，可以組合和劃分詞彙和詞組方式，即通過節奏和音調、聲調和語音轉調、押韻等來呈現詩意。這種理想的狀態，就像狄肯森所描述的，「音樂和詩相互滲透，結合得如此完美，以致每個字都能在一個樂音中找到互相依存的關係，詩句和樂句像孿生子一樣，互相依靠，不可分割……」〔註43〕。

正如明代李東陽的「觀《樂記》論樂聲處，便識得詩法。」〔註44〕其《麓堂詩話》第一條提綱擎領：「詩在六藝中別是一教，蓋六藝中之樂也。樂始於詩，終於律。人聲和則樂聲和，又取其聲之和者，以陶寫情性，感發志意，動盪血脈，流通精神，有至於手舞足蹈而不自覺者。後世詩與樂判而為二，雖有格律，而無音韻，是不過為排偶之文而已，使徒以文而已也，則古之教，何必以詩律為哉？」〔註45〕「體用相宣」實歌詩理想，恰如任半塘的論述「按原則詩與樂必相表裏，大處互準，而小處則聲可就辭。不能謂歌辭之凡由聲定辭者，

〔註41〕丁達・格雷《跨語碼翻譯：歌劇唱詞與配樂》，賈洪偉譯，轉引自《語言符號學通訊》，2015 年第 4 期，第 37 頁。

〔註42〕Roman Jakobson, Selected Writings, vol.4, Slavic Epic Studies, Mouton de Gruyter, 1966, p.231.

〔註43〕E・狄肯森《歌曲的藝術——音樂與詩的關係》，葛林譯北京：人民音樂出版社，1980 年，第 11 頁。

〔註44〕李東陽《麓堂詩話》，見丁福保編《歷代詩話續編》下，中華書局，1986 年，第 1372 頁。

〔註45〕李東陽《麓堂詩話》，見丁福保編《歷代詩話續編》下，北京：中華書局，1986 年，第 1370 頁。

便是『以末汨本』。聲，非末也；相表裏，非相汨沒也。心之求一，在於求詩與聲之體用相宜，而不在於一心主文，求體不求用也。」〔註46〕

歌詩與音樂之間的複雜關係，除了內部的聲音特質關係外，歌詩與音樂曲調的關係不僅僅是一種互相配合的關係，也會還存在著互相協作，甚至對抗的可能。

漢代的嵇康的《聲無哀樂論》提出，純音樂無所謂哀樂，只有和諧和不和諧的區別，也就是說，聲無哀樂，詞有哀樂。感情的哀樂會在歌詩和表演中表現，而不是在音樂中。而很早宋代沈括在其《夢溪筆談》中就提出詞與音樂二者密切配合，音樂的曲調所表現的情感應與歌詩的情感內容相對應，主張「聲詞相從」，反對填詞中「哀聲而歌樂詞，樂聲而歌怨調」，「故語雖切而不能感動人，由聲與意不相諧故也。」

歌詩與音樂的關係，在實際創作中上非常複雜。一詞多曲，一曲多詞的現象並不少見。除了古代詞的同一個曲牌，不同詩詞外，當代歌曲中，這種現象也非常普遍。羅大佑的歌曲《赤子》就是一個典型的例子，羅大佑在《皇后大道東》、《原鄉》與《首都》三張專輯中都用這首相同的曲子，配上華語粵語閩南語不同的歌詩加以演繹。馬世芳在《羅大佑自選集》的文案中這麼說明：「根據羅大佑自己的說法，一曲多用不僅不是投機取巧，反而是朝向新的音樂可能性開發的嘗試。他的野心是用同一個曲調，便能毫無滯礙地配上粵語、華語、臺語，並且能在不同的時空背景下各自扣合當地特有的文化與時代內涵，唱出在地人的心聲。」

第四節　歌詩的「曲式」

歌詩具備文學與音樂的雙重品格，兩個功能有機地結合在一起，才能完成歌詩的基本意義。寫出來的是文字，瞄準的藝術形式卻是歌曲。一首好的歌詩，有召喚音樂的能力，或是受音樂感召的能力，或者與兩者之間的相互呼應能力。歌詩與音樂至少有三種相互呼應的途徑。古代多半曲在詞先，音樂呼喚歌詩。古代不是「依詞譜曲」，而是「依聲填詞」。「因聲以度詞，審調以節唱，句度短長之數，聲韻評上之差，莫不由之準度。」〔註47〕

〔註46〕任半塘《唐聲詩》，上海：上海古籍出版社，1982年，第5頁。
〔註47〕《元氏長慶集》卷二十三《樂府古題序》。

像姜夔那樣「自度曲」，是罕見的例子。現代的實踐，多半詩在曲先，歌詩呼喚音樂。但也有很多歌曲創作，是在曲和詩詞中來回推磨研究，互相揭發，相互修正。因此，歌詩與音樂是一種「互相呼應」的關係。我們現在覺得應當是歌詩呼喚音樂，是因為現代歌曲絕大部分是一詞一曲，詞往往先行。但是作曲家兼詞人，何者呼何者應，就看各人不同的做法。例如崔健就聲稱他先作曲後作詞，他說：「音樂就是我寫詞的老師」。〔註48〕這裡主要討論現代歌詩創作中詞在曲先的情況，即歌詩召喚音樂的能力。

M・C・泰弟斯考將詩句變成歌詩的基本藝術原理，作了這樣簡潔的論述：

> 詩必須有一個「有表現力的內核」，它應該表達一種「靈魂的狀態」……它應該用一個完整、簡潔、清晰、和諧然而沒有過多文字的形式來表達這個「內核」。應該給音樂留有一定的「地盤」。從這個角度看，一首親切而不過分的詩要比熱鬧而又修飾過分的詩更為可取。〔註49〕

音樂要求歌詩提供空間，提供一種「完整、簡潔、清晰、和諧，」而且充滿「靈魂狀態」的結構，這種結構形成一個對音樂的呼喚姿態。

對歌詩文體結構的研究，也應該集中到這個主要審美特徵上，從結構中探索歌詩生成的重要因素，歌詩和音樂結合的最佳效果：考察歌詩怎樣召喚旋律，是否有值得用音樂來應和的節奏？意象是否投射出音樂意境空間？

與現代自由詩相比，歌詩最明顯的特徵是，自行束縛其自由程度，更多地考慮節奏韻律。歌詩預先自行套上配曲的枷鎖，因此它拒絕「解放」自己。詞作家林夕從他的創作體驗，感悟到詩與歌詩的這個重要分野。

> 詩人是詩的唯一控制人。所有感情起伏的演奏，可以隨便跨行、跳躍等技巧來表達到……詩可以是一個謎，在閱讀的過程中不斷解謎。但詞都需要一邊聽一邊得到反應，來配合旋律的行進。這不表示是一看即懂，只是描寫的秩序要依據感情的起伏，語脈要語法的邏輯上連貫。絕不能束一筆西一筆，左穿右插。〔註50〕

〔註48〕崔健《崔健訪談》，查建英《八十年代訪談錄》，北京：三聯書店，2006年，第151頁。

〔註49〕轉引自蘇珊・朗格《情感與形式》，劉大基等譯，北京：中國社會科學出版社，1986年，第179頁。

〔註50〕林夕《一場誤會——關於歌詩與詩的隔膜》，《詞刊》2005年，第8期。

歌詩和詩歌這種差異，完全是由兩種不同的「閱讀方式」決定的。現代詩歌是書面語言藝術，讀者用眼睛閱讀，用心體驗的時候，它可以隨時中斷，根據自己的閱讀需要，在某些字句上作延留，甚至反覆、迴旋閱讀。

與詩歌不同，歌詩要追隨時間的步伐，順從聽覺藝術要求，依託於時間展開。它們釋放出的情感是一種不復返的一路播散。隨音樂的旋律，上下起伏，緩急，其迴旋反覆，也會是一個線性的環路。在這個意義上，歌詩音樂內核就變得非常重要。

因此，歌詩無論從形式還是內容，歌詩都必須有一種特殊的召喚音樂的結構，都要提供一個看得見、聽得到、感受到的結構，主要不是是通過看和讀，而是通過聽，將文字轉化為聲音，歌詩轉化聽覺語義，讓聽眾通過聽覺來感受它的思想、情感；語言融合在樂音裏，和音樂一起開拓和延綿意境。

詩的語言，繁複，多義。它雖然也召喚想像，召喚情感，甚至可以召喚韻律，但歌詩需要更多的、更直接地召喚音樂。比如《假如幸福你就拍拍手》，就只能算是一首歌詩而不是詩。歌詩簡單、純粹，它之所以是一首成功的歌詩，不僅得益於召喚出一種幸福而快樂的場景，而且召喚一個需要節拍和音樂來完成的意義。再比如，韋勒克的《文學理論》中，記載了一段「純」作曲家（「絕對」作曲家）亨德爾（F. Handel）依詞作曲的故事，亨德爾曾寫過一首合唱，當看到唱詞中描述紅海的波濤，「海水湧立像牆一樣」，亨德爾的譜上便相應出現了一排密集得間隔相等音符，真的彷彿一堵牆立著。〔註51〕如此的「樂譜視覺呼應」可能有些誇張，但至少可以感受到歌詩與音樂之間呼應的自覺。

同樣，音樂的旋律中，也有詩的靈魂和結構。黑格爾寫道：

> 音樂的詩的方面就是靈魂的語言，它把內心深處的哀樂情緒流露於聲音，在這種流露裏它對情感的自然性加以緩和，以此使自己超出了情感的自然烈性，因為它使靈魂認識到當前自己受感情激動的情況。〔註52〕

歌詩與音樂，互相呼應。總是一個呼，另一個應。歌詩與曲式共時互生。雖然這種現實的場景不可能產生於分離的詞作家和曲作家之間，但在兩者的

〔註51〕轉引自勒內・韋勒克，奧斯汀・沃倫《文學理論》，劉象愚等譯，南京：江蘇教育出版集團，2005 年，第 160 頁。

〔註52〕黑格爾《美學》（第三卷上冊），北京：商務印書館，1997 年，第 378 頁。

創作過程中，他們彼此都是對方潛在的尋找對象，都虛擬地存在著，這就是歌詩與音樂之間的格式塔完型心理。〔註53〕詞要曲來完型，曲也要詞來完型，才能構成歌曲這種完型樣式。同樣在詞作家和曲作家心理也必須存在著這種互補的完型心理。

在此意義上，歌詩不可能完全自足的，它需要留給作曲家一定的空間，歌詩提供的只是一種有意義的開放召喚結構。

就文體來說，一首詩是一個完整的自足體，只是等待讀者通過閱讀來理解它，闡釋它，但它自身應該是一個自足的整體。歌詩不是詩，或者不完全是詩，非要說它是詩，它最多也只是一種另類詩，因為它必需提供「欲唱」的呼喚，需要留給作曲家一定的空間，讓音樂完成。黑格爾認為，歌詩「是一種中等的詩。」〔註54〕蘇珊·朗格認為，

> 一首具有完整形式的詩，也就是在各方面都充分考慮過，而不僅僅粗略地勾勒出其輪廓，從而是一部充分展開的完滿的作品，完滿的作品不能立即拿來進行音樂創作，它不願放棄自己的文學形式……一首二流詩歌，由於音樂容易吸收它的歌詩，形象和節奏，因此能更好地達到這個目的。〔註55〕

黑格爾和蘇珊·朗格的觀點被不少人認同：「中等的詩」、「二流的詩歌」更適宜譜曲。像韋勒克所認為的，舒伯特和舒曼很多優美的歌曲都是海涅、繆勒、歌德早期或者比較平庸的詩。甚至韋勒克得出這樣的結論：「詩歌與音樂之間的合作詩存在的，但最好的詩歌很難進入音樂，而最好的音樂也不需要歌詩。」〔註56〕實際上，蘇珊·朗格、韋勒克等都用了一個標準來評判詩與歌詩，所謂的「二流詩歌」歌詩，其實是一種拒絕自足的詩，它提供一種情感和節律

〔註53〕格式塔心理學（Gestla Psychlogy），也稱為完形心理學，是西方現代心理學的主要流派之一。1912年誕生於德國，在美國得到進一步發展，與原子心理學相對立。主要代表人物有M.韋特海默、W.苛勒、K.考夫卡。該學派主張心理現象最基本的特徵是在意識經驗中所顯現的結構性（即格式塔）或整體性，反對構造心理學的元素主義或行為主義的刺激反應公式，認為整體不等於部分之和，意識經驗不等於感覺和情感元素的總和，也不是觀念的簡單聯結等，概言之，格式塔心理學是一種反對元素分析而注重整體組織的心理學理論體系。
〔註54〕黑格爾《美學》第三卷，朱光潛譯，北京：商務印書館，1997年，第392頁。
〔註55〕蘇珊·朗格《情感與形式》，劉大基等譯，北京：中國社會科學出版社，1986年，第176頁。
〔註56〕勒內·韋勒克，奧斯汀·沃倫《文學理論》，劉象愚等譯，南京：江蘇教育出版社，2006年，第143頁。

結構，預留了歌詩與樂曲間性，它們必須是相互呼應補足的一對高度的和諧體。這樣特殊的詩，更難於創作。

《詩經》都是入樂的歌詩，當曲譜再也不能找尋的時候，音樂家楊蔭瀏依然可以從歌詩中分析出《詩經》包含的各種曲式。

> 從《詩經》第一類《國風》的歌辭中間，最容易看出民歌曲調的重複和變化情形。從第二類《雅》）包括《小雅》和《大雅》——的歌詩中間，也可以看出，在貴族文人的寫作後面，有著民間的歌曲為基礎；他們結構形式，大體與民歌相同，是出於民歌的體系。只有第三類統治者所特別重視的《頌》，見得是比較雜亂、不規則，很少與民歌有共同之處。除了《頌》可不予注意外，在《國風》和《雅》兩類歌曲中間，我們可以看到十種不同的曲式。〔註57〕

這是從歌詩追溯音樂曲式。同樣在《楚辭》中的曲式以及其中幾種曲式因素「亂」、「少歌」和「倡」，也都是從歌詩中尋找到的音樂因素。到宋詞，楊蔭瀏對詞的音樂性的尋找也是從歌詩進入的。由此說明，歌詩的背後的音樂結構和外在曲式及旋律結構相傍相依。

歌詩從《詩經》出發，一路走來，已經積累了極其豐富的體式。現代歌詩中，就單純從楊蔭瀏分析出的《詩經》中的十大曲式看，這些歌式依然存在。列舉如下：

（1）《國風·周南》中的《桃夭》曲式。歌詩：一段或多段重複，對應音樂曲式：A1+A2+A3+⋯

通常表現為幾個樂句構成一段完整的旋律，配以一段歌詩，或者幾段結構相同或相似的歌詩反覆歌唱，此類曲式旋律和歌詩都比較簡單，在民歌中較為常見，《小河淌水》（兩段歌詩），《好一朵茉莉花》（三段歌詩），《在那遙遠的地方》（四段歌詩），《小白菜》（六段歌詩），《藍花花》（八段歌詩）等。兒童歌曲也常採用這種結構。《讀書郎》（兩段歌詩），《賣報歌》（三段歌詩）等等。中國現代歌曲也很常用，牧虹《團結就是力量》（一段歌詩），田漢《四季歌》（四段歌詩），張加毅《草原之夜》（兩段歌詩）、黃霑《滄海一聲笑》（五段歌詩）。這一曲式，由於只有一段旋律，要求歌詩在變化中，帶動情節前行。

（2）《國風·召南·殷其靁》曲式。歌詩：一段或幾段歌詩的書寫，用同

〔註57〕楊蔭瀏《中國古代音樂史稿》（上冊），北京：人民音樂出版社，2003 年，第57 頁。

一句歌詩結束，對應音樂曲式：（A1＋副歌）＋（A2＋副歌）＋（A3+副歌），現代歌詩如《讓世界充滿愛》等。

（3）《小雅・苕之華》、《國風・秦風・車鄰》曲式。歌詩：幾段歌詩，結尾呼應。對應音樂曲式：（A1+B）＋（A2+B）＋（A3+B），即在一個曲調的重複中間，對某幾節音樂的開始部分，作一些局部的變化，此舉也稱為「換頭」。如現代歌詩《叫我如何不想她》等。

（4）《國風・豳風・東山》曲式。歌詩：每段以相同的起句開始，多段落展開。對應的音樂曲式：（A+B1）＋（A+B2）＋（A+B3），即在一個曲調的幾次重複之前，用一個總的引子。通常又叫它「帽子」結構。如這類現代歌詩很多，像《馬兒啊，你慢些走》，《阿里郎》，《蘇武牧羊》，《我們是共產主義接班人》，《我不知道，風是在哪個方向吹》等等。

（5）《國風・召南・野有死麕》曲式。歌詩：平行的幾段歌詩＋結尾，對應音樂曲式：（A1+A2+A3）+B，即在一個曲調的幾次重複之後用一個總的結尾。現代歌詩如《媽媽的歌謠》等。

（6）《國風・鄭風・丰》曲式。歌詩：兩段平行的歌詩＋另兩段平行的歌詩，對應的音樂曲式：（A1+A2）＋（B1+B2）即兩個曲調各自重複，聯結起來，構成一個歌曲。現代歌詩如《故鄉的雲》等。

（7）《國風・召南・行露》曲式。在一個曲調的幾次重複之前，用一個總的引子。對應的音樂曲式：引子＋A＋B……，現代歌詩如《我愛你，中國》等。

（8）《小雅・斯干》曲式。歌詩在重複中歌有所變化，呈遞進狀態。對應的音樂曲方式：A1+B+A2+C+A3，即兩個曲調有規則地交互輪流，聯成一個歌曲。現代歌詩如《旗正飄飄》等。

（9）《大雅・大明》曲式。歌詩：兩段遞進式的歌詩，常在第一段中內部表現出轉折。對應的音樂曲式：A+B 兩個曲調不規則地交互輪流，聯成一個歌曲。現代歌詩如《夢駝鈴》等。

（10）《國風・豳風・九罭》曲式。歌詩：引言＋幾段平行結構＋結尾。對應音樂曲式：A＋B1＋B2＋B3＋C，即在一個曲調的幾次重複之前，用一個總的引子，在其後又用一個總的尾聲。現代歌詩中如《一支難忘的歌》等。

可見，三千多年前《詩經》中保持的古歌結構，依然在現代歌詩中重現，這不是有意的繼承，而是歌曲呼應結構的各種變體，是歌詩對音樂的各種召喚

可能。這些應和方式不隨時代而變化，而是歌這種藝術內在的基本構造原則。

　　歌詩的用韻方式很多，通常一韻到底的歌詩，在歌詩結構上以內容情感給予音樂以線索。對韻腳有變化的歌詩，「轉韻」常常暗藏著情感的路線，它會呼喚相應的音樂。以席慕容作詞的《出塞曲》為例：

　　　　請為我唱一首出塞曲，

　　　　用那遺忘了的古老言語。

歌詩前兩句的韻腳用的是「姑蘇韻」，但是很快地第三、第四句韻腳轉成了「懷來韻」：

　　　　請用美麗的顫音輕輕呼喚，

　　　　我心中的大好河山。

　　下面的各句又改為「江陽韻」：

　　　　那只有長城外才有的清香，

　　　　誰說出塞歌的調子太悲涼。

　　　　如果你不愛聽那是因為歌中沒有你的渴望，

　　　　而我們總是要一唱再唱。

　　　　想著草原千里閃著金光，

　　　　想著風沙呼嘯過大漠，

　　　　想著黃河岸啊陰山旁，

　　　　英雄騎馬歸，騎馬榮歸故鄉。

　　韻腳的改變，自然形成了一種轉折，繼而要求音樂旋律作出相應的轉折呼應。

　　轉調是指在一首樂曲中，某些樂段，由於音樂的需要從一種調性轉到另一種調性。由於調性決定著主音的高度，從而決定了主音和其他個各音之間的音程關係。改變調性，意味著改變了原來的音色，而建立新的主音和各音之間的音程關係，給歌眾造成不同的聽覺刺激。由於情感的需要，作曲家往往會根據歌詩意義和情感的轉變，通過調性轉換以增強或應合這變化情緒，以達到更好的效果。反之，歌詩的情緒抑揚，也呼喚音樂的此種表現形式，例如《女人花》：

　　　　我有花一朵，種在我心中，含苞待放意幽幽。

　　　　朝朝與暮暮，我切切的等候，有心的人來入夢。

　　　　女人花搖曳在紅塵中，女人花隨風輕輕擺動。

　　　　只盼望有一雙溫柔手，能撫慰我內心的寂寞。

……

　　愛過知情重，醉過知酒濃，花開花謝終是空。

　　緣份不停留，像春風來又走，女人如花花似夢。

　　前幾段呈現為並列關係，在歌詩的最後兩句，為了加強音樂效果，旋律從降 B 調轉向 F 調，音色的區分，立即給受眾一種新的情感啟示。

　　轉調是許多中外作曲家常用的手法，1981 年，被譽為當代音樂劇之王的安德魯·韋伯，從詩人 T.S.艾略特關於貓的詩集中，得到靈感，創作了最為成功的音樂劇《貓》，其中女聲獨唱的《回憶》，成為歌眾最喜歡的歌曲之一。這個歌曲中，隨著老貓 Geuzabella 在歌詩中對逝去的青春年華的層層感歎，音樂出現了多次轉調，分別從 C 調轉到降 A 調，再轉到降 E 調，不同的調性應和歌詩的情感內容。

　　歌可以創造多種演唱方式，通常來說有獨唱，對唱，合唱，伴唱等，與獨唱相間。這些不同方式的演唱，也會要求歌詩從內容到形式上的呼應。獨唱方式對歌詩的要求相對減弱，比起其他形式來，有更多的自由。而其他幾種方式，對歌詩的結構和內容都有很大的制約作用。

對唱

　　通常有角色的設定。角色關係，很大程度上決定了歌詩的情感和內容。比如，由向彤作詞、王祖皆、張卓婭作曲的母子對唱《兩地書，母子情》：

　　孩子啊孩子，春天我想你，

　　小燕做窩銜春泥。

　　你在遠方守邊疆，

　　何時何日是歸期？

　　媽媽啊媽媽，春天我想你，

　　咱家的果園可曾綠？

　　媽媽啊媽媽我想你。

　　門前的棗樹仍依舊？

　　風車小橋在夢裏。

　　情歌對唱則更加緊密應和，例如這首《選擇》：

　　（男）風起的日子笑看落花

　　（女）雪舞的時節舉杯向月

（男）這樣的心情

（女）這樣的路

（合）我們一起走過

伴唱

獨唱部分，通常是歌詩主題，伴唱的內容常常是重複並強化情感。比如這首《我想去桂林》：

（伴）我想去桂林呀我想去桂林，

（獨）可是有時間的時候我卻沒有錢；

（伴）我想去桂林呀我想去桂林

（獨）可是有了錢的時候我卻沒有時間

合唱

通常由領唱和合唱兩步分組成，領唱部分往往抒情緩慢，合唱部分要求氣勢雄壯，多為反覆，構成一唱三歎的複沓效果。比如喬羽作詞、劉熾作曲的《我的祖國》：

（領）姑娘好像花兒一樣，

小夥兒心胸多寬廣。

為了開闢新天地，

喚醒了沉睡的高山，

讓那河流改變了模樣。

（合）這是美麗的祖國，

是我生長的地方。

在這片遼闊的土地上，

到處都有明媚的風光。

歌詩與音樂的呼應結構構成了歌詩和音樂各自的完型，也為歌詩與音樂的相互配合提供鮮明的情感有形結構。

通過以上的分析，我們可以看出，歌詩於曲調之間的確存在著一種呼應關係，詞的情緒變化，詞的敘述的轉折，詞的形式（如韻）的改變，都會要求曲調給予配合，作曲家自然會對詞的呼喚作出反應。這樣，存在於詞作家頭腦中的「詞的曲式」，與存在與曲作家頭腦中的「曲的詞式」，便一起將歌詩的最基本呼應結構原則延展到詞與曲之間。